rio Djayhun
TRANSOXIANA
KHORASSAN
Bukhara
Samarcanda
Kachgar
Panjakent
Merv
Nichapur
Herat
Balkh
rio Murghab
Cabul
Kachan
sfahan
Kerman
hiraz

Tabla.

SAN
CAN

AMIN MAALOUF

Tradução Marília Scalzo

Para meu pai

E agora passeia teu olhar por Samarcanda!
Ela não é a rainha da Terra? Altiva, superior a todas as cidades,
e com o destino delas nas mãos?

EDGAR ALLAN POE (1809–1849)

LIVRO UM
Poetas e amantes
13

LIVRO DOIS
O paraíso dos Assassinos
109

LIVRO TRÊS
O fim do milênio
189

LIVRO QUATRO
Um poeta no mar
263

No fundo do Oceano Atlântico há um livro. É sua história que vou contar.

Talvez você conheça o desfecho, os jornais contaram na época, algumas obras também registraram o fato: quando o Titanic naufragou, na noite de 14 para 15 de abril de 1912, na costa da Terra Nova, a mais ilustre das vítimas foi um livro, o único exemplar do *Rubaiyat*, de Omar Khayyam, cientista, poeta e astrônomo persa.

Do naufrágio falarei pouco. Outros antes de mim avaliaram o infortúnio em dólares, outros antes de mim inventariaram devidamente cadáveres e últimas palavras. Seis anos depois, minha única obsessão é esse ser de carne e tinta de que fui, por um momento, o indigno depositário. Afinal, não fui eu, Benjamin O. Lesage, quem o arrancou de sua Ásia natal? Não foi junto com minha bagagem que ele embarcou no Titanic? E seu percurso milenar, quem o interrompeu senão a arrogância do meu século?

Desde então, o mundo se cobriu cada vez mais de sangue e sombra, e para mim a vida deixou de sorrir. Tive que me afastar dos homens para escutar apenas as vozes das lembranças e acalentar uma esperança ingênua, uma visão insistente: amanhã o encontrarão. Protegido por sua caixa de ouro, emergirá intacto das opacidades marinhas, seu destino enriquecido com uma nova odisseia. Dedos poderão tocá-lo, abri-lo, mergulhar nele; olhos cativos seguirão de margem a margem a crônica de sua aventura, descobrirão o poeta, seus primeiros versos, sua primeira embriaguez, seus primeiros assombros. E a seita dos Assassinos. Então se deterão, incrédulos, diante de uma pintura cor de areia e esmeralda.

Ela não tem data nem assinatura, nada além destas palavras, arrebatadas ou desiludidas: *Samarcanda, a mais bela face que a Terra já mostrou ao Sol.*

LIVRO UM

Poetas e amantes

Que homem nunca transgrediu Tua Lei, diz?
Uma vida sem pecado, que gosto tem, diz?
Se Tu punes o mal que faço com o mal,
Qual a diferença entre Ti e mim, diz?

OMAR KHAYYAM

1

Por vezes, em Samarcanda, ao fim de um dia lento e tristonho, os cidadãos desocupados vêm rondar o beco das duas tavernas, perto do mercado das pimentas, não para beber o vinho almiscarado de Sogdiana, mas para espiar o vaivém ou para brigar com algum bêbado. O homem, então, é arrastado pelo chão, coberto de insultos, condenado a um inferno cujo fogo o lembrará até o fim dos tempos do brilho avermelhado do vinho tentador.

De um incidente como esse nascerá o manuscrito do *Rubaiyat* no verão de 1072. Omar Khayyam tem 24 anos e chegou há pouco a Samarcanda. Será que foi à taverna naquela noite por decisão própria ou uma caminhada a esmo o levou até lá? Fresco prazer de percorrer uma cidade desconhecida, olhos abertos para os mil tons do fim do dia: rua do Campo-de-Ruibarbo, um garoto dispara, pés descalços sobre as pedras grandes do calçamento, segurando com o pescoço uma maçã roubada em alguma loja; mercado dos tecidos, numa sobreloja, uma partida de *nard* disputada ainda sob a luz de um lampião, dois dados jogados, um palavrão, um riso abafado; arcada dos cordoeiros, um tropeiro se detém perto de uma fonte, deixa a água fresca escorrer entre as palmas das mãos unidas, em seguida se curva, lábios em bico, como se fosse beijar a testa de uma criança dormindo; depois de matar a sede, passa as palmas molhadas pelo rosto, murmura um agradecimento, pega uma melancia com o interior raspado, enche de água e leva para que seu animal também possa beber.

Praça dos vendedores de tabaco, uma mulher grávida aborda Khayyam. Traz o véu levantado, tem quinze anos no máximo. Sem dizer uma palavra, sem um sorriso nos lábios ingênuos, toma das mãos dele um punhado de amêndoas torradas que Khayyam acabara de comprar. O passante não se surpreende; há uma crença antiga em Samarcanda: quando uma futura mãe encontra na rua um estrangeiro que lhe agrada, deve ter a ousadia de partilhar o que ele come, assim a criança será tão bonita quanto ele, com o mesmo porte esbelto, os mesmos traços nobres e regulares.

Omar fica mastigando orgulhosamente as amêndoas que sobraram enquanto vê a desconhecida se distanciar. Um clamor chega até seus ouvidos e o insta a se apressar. Logo está no meio de uma multidão desembestada. Um velho com longos membros esqueléticos já está no chão, cabeça descoberta, cabelos brancos esparsos sobre um crânio bronzeado; de raiva, de medo, seus gritos são apenas um gemido prolongado. Seus olhos suplicam ao recém-chegado.

Em volta do infeliz, cerca de vinte homens, barbas revoltas, bastões vingadores, e, à distância, um círculo de espectadores exultantes. Um deles, vendo a expressão escandalizada de Khayyam, diz em tom tranquilizador: "Não é nada, é só Jabir, o Comprido". Omar se espanta, um tremor de vergonha atravessa sua garganta, sussurra: "Jabir, o companheiro de Abu-Ali!".

Nome bem comum, Abu-Ali. Mas quando um erudito, em Bukhara, Córdoba, Balkh ou Bagdá, o menciona assim, em tom de familiar deferência, não existe confusão possível sobre o personagem: trata-se de Abu-Ali Ibn-Sina, célebre no Ocidente sob o nome de Avicena. Omar não o conheceu, nasceu onze anos depois de sua morte, mas venera-o como o mestre inconteste de sua geração, o detentor de todas as ciências, o apóstolo da Razão.

Khayyam diz novamente: "Jabir, o discípulo preferido de Abu-Ali!". Pois, mesmo vendo-o pela primeira vez, não ignora seu destino angustiante e exemplar. Avicena via nele seu sucessor, tanto na medicina como na metafísica, admirava a força de seus argumentos; condenava-o apenas por professar tão forte e agressivamente suas ideias. O defeito valera a Jabir várias temporadas na prisão e três flagelações públicas, a última na Grande Praça de Samarcanda, 150 chibatadas de nervo de boi na presença de sua família. Ele nunca se recuperou da humilhação. Em que momento teria passado da imprudência para a demência? Na certa, quando sua mulher morreu. Era visto desde então vagando em farrapos, titubeante, gritando blasfêmias. Nos calcanhares dele, grupos de garotos riam e batiam palmas, jogavam pedras pontudas que o feriam até às lágrimas.

Observando a cena, Omar foi levado a imaginar: "Se não tomar cuidado, um dia serei eu esse farrapo". Não é tanto a embriaguez que teme; sabe que não se entregaria, o vinho e ele aprenderam a se respeitar, nunca um dos dois lançaria o outro ao chão. O que teme principalmente é a multidão, e que ela derrube dentro dele o muro da respeitabilidade. Sente-se ameaçado pelo espetáculo do homem caído, invadido, gostaria de desviar-se, distanciar-se. Sabe, porém, que não abandonará um companheiro de Avicena nas mãos da multidão. Dá três passos lentos, dignos, e adota o tom mais desinteressado para dizer, com voz firme, acompanhada de um gesto soberano:

— Deixem esse infeliz partir!

O líder do bando estava debruçado sobre Jabir; apruma-se e posta-se com ar grave diante do intruso. Uma cicatriz profunda atravessa sua barba, da orelha direita até a ponta do queixo, e é essa face marcada que ele oferece a seu interlocutor ao pronunciar uma espécie de sentença:

— Este homem é um bêbado, um descrente, um *filassuf*!

Disse a última palavra como uma imprecação.

— Não queremos mais nenhum *filassuf* em Samarcanda!

Um murmúrio de aprovação percorre a turba. Para aquela gente, o termo "filósofo" designa todos os que se interessam demais pelas ciências profanas dos gregos, e mais amplamente por tudo o que não seja religião ou literatura. Apesar da pouca idade, Omar Khayyam já é um eminente *filassuf*, uma presa muito maior do que o infeliz Jabir.

Na certa, o Cicatriz não o reconheceu, pois lhe deu as costas, voltou a se debruçar sobre o velho, que estava mudo, pegou-o pelos cabelos, sacudiu sua cabeça três, quatro vezes, dando a impressão de que ia esmagá-la contra a parede mais próxima, e de repente a soltou. Apesar de brutal, foi um gesto contido, como se o homem, mesmo mostrando determinação, hesitasse em cometer o homicídio. Khayyam escolheu esse momento para se intrometer outra vez.

— Deixe esse velho, é um viúvo, um doente, um louco, não vê que ele mal consegue mexer os lábios?

O líder se levantou com um pulo, avançou na direção de Khayyam, enfiou o dedo em sua barba:

— Você, que parece conhecê-lo tão bem, quem é? Você não é de Samarcanda. Ninguém nunca o viu nesta cidade.

Omar afastou a mão do interlocutor com condescendência, sem brutalidade, para mantê-lo sob controle sem lhe dar motivo para briga. O homem recuou um passo, mas insistiu:

— Qual é o seu nome, estrangeiro?

Khayyam hesita em se submeter, procura uma saída, levanta os olhos para o céu, onde uma nuvem clara acaba de encobrir a lua crescente. Um silêncio, um suspiro. Abandonar-se à contemplação, nomear cada uma das estrelas, estar longe, protegido das multidões!

Logo o grupo o cerca, algumas mãos já encostam nele, volta a si.

— Sou Omar, filho de Ibrahim de Nichapur. E você, quem é?

Pura formalidade; o homem não tem a menor intenção de se apresentar. Está em sua cidade, é o inquisidor. Depois Omar saberá seu nome, chamam-no o Estudante da Cicatriz. Um porrete na mão, uma frase na boca, no futuro fará Samarcanda tremer. Por enquanto, sua influência se restringe aos jovens que o cercam, atentos a suas palavras, ao menor sinal seu.

Em seus olhos, um brilho repentino. Volta-se para seus acólitos. Depois, triunfalmente, para a multidão. Grita:

— Por Deus, como pude não reconhecer Omar, filho de Ibrahim Khayyam de Nichapur? Omar, estrela do Khorassan, o gênio da Pérsia e dos dois Iraques, o príncipe dos filósofos!

Encena uma profunda reverência, gira os dedos dos dois lados de seu turbante, provocando inevitáveis gargalhadas dos espectadores.

— Como pude não reconhecer aquele que compôs este *rubai* tão cheio de piedade e devoção:

Tu acabas de quebrar meu jarro de vinho, Senhor.
Tu me bloqueaste o caminho do prazer, Senhor.
No chão espalhaste meu vinho grená.
Deus me perdoe, estarias Tu bêbado, Senhor?

Khayyam ouve, indignado, inquieto. Uma provocação como aquela é um convite à execução, imediata. Sem perder um segundo, dá sua resposta em voz alta e clara, para que ninguém ali se deixe enganar:

— De sua boca escuto essa quadra pela primeira vez, desconhecido. Mas veja aqui um *rubai* que realmente compus:

Nada, não sabem nada, não querem saber nada.
Olha esses ignorantes que dominam o mundo.
Quando não és um deles, te proclamam descrente.
Não lhes dês atenção, Khayyam, e segue o teu caminho.

Omar certamente errou ao acompanhar seu "Olha" de um gesto desdenhoso na direção de seus adversários. Mãos o alcançaram, pegaram-no pela roupa, que começou a rasgar. Cambaleou. Suas costas foram de encontro a um joelho e bateram numa laje. Esmagado sob a malta, nem ousou se debater, estava resignado a deixar que cortassem suas roupas e transformassem seu corpo em farrapos, abandonou-se à suave dormência da vítima imolada, não sentia nada, não ouvia nada, estava trancado em si mesmo, muralha alta de portões fechados.

Viu como intrusos os dez homens armados que vieram interromper o sacrifício. Seus gorros de feltro exibiam a insígnia verde-clara das *ahdath*, a milícia urbana de Samarcanda. Assim que os viram, os agressores se afastaram de Khayyam; mas, para justificar sua conduta, puseram-se a gritar, com a multidão por testemunha:

— Alquimista! Alquimista!

Aos olhos das autoridades, ser filósofo não é crime, mas praticar a alquimia é passível de morte.

— Alquimista! Esse estrangeiro é um alquimista!

O chefe da patrulha, no entanto, não tem a intenção de discutir.

— Se esse homem é realmente um alquimista — decide —, devemos conduzi-lo ao grande juiz Abu-Tahir.

Enquanto Jabir, o Comprido, esquecido de todos, rastejava em direção à taverna mais próxima e ali entrava, prometendo-se nunca mais aventurar-se do lado de fora, Omar conseguiu se levantar sem a ajuda de ninguém. Caminhou ereto, em silêncio; sua expressão altiva cobria como um véu pudico as roupas despedaçadas e o rosto ensanguentado. Diante dele, milicianos munidos de tochas abriam caminho. Atrás dele, vinham seus agressores, seguidos pelo cortejo de curiosos.

Omar não os vê, não os ouve. Para ele, as ruas estão desertas, a Terra não tem sons, o céu não tem nuvens, e Samarcanda continua sendo o lugar dos sonhos que descobrira dias antes.

Chegara ali depois de três semanas na estrada e, sem descansar, decidira seguir exatamente os conselhos dos viajantes antigos. Suba, convidavam, no terraço do Kuhandiz, a antiga cidadela, passeie amplamente seu olhar, verá apenas água e vegetação, canteiros floridos e ciprestes talhados pelos mais habilidosos jardineiros em forma de bois, elefantes, camelos ajoelhados, panteras que se enfrentam e parecem prontas para saltar. De fato, mesmo de dentro dos recintos, da porta do Monastério, a oeste, até a porta da China, Omar viu apenas pomares cerrados e córregos vivazes. E, aqui e ali, a erupção de um minarete de tijolo, uma cúpula escura cinzelada, a alvura do muro de um belvedere. E, à beira de um lago, escondida por salgueiros-chorões, uma banhista nua que espalhava a cabeleira ao vento ardente.

Não foi essa visão de paraíso que quis evocar o pintor anônimo que, muito depois, ilustrou o manuscrito do *Rubaiyat*? Não é ela que Omar guarda consigo enquanto o levam para o bairro de Asfizar, onde mora Abu-Tahir, o juiz dos juízes de Samarcanda? Para si mesmo, não se cansa de repetir: "Não detestarei esta cidade. Mesmo que minha banhista seja apenas uma miragem. Mesmo que a realidade tenha a cara do Cicatriz. Mesmo que esta noite fresca possa ser minha última".

2

No amplo escritório do juiz, os candelabros distantes conferem a Khayyam uma tez ebúrnea. Desde que entrou, dois guardas mais velhos seguraram-no pelos ombros como se ele fosse um fanático perigoso. E, nessa postura, ele aguarda perto da porta.

Sentado do outro lado do aposento, o juiz não registrou sua presença, está acabando de resolver um caso, discute com os queixosos, dá razão a um, repreende o outro. Uma antiga rusga entre vizinhos, parece, ressentimentos repisados, argumentos ridículos. Abu-Tahir manifesta seu cansaço ruidosamente, ordena aos dois chefes de família que se abracem ali, diante dele, como se nunca nada os houvesse separado. Um deles dá um passo, o outro, um colosso de testa estreita, rebela-se. O juiz lhe dá um tapa na cara, fazendo a assistência tremer. O gigante contempla por um momento a figura gordota, nervosa e agitada, que teve que se esticar para alcançá-lo, depois abaixa a cabeça, limpa o rosto e faz o que o juiz mandou.

Depois de liberar todos eles, Abu-Tahir faz um sinal para os milicianos se aproximarem. Eles apresentam seu relato, respondem a algumas perguntas, esforçam-se para explicar por que deixaram que se formasse tamanha aglomeração nas ruas. Em seguida é a vez do Cicatriz se justificar. Ele se inclina na direção do juiz, que parece conhecê-lo de longa data, e começa um monólogo animado.

Abu-Tahir ouve atentamente, sem deixar transparecer suas emoções. Então, depois de alguns instantes de reflexão, ordena:

— Digam à multidão para se dispersar. Que cada um volte para casa pelo caminho mais curto, e — dirigindo-se aos agressores — vocês também, voltem para casa! Nada será decidido antes de amanhã. O acusado ficará aqui esta noite, meus guardas o vigiarão, e mais ninguém.

Surpreso por ser tão rapidamente convidado a se retirar, Cicatriz esboça um protesto, mas logo desiste. Prudente, de rabo entre as pernas, retira-se com uma reverência.

Quando se vê diante de Omar, tendo como testemunhas apenas seus homens de confiança, Abu-Tahir profere esta enigmática frase de boas-vindas:

— É uma honra receber aqui o ilustre Omar Khayyam de Nichapur.

Nem irônico nem caloroso, o juiz. Nenhuma emoção revelada. Tom neutro, voz calma, turbante enrolado na cabeça, sobrancelhas espessas, barba grisalha sem bigode, interminável olhar perscrutador.

A acolhida parece ainda mais ambígua pelo fato de Omar estar no recinto há uma hora, em pé e esfarrapado, exposto a todos os olhares, aos risos, aos cochichos.

Depois de alguns segundos inteligentemente destilados, Abu-Tahir acrescenta:

— Omar, você não é um desconhecido em Samarcanda. Apesar de sua pouca idade, sua ciência já é proverbial, suas proezas são contadas nas escolas. É verdade que você leu sete vezes em Isfahan uma obra volumosa de Ibn-Sina e que, de volta a Nichapur, reproduziu-a palavra por palavra, de memória?

Khayyam ficou lisonjeado ao ver que sua proeza, autêntica, era conhecida na Transoxiana, mas sua inquietação não se dissipou. A referência a Avicena na boca de um juiz do rito chafeísta não era nada tranquilizadora; além do mais, ainda não havia sido convidado a sentar-se. Abu-Tahir prosseguiu:

— Não apenas suas proezas são transmitidas de boca em boca; quadras bem curiosas também são atribuídas a você.

Sua fala é controlada, ele não acusa, mas também não inocenta, e interroga indiretamente. Omar julga que chegou o momento de romper o silêncio:

— O *rubai* que o Cicatriz repete não é meu.

Girando a mão no ar com impaciência, o juiz descarta o protesto. Pela primeira vez seu tom é severo:

— Pouco importa que você tenha composto um verso ou outro. Chegaram a mim palavras tão ímpias que, de citá-las, eu me sentiria tão culpado quanto quem as proferiu. Não estou querendo que confesse, não estou querendo lhe aplicar uma pena. Essas acusações de alquimia entram por um ouvido e saem pelo outro. Estamos sozinhos, somos dois homens de ciência, quero apenas saber a verdade.

Omar não se sente seguro, teme uma armadilha, hesita em responder. Já se imagina entregue ao carrasco para ser estropiado, emasculado ou crucificado. Abu-Tahir eleva a voz, quase grita:

— Omar, filho de Ibrahim, fabricante de tendas de Nichapur, você sabe reconhecer um amigo?

Há na frase um tom sincero que toca Khayyam. "Reconhecer um amigo?" Considera a pergunta com seriedade, contempla o rosto do juiz, examina sua expressão, o tremular de sua barba. Lentamente, vai ganhando confiança. Seus traços se tranquilizam, relaxam. Desvencilha-se dos guardas, que, depois de um gesto do juiz, não mais o seguram. Então senta-se, mesmo sem ser convidado. O juiz sorri com bonomia, mas retoma de imediato o interrogatório:

— Você é o descrente que alguns descrevem?

Mais que uma pergunta, é um grito de angústia e Khayyam não vai decepcioná-lo:

— Desconfio do zelo dos devotos, mas nunca disse que o Um era dois.

— Nunca pensou isso?

— Nunca, Deus é testemunha.

— Para mim, isso basta. Para o Criador também, creio eu. Mas não para a multidão. Observam suas palavras, seus mínimos gestos, os meus também, assim como os dos príncipes. Ouviram você dizer: "Vou às vezes às mesquitas, onde a sombra é propícia ao sono"...

— Só um homem em paz com seu Criador poderia dormir num lugar de culto.

Apesar da expressão de dúvida de Abu-Tahir, Omar se inflama e acrescenta:

— Não sou desses cuja fé é apenas medo do Julgamento, cuja prece é apenas prostração. Meu jeito de rezar? Contemplo uma rosa, conto as estrelas, maravilho-me com a beleza da criação, com sua ordem perfeita, com o homem, a mais bela obra do Criador, com seu cérebro ávido por conhecimento, seu coração ávido de amor, com seus sentidos, todos os sentidos, despertados ou realizados.

Com olhos sonhadores, o juiz se levanta, vai sentar-se ao lado de Khayyam, apoia em seu ombro uma mão paternal. Os guardas trocam olhares surpresos.

— Escute, meu jovem amigo, o Todo-Poderoso lhe deu o que um Filho de Adão pode ganhar de mais precioso: a inteligência, a arte do discurso, a saúde, a beleza, o desejo de saber, de aproveitar a existência, a admiração dos homens e, imagino, os suspiros das mulheres. Espero que não tenha privado você da sabedoria, da sabedoria do silêncio, sem a qual nada disso pode ser apreciado ou conservado.

— Precisarei ficar velho para dizer o que penso?

— No dia em que você puder dizer tudo o que pensa, os descendentes de seus descendentes já terão envelhecido. Estamos na idade do segredo e do medo, você deve ter dois semblantes, mostrar um para a multidão e outro para si mesmo e para seu Criador. Se quer guardar seus olhos, seus ouvidos e sua língua, esqueça que tem olhos, ouvidos e língua.

O juiz se calou, seu silêncio foi abrupto. Não um silêncio desses que pedem as palavras do outro, mas dos que ameaçam e preenchem o espaço. Omar espera, olhando para o chão, deixando o juiz escolher entre as palavras que se embaralham em sua cabeça.

Abu-Tahir, entretanto, respira profundamente e dá a seus homens uma ordem seca. Eles se afastam. Quando fecham a porta, vai até um canto do aposento, levanta uma cortina e depois a porta de um cofre de madeira adamascada. Tira dali um livro que oferece a Omar com gesto cerimonioso. Suavizado, é verdade, por um sorriso protetor.

Pois bem, esse livro é o mesmo que eu, Benjamin O. Lesage, teria um dia em minhas próprias mãos. Ao toque, sempre foi igual, suponho. Um couro espesso, áspero, relevos em forma de cauda de pavão, bordas de folhas irregulares, gastas. Quando Khayyam o abre, no entanto, naquela inesquecível noite de verão, contempla apenas 250 páginas em branco, sem poemas ainda, sem pinturas, sem comentários nas margens, sem iluminuras.

Para mascarar sua emoção, Abu-Tahir adota um tom de camelô:

— É *kagaz* chinês, o melhor papel já produzido nos ateliês de Samarcanda. Um judeu do bairro de Maturid fabricou a meu pedido, seguindo uma antiga receita, inteiramente à base de amoreira-branca. Passe a mão, tem o mesmo toque da seda.

Pigarreia antes de explicar:

— Tive um irmão, dez anos mais velho que eu, que tinha sua idade quando morreu. Esquartejado, na cidade de Balkh, por ter escrito um poema que não agradou ao soberano do momento. Acusaram-no de professar uma heresia, não sei se era verdade, mas culpei meu irmão por ter arriscado a vida por um poema, um miserável poema pouco mais longo que um *rubai*.

Sua voz falha, levanta-se sem fôlego:

— Guarde esse livro. Cada vez que um verso tomar forma em sua mente, que se aproximar de seus lábios, procurando sair, reprima-o sem dó; em vez de recitá-lo, escreva-o nessas folhas, que guardarão o segredo. E, ao escrever, pense em Abu-Tahir.

Saberia o juiz que com aquele gesto, com aquelas palavras, dava vida a um dos segredos mais bem guardados da história das letras? Que seria preciso esperar oito séculos até que o mundo descobrisse a sublime poesia de Omar Khayyam, até que seu *Rubaiyat* fosse venerado como uma das obras mais originais de todos os tempos, até que fosse enfim conhecido o estranho destino do manuscrito de Samarcanda?

3

Nessa noite, Omar tentou inutilmente pegar no sono em um belvedere, um pavilhão de madeira sobre uma colina desmatada, no meio do grande jardim de Abu-Tahir. Perto dele, sobre uma mesa baixa, cálamo e tinteiro, um lampião apagado e seu livro aberto na primeira página, ainda em branco.

Ao amanhecer, uma visão: uma bela escrava traz uma bandeja de melões cortados, uma roupa nova, uma echarpe para turbante de seda de Zandani. E uma mensagem sussurrada:

— O mestre o espera depois da oração da manhã.

O salão já está lotado, reclamantes, mendigos, cortesãos, familiares, visitantes de todo tipo e, entre eles, o Estudante da Cicatriz, sem dúvida atrás de notícias. Assim que Omar atravessa a porta, a voz do juiz faz voltarem-se para ele olhares e murmúrios:

— Boas-vindas ao imã Omar Khayyam, o homem a quem ninguém se iguala no conhecimento da tradição do Profeta, a referência que ninguém contesta, a voz que ninguém contradiz.

Um após outro, os visitantes se levantam, esboçam uma reverência, murmuram um cumprimento antes de sentar-se novamente. Com o canto do olho, Omar observa o Cicatriz, que parece espremido em seu canto, escondido, porém, atrás de uma careta timidamente zombeteira.

Da maneira mais cerimoniosa do mundo, Abu-Tahir pede a Omar que se sente à sua direita, obrigando os vizinhos a se afastarem rapidamente. Então prossegue:

— Nosso eminente visitante teve um contratempo ontem à noite. Ele que é reverenciado no Khorassan, em Fars e em Mazandaran, ele que toda cidade deseja acolher no interior de seus muros, que todo príncipe espera atrair para sua corte, foi molestado, ontem, nas ruas de Samarcanda.

Ouvem-se exclamações indignadas, seguidas de um burburinho que o juiz deixa crescer um pouco antes de apaziguar com um gesto e prosseguir:

— Mais grave ainda, uma revolta quase estourou no mercado. Uma revolta na véspera da visita de nosso venerado soberano Nasr Khan, Sol da Realeza, que deve chegar de Bukhara nesta manhã, se Deus quiser! Não posso imaginar em que situação estaríamos hoje se a multidão não tivesse sido contida e dispersada. Eu vos digo, muitas cabeças estariam periclitando nos ombros!

Interrompe-se para tomar fôlego, para causar mais efeito, principalmente, e para deixar que o medo se insinue nos corações.

— Por sorte, um de meus antigos alunos, aqui presente, reconheceu nosso insigne visitante e veio me avisar.

Aponta com o dedo o Estudante da Cicatriz e o convida a se levantar:

— Como você reconheceu o imã Omar?

À guisa de resposta, algumas sílabas balbuciadas.

— Mais alto! Nosso velho tio aqui não consegue ouvir — grita o juiz —, apontando para uma venerável barba branca à sua esquerda.

— Reconheci o insigne visitante graças à sua eloquência — enuncia penosamente o Cicatriz — e perguntei sua identidade antes de trazê-lo ao nosso juiz.

— Fez muito bem. Se a revolta continuasse, sangue teria corrido. Venha então sentar-se perto de nosso convidado, você merece.

Enquanto o Cicatriz se aproxima, falsamente submisso, Abu-Tahir sopra no ouvido de Omar:

— Se ele não se tornou seu amigo, pelo menos não poderá perturbá-lo em público.

Em voz alta, prossegue:

— Posso esperar que, mesmo com tudo o que sofreu, *khwaja* Omar não guarde uma lembrança muito ruim de Samarcanda?

— O que se passou ontem à noite — responde Khayyam — já está esquecido. E quando, depois, eu pensar nesta cidade, é uma imagem bem diferente a que guardarei, a imagem de um homem maravilhoso. Não falo de Abu-Tahir. O maior elogio que se pode fazer a um juiz não é louvar suas qualidades, e sim a correção daqueles a seu encargo. Pois, no dia de minha chegada, minha mula havia escalado com dificuldade a última subida que leva à porta de Kich, e quando eu mal havia acabado de desmontar um homem me abordou.

— "Bem-vindo a esta cidade", ele disse. "Você tem parentes ou amigos aqui?"

— Respondi que não, sem me deter, temendo cair no golpe de algum escroque, ou pelo menos de um mendigo ou importuno. Mas o homem continuou:

— "Não veja minha insistência com desconfiança, nobre visitante. Foi meu patrão quem mandou que eu me postasse aqui, para observar todo viajante que aparecesse, a fim de oferecer-lhe hospitalidade."

— O homem parecia ser pobre, mas estava vestido com roupas limpas e conhecia as maneiras das pessoas de respeito. Fui atrás dele. A poucos passos dali, me fez entrar por uma porta pesada e em seguida atravessei um corredor abobadado e cheguei ao pátio de um caravançará, com um poço no meio, pessoas e animais em atividade, e, em volta, em dois andares, quartos para os viajantes. O homem disse:

— "Você poderá ficar aqui pelo tempo que quiser, uma noite ou uma estação, aqui encontrará cama e comida, e forragem para sua mula."

— Quando eu quis saber o preço, ofendeu-se.

— "Você é convidado do meu patrão."

— E onde está esse anfitrião tão generoso, para que eu possa lhe agradecer?

— "Meu patrão morreu há sete anos e me deixou uma quantia em dinheiro que eu deveria gastar integralmente honrando os visitantes de Samarcanda."

— E como se chamava esse homem, para que eu possa ao menos divulgar suas boas ações?

— "Só o Todo-Poderoso merece sua gratidão, agradeça a Ele. Ele saberá, pelas boas ações, de que homem são as graças a Ele rendidas."

— Foi assim que, por vários dias, hospedei-me com aquele homem. Saía e voltava, encontrava sempre pratos com iguarias deliciosas, e meu animal estava mais bem cuidado do que se eu mesmo o tratasse.

Omar olhou para os presentes, em busca de alguma reação. Mas seu relato não despertara nenhuma exclamação nos lábios, nenhuma indagação nos olhos. Percebendo sua perplexidade, o juiz explicou:

— Muitas cidades acreditam ser as mais hospitaleiras de todas as terras do islã, mas só os habitantes de Samarcanda merecem esse título. Que eu saiba, nenhum viajante jamais teve que pagar para dormir ou para se alimentar. Conheço famílias inteiras que se arruinaram para honrar os visitantes ou os necessitados. No entanto, você nunca vai ouvi-los vangloriar-se ou contar vantagem. As fontes que pode ver em todas as esquinas, constantemente cheias de água fresca para matar a sede dos passantes, são mais de 2 mil nesta cidade, feitas de cerâmica, de cobre ou de porcelana, todas doadas pelos habitantes de Samarcanda; e você acha que alguém gravaria seu nome nelas, para ganhar agradecimentos?

— Reconheço que em nenhum lugar encontrei tamanha generosidade. O senhor me permitiria, entretanto, fazer uma pergunta que me persegue?

O juiz toma a palavra:

— Sei o que vai perguntar: como pessoas que valorizam tanto as virtudes da hospitalidade podem se tornar violentas contra um visitante como você?

— Ou contra um pobre velho como Jabir, o Comprido?

— Vou lhe dar a resposta, e ela se resume a uma só palavra: medo. Toda a violência aqui é filha do medo. Nossa fé é assaltada por todos os lados, pelos carmatas do Bahrein, pelos imamianos de Kom, que esperam a hora da vingança, pelas 72 seitas, pelos rumes de Constantinopla, pelos infiéis de todas as denominações e, principalmente, pelos ismaelitas do Egito, cujos seguidores são maioria até no coração de Bagdá, e aqui também em Samarcanda. Não se esqueça nunca do que são nossas cidades do islã, Meca, Medina, Isfahan, Bagdá, Damasco, Bukhara, Merv, Cairo, Samarcanda: nada além de oásis que um momento de desatenção pode devolver ao deserto. Constantemente à mercê de uma tempestade de areia!

Por uma janela à sua esquerda, o juiz avaliou com um olhar de especialista a trajetória do Sol. Ergueu-se.

— Está na hora de ir ao encontro de nosso soberano — disse.

Bateu palmas.

— Tragam-nos alguma coisa para o trajeto!

Ele tem o hábito de munir-se de uvas-passas que vai comendo pelo caminho, hábito que seus conhecidos e visitantes imitam. Uma enorme bandeja de cobre é trazida, com montanhas de uvas-passas brancas: todos podem mergulhar as mãos e encher os bolsos.

Ao chegar sua vez, o Estudante da Cicatriz pega um punhado e o oferece a Khayyam com estas palavras:

— Você sem dúvida preferiria que eu lhe oferecesse uvas na forma de vinho.

Não falou muito alto, mas, como por magia, todos os presentes se calaram, a respiração suspensa, atentos, observando os lábios de Omar. Que disse:

— Quando queremos beber vinho, escolhemos com cuidado quem vai servi-lo e o companheiro de prazer.

A voz do Cicatriz se eleva um pouco:

— Eu não beberia nem uma gota; quero garantir meu lugar no paraíso. Você parece não ter o desejo de se juntar a mim.

— A eternidade inteira na companhia de um ulemá sentencioso? Não, obrigado. Deus nos prometeu outra coisa.

A conversa acabou ali, Omar apressou o passo para alcançar o juiz, que o chamava.

— É bom que as pessoas da cidade vejam você cavalgar ao meu lado; apagará as impressões de ontem à noite.

Na multidão reunida em volta da residência, Omar pensou reconhecer sua ladra de amêndoas, escondida à sombra de uma pereira. Desacelerou, procurou-a com os olhos. Mas Abu-Tahir o apressou:

— Mais rápido. Amaldiçoados serão seus ossos se o *khan* chegar antes de nós.

4

— Os astrólogos anunciaram na aurora dos tempos, e não mentiram: quatro cidades nasceram sob o signo da revolta, Samarcanda, Meca, Damasco e Palermo! Elas nunca se submeteram a seus governantes, a não ser pela força, não seguem o caminho certo, se não é traçado com a espada. Foi pela espada que o Profeta acabou com a arrogância dos habitantes de Meca, pela espada acabarei com a arrogância dos habitantes de Samarcanda.

Nasr Khan, chefe da Transoxiana, gesticula, em pé diante de seu trono: um gigante acobreado coberto de ornamentos; sua voz faz tremer familiares e visitantes, seus olhos buscam uma vítima na assistência, um lábio que ouse fremir, um olhar insuficientemente contrito, a lembrança de alguma traição. Por instinto, no entanto, todos se escondem atrás do vizinho, encolhem as costas, o pescoço, os ombros, esperam que passe a tempestade.

Não encontrando presa para suas garras, Nasr Khan apanha com força as roupas luxuosas, tira uma depois da outra, joga-as, raivoso, no chão, pisoteia-as gritando rosários de injúrias em seu dialeto turco-mongol de Kachgar. Segundo o costume, os soberanos usam, sobrepostas, três, quatro, até sete peças bordadas de roupa, das quais vão se desfazendo no correr do dia, depositando-as solenemente nas costas daqueles que pretendem homenagear. Agindo do modo como agiu, Nasr Khan manifestava a intenção de não gratificar, naquele dia, nenhum de seus inúmeros visitantes.

No entanto, aquele deveria ser um dia de festividades, como sempre que o soberano visitava Samarcanda, só que a alegria desapareceu nos primeiros minutos. Depois de escalar a estrada pavimentada que vem do rio Siab, o *khan* fez sua entrada solene pela porta de Bukhara, ao norte da cidade. Sorria de orelha a orelha, seus olhinhos pareciam mais fundos, mais juntos do que nunca, sua face reluzia com os reflexos âmbar do sol. De repente, seu humor mudou. Aproximou-se dos cerca de duzentos notáveis reunidos em torno do juiz Abu-Tahir, dirigiu ao grupo a que Omar Khayyam se misturara um olhar preciso, inquieto, desconfiado. Não tendo visto, ao que parece, aqueles a quem procurava, empinou bruscamente a montaria, puxou de uma vez o cabresto e afastou-se, resmungando palavras inaudíveis. Ereto em sua égua preta, não sorriu mais, nem esboçou a menor resposta às repetidas ovações dos milhares de cidadãos amontoados desde o amanhecer para saudar sua passagem; alguns agitavam ao vento cartazes com reivindicações, redigidos por algum escrivão público. Em vão. Ninguém ousou apresentá-las ao soberano, dirigiam-nas ao camareiro, que se inclinava para recolher as folhas, sempre com uma promessa vaga de encaminhá-las.

Precedido por quatro cavaleiros que portavam os estandartes marrons da dinastia, seguido a pé por um escravo de torso nu segurando um imenso guarda-sol, o *khan* atravessou sem se deter as grandes ruas bordejadas de amoreiras retorcidas, evitou os mercados, percorreu os principais canais de irrigação chamados *ariks*, até chegar ao bairro de Asfizar. Ali ordenara que fosse montado um palácio provisório, a dois passos da residência de Abu-Tahir. No passado, os soberanos ficavam no interior da cidadela, mas como a cidadela havia ficado em ruínas devido a combates recentes, fora abandonada. Agora só a guarnição turca erguia ali suas tendas.

Tendo constatado o humor pouco amável do soberano, Omar hesitara em ir ao palácio render-lhe homenagem, mas o juiz o obrigara, na esperança de que a presença do eminente amigo pudesse ocasionar uma boa diversão. No caminho, Abu-Tahir fez questão de explicar a Khayyam o que acabara de acontecer: os dignitários religiosos da cidade haviam decidido boicotar a cerimônia de boas-vindas... criticavam o *khan* por ter mandado incendiar a Grande Mesquita de Bukhara, onde oponentes armados estavam entrincheirados.

— Entre o soberano e os religiosos — explica o juiz — a guerra é ininterrupta, às vezes declarada, sangrenta, quase sempre surda e insidiosa.

Dizia-se até que os ulemás teriam estreitado contato com vários oficiais exasperados com o comportamento do príncipe. Seus antepassados, ao que se contava, faziam as refeições com a tropa e não perdiam oportunidade de declarar que o poder que detinham repousava na bravura dos guerreiros de seu povo. De uma geração para outra, entretanto, os *khans* turcos haviam adquirido os péssimos modos dos monarcas persas. Consideravam-se semideuses, cercando-se de um cerimonial cada vez mais complexo, incompreensível e até humilhante para seus oficiais. Vários desses oficiais, então, passaram a se entender com os chefes religiosos. Com prazer, ouviam-nos vilipendiar Nasr, acusá-lo de ter se afastado dos caminhos do islã. Para intimidar os militares, o soberano reagia com extrema firmeza contra os ulemás. O pai dele, um homem piedoso, não havia inaugurado seu reinado cortando uma cabeça ornada com turbante?

Abu-Tahir é, no ano de 1072, um dos poucos dignitários religiosos a manter relação estreita com o príncipe. Com frequência o visita no forte de Bukhara, sua residência principal, recebe-o solenemente sempre que passa por Samarcanda. Alguns ulemás não veem com bons olhos essa atitude conciliadora, mas quase todos apreciam a existência de um intermediário entre eles e o monarca.

Uma vez mais, habilmente, o juiz vai desempenhar o papel de conciliador, evitando contradizer Nasr, aproveitando suas pequenas melhoras de humor para despertar nele melhores sentimentos. Espera, deixa passar os minutos difíceis e, quando o soberano retoma seu lugar no trono, quando vê que tem o traseiro bem acomodado numa almofada macia, começa uma sutil, imperceptível retomada do controle da situação, que Omar observa aliviado. A um sinal do juiz, o camareiro manda vir uma jovem escrava, que recolhe as roupas jogadas no chão como cadáveres depois de uma batalha. Na mesma hora o ar se torna menos irrespirável, todos relaxam discretamente os membros, alguns se arriscam a cochichar algumas palavras no ouvido mais próximo.

Então, avançando para o espaço aberto no centro do recinto, o juiz se posta diante do monarca, inclina a cabeça e não diz nada. Depois de um longo minuto de silêncio, Nasr acaba por declarar, com um vigor tingido de cansaço: "Vá dizer a todos os ulemás desta cidade que venham depois do alvorecer prosternar-se a meus pés; a cabeça que não se curvar será cortada; e que ninguém tente fugir, pois nenhuma terra está protegida de minha ira". Todos compreenderam que a tempestade havia passado, que uma solução estava à vista e que bastava os religiosos se emendarem para que o monarca desistisse de castigos.

Por isso, no dia seguinte, quando Omar acompanha novamente o juiz até a corte, a atmosfera é irreconhecível. Nasr está sentado no trono, uma espécie de divã elevado coberto com um tapete escuro, junto ao qual um escravo segura um prato com pétalas de rosas confeitadas. O soberano escolhe uma, coloca-a sobre a língua, deixa que derreta contra o céu da boca, depois estende a mão com displicência para outro escravo, que molha seus dedos com água perfumada e os enxuga diligentemente. O ritual se repete vinte, trinta vezes, enquanto as delegações desfilam. Representam os bairros da cidade, Asfizar, Panjkhin, Zagrimach, Maturid, as corporações dos mercados e as dos artesãos, caldeireiros, papeleiros, sericicultores ou carregadores de água, assim como as comunidades protegidas, juízes, guebros e cristãos nestorianos.

Todos começam por beijar o chão, depois se erguem, saúdam de novo com uma reverência prolongada, até que o monarca faça um sinal para que se ergam. Então seu porta-voz diz algumas frases e eles se retiram andando para trás; é proibido dar as costas ao soberano antes de sair do aposento. Uma prática curiosa. Terá sido estabelecida por um monarca preocupado com a própria respeitabilidade? Por um visitante particularmente desconfiado?

Vêm depois os dignitários religiosos, aguardados com curiosidade, com apreensão também. São cerca de vinte. Abu-Tahir não teve dificuldade para convencê-los a vir. Depois de manifestarem amplamente seus ressentimentos, perseverar nesse caminho seria buscar um martírio que nenhum deles deseja.

Ei-los que se apresentam diante do trono, curvam-se o mais baixo possível, cada um de acordo com sua idade e suas articulações, esperando um sinal do príncipe para se reerguerem. Mas o sinal não vem. Passam-se dez minutos. Depois vinte. Nem os mais jovens conseguem ficar indefinidamente numa posição tão incômoda. No entanto, o que fazer? Reerguer-se sem autorização significaria tornar-se objeto da vingança do monarca. Um após outro, caem de joelhos, atitude também respeitosa, porém menos extenuante. Somente quando o último joelho tocou a terra o soberano faz sinal para que se levantem e se retirem sem discurso. Ninguém se surpreende com o desenrolar dos acontecimentos; é o preço a pagar, e está na ordem das coisas do reino.

Oficiais turcos, grupos de notáveis, aproximam-se em seguida, também alguns *dihkans*, camponeses das cidades vizinhas; beijam os pés do soberano, sua mão, seu ombro, cada um de acordo com seu nível. Então um poeta avança, recita uma pomposa elegia em glória do monarca, que logo se mostra ostensivamente entediado. Com um gesto interrompe-o, faz sinal para que o camareiro se aproxime e lhe comunica a ordem que deverá transmitir:

— Nosso amo avisa aos poetas aqui presentes que está cansado de ouvi-los repetir sempre os mesmos temas, que não quer mais ser comparado nem a um leão, nem a uma águia, e menos ainda ao Sol. Aqueles que só têm isso a dizer podem ir embora.

5

A fala do camareiro é seguida de murmúrios, risos, um tumulto toma conta do grupo de cerca de vinte poetas que esperam sua vez, alguns dão até dois passos para trás, antes de se eclipsarem discretamente. Apenas uma mulher sai da fila e se aproxima com passo firme. Interrogado com os olhos por Omar, o juiz sussurra:

— Uma poeta de Bukhara, que se apresenta como Djahane. Djahane, como o vasto mundo. É uma jovem viúva de paixões inquietas.

O tom é reprovador, mas o interesse de Omar fica ainda mais atiçado, seu olhar é incontornável. Djahane já levantou a parte de baixo do véu, descobrindo lábios sem pintura; declama um poema agradavelmente formulado, no qual, muito estranho, não se menciona nem uma vez sequer o nome do *khan*. Faz sutilmente louvores ao rio Soghd, que distribui suas benesses tanto a Samarcanda como a Bukhara e vai se perder no deserto, pois nenhum mar seria digno de receber suas águas.

— Você falou muito bem, que sua boca se encha de ouro — disse Nasr, retomando a fórmula que lhe é habitual.

A poeta se debruça sobre uma grande bandeja cheia de moedas de ouro, começa a colocar as moedas uma a uma na boca, enquanto a assistência conta em voz alta. Quando Djahane reprime um soluço, quase engasgando, toda a corte, com o monarca à frente, solta uma gargalhada. O camareiro faz sinal para que a poeta volte a seu lugar; contaram 46 dinares.

Só Khayyam não riu. De olhos fixos em Djahane, procura o sentimento que experimenta em relação a ela; sua poesia é tão pura, sua eloquência digna, sua postura tão corajosa, no entanto ali está ela, entupida de metal amarelado, entregue a essa humilhante recompensa. Antes de abaixar o véu, levantou-o um pouco mais, revelando um olhar que Omar recebe, aspira, gostaria de reter. Um instante imperceptível para a multidão, uma eternidade para o amante. O tempo tem duas faces, diz Khayyam para si mesmo, duas dimensões, o comprimento segue o ritmo do Sol; a largura, o das paixões.

O juiz interrompeu esse momento abençoado; cutucou o braço de Khayyam, que se virou. Tarde demais, a mulher se foi, agora ela é apenas véus.

Abu-Tahir deseja apresentar o amigo ao *khan* e enuncia:

— Vosso augusto teto abriga neste dia o maior cientista do Khorassan, Omar Khayyam. Para ele as plantas não têm segredo, as estrelas não têm mistério.

Não foi por acaso que o juiz salientou, entre as muitas disciplinas em que Omar se destaca, a medicina e a astrologia. Sempre foram essas as preferidas dos príncipes, a primeira por dedicar-se a manter a saúde e a vida deles, a segunda por tratar de preservar suas fortunas.

O príncipe se revela encantado, diz-se honrado. Mas, não estando propenso a iniciar uma conversa erudita, e aparentemente equivocado a respeito das intenções do visitante, julga oportuno usar sua fórmula favorita:

— Que sua boca se encha de ouro!

Omar fica desconcertado, reprime um engasgo. Abu-Tahir percebe e se inquieta. Temendo que uma recusa ofenda o soberano, dirige ao amigo um olhar pesado, insistente, empurra-o pelo ombro. Em vão. A decisão de Khayyam está tomada.

— Que Sua Grandeza me desculpe, estou em período de jejum e não posso pôr nada na boca.

— Mas o mês do jejum acabou há três semanas, se não me engano.

— Na época do ramadã eu estava em viagem de Nichapur a Samarcanda. Tive então que suspender o jejum, prometendo recuperar mais tarde os dias perdidos.

O juiz se apavora, a assistência se agita, a expressão do soberano é indecifrável. Ele resolve interrogar Abu-Tahir:

— Você, que conhece todas as minúcias da fé, pode me dizer se, introduzindo moedas de ouro na boca e retirando-as logo depois, *khwaja* Omar romperia o jejum?

O juiz adota um tom neutro:

— Estritamente falando, tudo o que entra pela boca pode constituir uma quebra do jejum. E pode acontecer de uma moeda ser engolida por engano.

Nasr aceita o argumento, mas não fica satisfeito. Pergunta a Omar:

— Você me deu a verdadeira razão de sua recusa?

Khayyam hesita um momento e depois diz:

— Não é a única razão.

— Fale — diz o *khan*. — Você não tem nada a temer de minha parte.

Então Omar recita estes versos:

Foi a pobreza que me trouxe até você?
Ninguém é pobre se consegue manter simples seus desejos.
Não espero nada de você, senão ser honrado,
Caso você saiba honrar um homem livre e de bem.

— Deus escureça seus dias, Khayyam! — murmurou Abu-Tahir, falando sozinho.

Não diz mais nenhuma palavra, mas seu medo é real. Ainda guarda nos ouvidos o eco de um acesso de raiva recente, não está seguro de poder, mais uma vez, domar a fera. O *khan* ficou silencioso, imóvel, paralisado em uma insondável deliberação; os que estão próximos aguardam sua primeira palavra como um veredicto, alguns cortesãos preferem sair antes da tempestade.

Omar aproveitou a confusão geral para procurar Djahane com os olhos; ela está encostada em uma coluna, o rosto escondido nas mãos. Seria por ele que tremia também?

Enfim o *khan* se levanta. Caminha decidido em direção a Omar, dá-lhe um vigoroso abraço, pega-o pela mão e o leva consigo.

"O chefe da Transoxiana", contam os cronistas, "desenvolveu tamanha estima por Omar Khayyam que o convidava a sentar-se perto dele no trono."

— Então, você ficou amigo do *khan* — disse Abu-Tahir assim que deixaram o palácio.

Sua jovialidade é equivalente à angústia que ressecou sua garganta, mas Khayyam responde com leveza:

— Será que você esqueceu o provérbio que diz: "O mar não tem vizinhos, o príncipe não tem amigos"?

— Não despreze a porta que se abre, sua carreira me parece traçada na corte!

— A vida da corte não é para mim; meu único sonho, minha única ambição é ter um dia um observatório, com um roseiral, e contemplar perdidamente o céu, uma taça na mão, uma bela mulher ao lado.

— Bela como aquela poeta? — brinca Abu-Tahir.

Omar só pensa nela, mas se cala. Teme que uma única palavra o traia. Sentindo-se um pouco frívolo, o juiz muda de tom e de assunto:

— Tenho um favor a lhe pedir.

— Você é quem me cumula de favores.

— É possível! — concede rapidamente Abu-Tahir. — Digamos que eu queira algo em troca.

Chegavam à porta de sua residência; o juiz o convida para continuarem a conversa sentados a uma mesa posta.

— Concebi um projeto para você, um projeto de livro. Esqueçamos por um momento seu *Rubaiyat*. Para mim, são apenas caprichos do gênio. Os verdadeiros domínios em que você brilha são a medicina, a astrologia, a matemática, a física, a metafísica. Estou errado em dizer que depois da morte de Ibn-Sina ninguém conhece essas áreas melhor do que você?

Khayyam fica calado. Abu-Tahir continua:

— É sobre esses domínios do conhecimento que espero um livro definitivo seu, e queria que você o dedicasse a mim.

— Não acredito que exista um livro definitivo nesses domínios, e é por isso que até agora me contentei em ler, em aprender, sem escrever nada eu mesmo.

— Explique-se!

— Consideremos os antigos, os gregos, os indianos, os muçulmanos que me precederam. Eles escreveram muito sobre todas essas disciplinas. Se eu repetir o que disseram, meu trabalho será supérfluo; se os contradisser, como muitas vezes sou tentado a fazer, outros virão depois de mim para me contradizer. O que sobrará amanhã dos escritos dos cientistas? Apenas o mal que falaram daqueles que os precederam. Teremos na memória o que eles destruíram na teoria dos outros, mas o que construíram será inevitavelmente destruído, ridicularizado até, pelos que virão depois. Assim é a lei da ciência; a poesia não conhece lei como essa, nunca nega o que a precedeu e nunca é negada pelo que se segue, atravessa os séculos em paz. Por isso escrevo meus *rubaiyat*. Sabe o que me fascina nas ciências? Nelas encontro a poesia suprema: na matemática, a estimulante vertigem dos números; na astronomia, o enigmático murmúrio do universo. Mas, por favor, não me fale de verdade!

Fica quieto um instante, e logo retoma:

— Passeei no entorno de Samarcanda, vi ruínas com inscrições que ninguém mais sabe decifrar, e me perguntei: o que resta da cidade que se erguia aqui? Não falemos dos homens, a mais efêmera das criaturas, mas o que resta de sua civilização? Que reino subsistiu, que ciência, que lei, que verdade? Nada. Procurei nessas ruínas, mas descobri apenas um rosto gravado em um caco de cerâmica e um fragmento de pintura em uma parede. É o que serão meus miseráveis poemas em mil anos: cacos, fragmentos, destroços de um mundo enterrado para sempre. O que resta de uma cidade é o olhar indiferente que um poeta meio bêbado lhe dirigiu.

— Entendo suas palavras — balbucia Abu-Tahir, bastante confuso. — Mas você não pensaria em dedicar poemas que cheiram a vinho a um juiz chafeísta!

Na verdade, Omar saberá se mostrar conciliador e cheio de gratidão, abrandará seu vinho com água, por assim dizer. Nos meses que se seguirão, irá dedicar-se à redação de uma obra seriíssima sobre equações cúbicas. Para representar a incógnita nesse tratado de álgebra, usará o termo árabe *chay*, que significa "coisa"; essa palavra, grafada *xay* nas obras científicas espanholas, foi progressivamente substituída por sua primeira letra, x, tornada símbolo universal de uma incógnita.

Finalizada em Samarcanda, a obra de Khayyam foi dedicada a seu protetor: "Somos vítimas de uma era em que os homens de ciência estão desacreditados, e muito poucos dentre eles podem se dedicar a uma pesquisa verdadeira... O escasso conhecimento que têm os cientistas de hoje é dedicado a perseguir fins materiais... Assim, eu havia desistido de encontrar neste mundo um homem interessado tanto na ciência como nas coisas do mundo e que estivesse sinceramente preocupado com os destinos do gênero humano, até que Deus me concedeu a graça de encontrar o grande juiz, o imã Abu-Tahir. Seus favores me permitiram dedicar-me a tais obras".

Quando, na mesma noite, volta ao belvedere que agora lhe serve de casa, Khayyam não leva consigo um lampião, acreditando ser muito tarde para ler ou escrever. Seu caminho, entretanto, está mal iluminado pela ainda frágil lua crescente daquele fim do mês do *chawwal*. Depois de distanciar-se da casa do juiz, avança tateando, tropeça mais de uma vez, agarra-se aos arbustos, recebe no rosto a carícia áspera de um salgueiro-chorão.

Mal chega a seu quarto, uma voz, uma doce reprimenda:

— Esperava que chegasse mais cedo.

Será que de tanto pensar na mulher agora acredita ouvi-la? Em pé em frente à porta lentamente fechada, procura com os olhos uma silhueta. Em vão. Só a voz lhe chega outra vez, audível mas pouco clara.

— Você se cala, recusa-se a acreditar que uma mulher tenha ousado invadir seu quarto dessa maneira. No palácio, nossos olhares se cruzaram, um brilho os atravessou, mas o *khan* estava lá, e o juiz, e o resto da corte, e seu olhar fugiu. Como tantos homens, você escolheu não parar. Por que brincar com a sorte, por que atiçar a fúria do príncipe por uma simples mulher, uma viúva que só teria como dote uma língua afiada e uma reputação duvidosa?

Omar se sente acorrentado por alguma força misteriosa, não consegue se mexer nem entreabrir os lábios.

— Você não diz nada — constata Djahane, irônica mas carinhosa. — Paciência, continuarei falando sozinha, afinal eu mesma fiz tudo até agora. Quando você deixou a corte, fiz algumas perguntas sobre você, descobri onde morava, espalhei que ia me hospedar na casa de uma prima casada com um rico comerciante de Samarcanda. Normalmente, quando viajo com a corte, durmo com o harém, tenho ali algumas amigas, elas gostam da minha companhia, estão sempre ávidas pelas histórias que conto, não veem em mim uma rival, sabem que não aspiro a me tornar esposa do *khan*. Poderia seduzi-lo, mas frequentei demais as esposas dos reis para ser tentada por um tal desejo. Para mim, a vida é muito mais importante do que os homens! Pois enquanto sou a mulher de outro, ou de ninguém, o soberano vai querer me exibir em seu divã com meus versos e meus sorrisos. Se em algum momento pensasse em me desposar, a primeira coisa que faria seria trancar-me.

Emergindo penosamente de seu torpor, Omar não conseguiu apreender nada do que disse Djahane. Quando se decide a pronunciar suas primeiras palavras, dirige-se menos a ela e mais a si mesmo, ou a uma sombra:

— Quantas vezes, adolescente e depois da adolescência, cruzei um olhar, um sorriso. Sonhava à noite que esse olhar se tornava presença, tornava-se carne, mulher, luz na escuridão. E de repente, na escuridão desta noite, neste pavilhão irreal, nesta cidade irreal, eis você, bela mulher, oferecida e, para completar, poeta.

Ela ri.

— Oferecida? Do que você está falando? Você não me tocou nem me viu, e não me verá sem dúvida, pois partirei bem antes que o sol me alcance.

Na escuridão ainda espessa, um agitar desordenado de seda, um perfume. Omar prende a respiração, sua pele está desperta; não consegue deixar de perguntar, com a ingenuidade de um garoto:

— Você ainda está com seu véu?

— Meu único véu é a noite.

6

Uma mulher, um homem. O pintor anônimo imaginou-os de perfil, deitados, enlaçados; apagou as paredes do pavilhão para dar a eles uma cama de folhas rodeada de rosas e fez correr a seus pés um riacho prateado. Para Djahane deu os seios graciosos de uma divindade hindu, Omar acaricia seus cabelos, uma taça na outra mão.

Todos os dias, no palácio, eles se cruzam e evitam se olhar, com medo de se traírem. Todas as noites, Khayyam corre para o pavilhão e espera sua bem-amada. Quantas noites o destino lhes concedeu? Tudo depende do soberano. Quando ele se deslocar, Djahane o seguirá. Ele nunca avisa com antecedência. Uma manhã, montará em seu cavalo, nômade filho de nômade, tomará a estrada para Bukhara, para Kich ou para Panjakent, a corte se apressará em alcançá-lo. Omar e Djahane temem esse momento, cada beijo carrega um gosto de adeus, cada abraço é uma escapada sem fôlego.

Uma noite entre tantas, uma das mais quentes do verão, contudo, Khayyam sai para esperar no terraço do belvedere; ouve, parece-lhe que bem perto, risos dos guardas do juiz, inquieta-se. Sem razão, pois Djahane chega e o tranquiliza, ninguém a viu. Trocam um primeiro beijo, furtivo, seguido de outro, mais demorado, é o modo como terminam o dia dos outros e começam a noite deles.

— Quantos amantes você acha que há nesta cidade neste instante, encontrando-se como nós?

É Djahane quem sussurra, marota. Omar ajusta sabiamente seu solidéu, infla as bochechas e a voz.

— Examinemos bem as coisas: se excluirmos as esposas que se entediam, as escravas que obedecem, as mulheres da rua que se vendem ou se alugam, as virgens que suspiram, quantas mulheres sobram, quantas amantes se unirão esta noite ao homem que escolheram? Da mesma forma, quantos homens dormem ao lado de uma mulher que amam, de uma mulher que se entrega a eles por outra razão que não a de não poderem fazer senão isso? Quem sabe talvez exista apenas uma amante, esta noite, em Samarcanda, talvez exista apenas um amante. Por que você, por que eu?, você perguntará. Porque Deus nos fez amantes como fez algumas flores venenosas.

Ele ri, ela deixa escorrer as lágrimas.

— Entremos e fechemos a porta, poderiam ouvir nossa felicidade.

Depois de muitas carícias, Djahane se ergue, se cobre um pouco, afasta docemente o amante.

— Preciso lhe contar um segredo que ouvi da mulher mais velha do *khan*. Sabe por que ele está em Samarcanda?

Omar a interrompe, acha que ela se refere a mexericos de harém.

— Os segredos dos príncipes não me interessam; eles queimam as orelhas que os escutam.

— Ouça-me primeiro, esse segredo também nos pertence, pois pode transformar nossa vida. Nasr Khan veio para inspecionar as fortificações. No fim do verão, quando os grandes calores passarem, espera um ataque do exército seljúcida.

Os seljúcidas — Khayyam os conhece — povoam suas primeiras lembranças de infância. Bem antes de se tornarem os donos da Ásia muçulmana, tomaram sua cidade natal, deixando ali, por gerações, a lembrança de um Grande Medo.

Isso aconteceu dez anos antes de seu nascimento. Os habitantes de Nichapur acordaram uma manhã com a cidade totalmente cercada por guerreiros turcos. No comando, dois irmãos, Toghrul-Beg, o Falcão, e Tchagri-Beg, o Gavião, filhos de Mikail, filho de Seljuk, então obscuros chefes de clãs nômades recentemente convertidos ao islã. Uma mensagem chegou aos dignitários da cidade: "Dizem que seus homens são valentes e que corre água fresca na cidade, em canais subterrâneos. Se vocês tentarem resistir, seus canais estarão em breve a céu aberto e seus homens debaixo da terra".

Fanfarronices, comuns aos cercos. Os dignitários de Nichapur, contudo, rapidamente capitularam, com a promessa de que os moradores teriam a vida salva, de que seus bens, suas casas, suas plantações e seus canais seriam poupados. De que valem as promessas de um vencedor, no entanto? Assim que a tropa entrou na cidade, Tchagri quis soltar seus homens nas ruas e no mercado. Toghrul se opôs, argumentando que era o mês do ramadã, que não se podia pilhar uma cidade durante o período do jejum. O argumento foi aceito, mas Tchagri não se desarmou. Resignou-se apenas a esperar que a população não estivesse mais em estado de graça.

Quando os cidadãos souberam do conflito que dividia os irmãos, quando entenderam que no início do mês seguinte seriam entregues à pilhagem, ao estupro e ao massacre, começou o Grande Medo. Pior que o estupro é o estupro anunciado, a espera passiva, humilhante, do monstro inelutável. As lojas se esvaziaram, os homens se entocaram, suas mulheres, suas filhas viam-nos chorar impotentes. O que fazer, como fugir, por que estrada? O invasor estava por toda parte, seus soldados de cabelos trançados andavam pelo mercado do Quadrado Grande, pelos bairros e pelos subúrbios, pelos arredores da porta Queimada, sempre bêbados, à procura de uma recompensa, de uma pilhagem, suas hordas descontroladas infestavam os campos próximos.

Normalmente, esperamos que o jejum acabe, que chegue o dia da festa. Naquele ano, preferiríamos que o jejum se prolongasse ao infinito, que a festa da Quebra de Jejum não chegasse jamais. Quando surgiu a lua crescente do novo mês, ninguém sonhava com as festividades, ninguém imaginava sacrificar um cordeiro, a cidade inteira tinha a impressão de ser um gigantesco cordeiro engordado para o sacrifício.

Milhares de famílias passaram a noite que precede a festa, a noite do Decreto, em que todos os desejos são atendidos, nas mesquitas, nos mausoléus dos santos, em abrigos precários, noite de agonia, de lágrimas e preces.

Enquanto isso, na cidadela, uma discussão violenta tomava corpo entre os irmãos seljúcidas. Tchagri gritava que seus homens não eram pagos havia meses, que só tinham aceitado guerrear porque a promessa era deixá-los de mãos livres naquela cidade opulenta, que estavam à beira da revolta, que ele, Tchagri, não conseguiria segurá-los por mais tempo.

Toghrul falava outra língua:

— Estamos apenas iniciando nossas conquistas, há muitas cidades por invadir, Isfahan, Chiraz, Ray, Tabriz e outras mais além! Se pilharmos Nichapur depois de sua rendição, depois de todas as nossas promessas, nenhuma porta se abrirá para nós, nenhum exército fraquejará.

— Como poderemos conquistar todas essas cidades com as quais você sonha se perdermos nosso exército, se nossos homens nos abandonarem? Os mais fiéis já se queixam e ameaçam.

Os dois irmãos estavam cercados por seus oficiais, pelos anciãos do clã, e todos em uníssono davam razão a Tchagri. Encorajado, ele se levantou, decidido a concluir:

— Já falamos demais, vou dizer a meus homens que se sirvam da cidade. Se quiser segurar os seus, faça isso, cada um com suas tropas.

Toghrul não respondia, não se mexia, atormentado por um terrível dilema. De repente, saltou para longe de todos e se muniu de um punhal.

Tchagri, por sua vez, desembainhou o seu. Ninguém sabia se deveria interceder ou, como era costume, deixar os irmãos seljúcidas acertarem suas diferenças com sangue. Então Toghrul falou:

— Irmão, não posso obrigá-lo a me obedecer, não posso segurar seus homens. Mas, se você os soltar na cidade, plantarei este punhal em meu coração.

Dizendo isso, apontou para o peito a arma cujo punho segurava com as duas mãos. Quase sem hesitar, o irmão avançou para ele de braços abertos e abraçou-o demoradamente, prometendo não mais contrariar sua vontade. Nichapur foi salva, mas nunca esqueceria o Grande Medo, do ramadã.

7

— Assim são os seljúcidas — observa Khayyam —, saqueadores incultos e déspotas esclarecidos, capazes de mesquinharias e de gestos sublimes. Toghrul-Beg, principalmente, tinha um caráter de construtor de império. Eu estava com três anos quando ele tomou Isfahan, dez quando conquistou Bagdá, impondo-se como protetor do califa, obtendo dele o título de "Sultão do Oriente e do Ocidente", e até se casando, aos setenta anos, com a própria filha do Príncipe dos Crentes.

Dizendo isso, Omar mostrou-se maravilhado, um pouquinho solene até, mas Djahane solta uma risada bem desrespeitosa. Ele olha para ela, severo, ofendido, sem entender o porquê dessa hilaridade repentina; ela se desculpa e explica:

— Quando você falou desse casamento, eu me lembrei do que contaram no harém.

Omar recorda vagamente o episódio cujos detalhes regalam Djahane.

Ao receber a mensagem de Toghrul pedindo a mão de sua filha Sayyeda, o califa empalideceu. Tão logo o emissário do sultão partiu, ele esbravejou:

— Esse turco... recém saído da tenda! Esse turco cujos pais, ainda ontem, se prosternavam diante de algum ídolo e desenhavam focinhos de porco em suas bandeiras! Como ousa pedir em casamento a filha do Príncipe dos Crentes, fruto da mais nobre linhagem?

Se todos os seus veneráveis membros tremiam daquele jeito, era porque ele sabia que não tinha como se esquivar do pedido. Depois de meses de hesitação e duas mensagens reforçando o pedido, acabou formulando uma resposta. Um de seus antigos conselheiros foi encarregado de transmiti-la; partiu para a cidade de Ray, cujas ruínas ainda são visíveis nos arredores de Teerã. A corte de Toghrul estava instalada ali.

De início o emissário do califa foi recebido pelo vizir, que o abordou com estas palavras:

— O sultão está impaciente, me atormenta, fico feliz que você tenha chegado com a resposta, enfim.

— Você ficará menos feliz depois de ouvi-la: o Príncipe dos Crentes pede desculpas, mas não pode aceitar o pedido que recebeu.

O vizir não pareceu nem um pouco preocupado; continuou desfiando suas contas de jade.

— Bem — disse —, você vai percorrer esse corredor, atravessar aquela porta alta e anunciar ao senhor do Iraque, de Fars, do Khorassan e do Azerbaijão, ao conquistador da Ásia, à espada que defende a Religião verdadeira, ao protetor do trono abássida: "Não, o califa não vos dará sua filha!". Muito bem, este guarda vai conduzi-lo.

O guarda mencionado se apresenta e o emissário já se erguia para acompanhá-lo quando o vizir acrescentou, anódino:

— Suponho que, como homem prevenido, você tenha pagado suas dívidas, repartido sua fortuna entre seus filhos e casado todas as suas filhas.

O emissário sentou-se outra vez, subitamente exausto.

— O que me aconselha?

— O califa não deu alternativa, alguma possibilidade de negociação?

— Ele me disse que, se de fato não houvesse meio de escapar desse casamento, queria, como compensação, 300 mil dinares de ouro.

— Ah, essa já é uma forma melhor de se conduzir. Só que não acho razoável, depois de tudo o que o sultão fez pelo califa... depois de ele levá-lo de volta para sua cidade, de onde havia sido expulso pelos xiitas, depois de ele restituir seus bens e territórios... que ainda receba um pedido de compensação. Poderíamos chegar ao mesmo resultado sem ofender Toghrul-Beg. Você vai dizer a ele que o califa concede a mão de sua filha e eu, do meu lado, aproveitarei esse momento de intensa satisfação para sugerir a ele que ofereça um presente em dinares digno de tal partido.

E assim foi feito. O sultão, muito animado, preparou um imponente comboio formado pelo vizir e mais vários príncipes, dezenas de oficiais e dignitários, mulheres mais velhas de sua família e centenas de guardas e de escravos que levaram até Bagdá presentes de grande valor, cânfora, mirra, brocados, caixas repletas de pedrarias, bem como 100 mil moedas de ouro.

O califa recebeu em audiência os principais membros da delegação, teve com eles conversas educadas, porém vagas, depois, frente a frente com o vizir do sultão, disse-lhe sem rodeios que o casamento não tinha seu consentimento e que, se tentassem forçá-lo, deixaria Bagdá.

— Se era essa a posição do Príncipe dos Crentes, por que então propôs um acordo em dinares?

— Eu não podia responder "não" com apenas uma palavra. Esperava que o sultão compreendesse por minha atitude que não podia obter de mim tamanho sacrifício. Para você posso dizer: os outros sultões, fossem turcos ou persas, jamais exigiram uma coisa dessas de um califa. Preciso defender minha honra!

— Há alguns meses, quando senti que sua resposta poderia ser negativa, tentei preparar o sultão para uma recusa, expliquei que ninguém antes dele ousara formular um tal pedido, que isso não estava de acordo com as tradições, que as pessoas iam se espantar. O que ele me respondeu, eu nunca ousaria repetir.

— Fale, não tema!

— Que o Príncipe dos Crentes me dispense de fazer isso, jamais aquelas palavras poderiam cruzar meus lábios.

O califa se impacientava.

— Fale, eu ordeno, não esconda nada!

— O sultão começou me insultando, me acusando de ter tomado partido em defesa do Príncipe dos Crentes contra ele... Ameaçou me prender...

O vizir gaguejava de propósito.

— Vamos, fale, o que disse Toghrul-Beg?

— O sultão gritou: "Muito engraçado esse clã, esses abássidas! Os ancestrais deles conquistaram a melhor metade da Terra, construíram as cidades mais florescentes, e veja só como são hoje! Tomo seu império, se acomodam. Tomo sua capital, se felicitam, me cobrem de presentes e o Príncipe dos Crentes me diz: 'Todos os países que Deus me deu, dou a você, todos os crentes cuja sorte Ele me confiou, deposito em suas mãos'. Suplicou-me que pusesse seu palácio, sua pessoa, seu harém, sob as asas de minha proteção. Mas, se peço a mão da filha, se revolta e quer defender sua honra. As coxas de uma virgem... é esse o único território em cuja defesa ele ainda está disposto a combater?".

O califa sufocava, não conseguia falar, o vizir aproveitou para concluir a mensagem.

— O sultão acrescentou: "Vá dizer a ele que tomarei sua filha, como tomei o império, como tomei Bagdá!".

8

Djahane conta em detalhe, com culposo deleite, as decepções matrimoniais dos grandes deste mundo; não querendo criticá-la, Omar junta-se com prazer a seu teatro. E quando, brincando, ela ameaça se calar, suplica, acariciando-a, que continue, mesmo sabendo muito bem como a história termina.

O Príncipe dos Crentes resignou-se e disse "sim" muito a contragosto. Logo que a resposta chegou, Toghrul pegou a estrada para Bagdá e, antes mesmo de alcançar a cidade, enviou seu vizir na frente, ansioso para saber que arranjos já estavam previstos para o casamento.

Chegando ao palácio do califa, o emissário foi informado, em termos bem circunstanciados, que o contrato de casamento podia ser assinado, mas que a união dos noivos estava fora de questão, "posto que o importante é a honra da aliança, e não o encontro".

O vizir se enfureceu, mas se dominou.

— Como conheço Toghrul-Beg — explicou —, posso lhe assegurar, sem risco de errar, que a importância que ele dá ao encontro não é de maneira alguma secundária.

Na verdade, para mostrar o ardor de seu desejo, o sultão não hesitou em colocar suas tropas em estado de alerta, a esquadrinhar Bagdá e a cercar o palácio do califa. Este último teve que se render; o "encontro" aconteceu. A princesa sentou-se em uma cama recoberta de ouro, Toghrul-Beg entrou no quarto, beijou o chão diante dela, “depois prestou-lhe homenagem”, confirmam os cronistas, “sem que ela tirasse o véu do rosto, sem nada dizer-lhe, sem se ocupar de sua presença”. A partir de então, vinha vê-la todos os dias, trazendo ricos presentes, prestou-lhe homenagem diariamente, mas nem uma vez ela deixou que ele visse seu rosto. À saída, depois de cada “encontro”, muitas pessoas o esperavam, pois ficava tão bem-humorado que concordava com todos os pedidos e oferecia presentes sobejamente.

Do casamento da decadência com a arrogância, nenhuma criança nasceu. Toghrul morreu seis meses depois. Notoriamente estéril, repudiara as duas primeiras esposas, acusando-as do mal que sofria. Porém, depois de muitas mulheres, esposas e escravas, teve que se render às evidências: se havia algum defeito, era dele. Astrólogos, curandeiros e xamãs foram consultados, prescreveram que engolisse, a cada lua cheia, o prepúcio de um menino recém-circuncidado. Sem efeito. Teve que se conformar. No entanto, para evitar que a enfermidade reduzisse seu prestígio entre os seus, construiu uma sólida reputação de amante insaciável, carregando atrás de si, mesmo nas viagens mais curtas, um harém exageradamente bem fornido. Seu desempenho era assunto obrigatório em sua comitiva. Seus oficiais, e até visitantes estrangeiros, costumavam perguntar sobre suas proezas, elogiar sua energia noturna, pedir-lhe receitas e elixires.

Sayyeda ficou viúva. Sua cama de ouro ficou vazia, e ela nem pensou em reclamar. Mais grave parecia ser o vazio no poder, o império acabara de nascer, e, mesmo que portasse o nome do nebuloso ancestral seljúcida, seu verdadeiro fundador era Toghrul. O fato de ele morrer sem deixar herdeiros levaria o Oriente muçulmano a mergulhar na anarquia? Toghrul tinha uma legião de irmãos, sobrinhos, primos. Os turcos não conheciam direito de primogenitura nem regras de sucessão.

Logo, no entanto, um homem conseguiu se impor: Alp Arslan, filho de Tchagri. Em poucos meses ele assumiu a liderança dos membros do clã, massacrando uns, comprando a fidelidade de outros. Depressa se mostraria aos olhos de seus súditos como um grande soberano, forte e justo. Seria perseguido, porém, por um boato alimentado por seus rivais: assim como se atribuía ao estéril Toghrul uma transbordante virilidade, Alp Arslan, pai de nove filhos, tinha, fazendo coincidir usos e rumores, a fama de homem que pouco se interessava pelo sexo oposto. Seus inimigos o chamavam de "O efeminado", seus cortesãos evitavam deixar as conversas escorregarem para assunto tão embaraçoso. Essa reputação, merecida ou não, causaria sua queda, interrompendo prematuramente uma carreira que se anunciava fulgurante.

Disso, Djahane e Omar ainda não sabem. No momento em que conversam, no belvedere do jardim de Abu-Tahir, Alp Arslan é, aos 38 anos, o homem mais poderoso da Terra. Seu império se estende de Cabul ao Mediterrâneo, seu poder é indivisível, seu exército, fiel, tem como vizir o político mais hábil de seu tempo, Nizam Al-Mulk. Acima de tudo, Alp Arslan acaba de obter, na pequena cidade de Malazgerd, na Anatólia, uma estrondosa vitória sobre o império bizantino, cujo exército foi dizimado e cujo rei foi capturado. Em todas as mesquitas, pregadores elogiam suas façanhas; contam como, na hora da batalha, ele se cobriu com uma mortalha branca e se perfumou com os óleos dos embalsamadores, como deu um nó na cauda de seu cavalo com as próprias mãos, como conseguiu surpreender, nas proximidades de seu acampamento, os batedores russos despachados pelos bizantinos, como os fez quebrar a cara, mas como, também, libertou o rei prisioneiro.

Sem dúvida um grande momento para o islã, mas também tema de grave preocupação para Samarcanda. Alp Arslan sempre cobiçara a cidade, e até tentara tomá-la no passado. Seu conflito com os bizantinos obrigou-o a assinar uma trégua, selada com alianças matrimoniais entre as duas dinastias: Malikchah, filho mais velho do sultão, casou-se com Terken Khatun, irmã de Nasr; e o próprio *khan* casou-se com a filha de Alp Arslan.

Arranjos que não enganam ninguém, contudo. Desde que soube da vitória do sogro sobre os cristãos, o senhor de Samarcanda teme o pior para sua cidade. E tem razão; os acontecimentos se precipitam.

Duzentos mil cavaleiros seljúcidas se preparam para atravessar "o rio", que na época é chamado Djayhun, que os antigos chamavam Oxus e que se tornaria Amu Daria. Foram necessários vinte dias para que o último soldado fizesse a travessia utilizando uma ponte instável feita com barcos amarrados uns aos outros.

Em Samarcanda, a sala do trono está quase sempre cheia, mas silenciosa, como a casa de um defunto. O próprio *khan* parece ter aprendido com a provação, sem acessos de raiva, sem gritos. Os cortesãos parecem oprimidos. Sua soberba os tranquilizava, mesmo que fossem vítimas dela. Sua calma os inquieta, sentem que está resignado, julgam-no vencido, pensam em como conseguirão se salvar. Fugir, trair, esperar um pouco, rezar?

Duas vezes por dia, o *khan* se levanta, seguido em cortejo por seus parentes. Vai inspecionar um lado da muralha, é aclamado pelos soldados e pela população. Durante um desses passeios, jovens cidadãos tentam se aproximar do monarca. Mantidos à distância pelos guardas, gritam que estão prontos para lutar ao lado dos soldados, para morrer defendendo a cidade, o *khan* e a dinastia. Em vez de ficar feliz com a iniciativa, o soberano se irrita, interrompe a visita e volta atrás, ordenando aos soldados que dispersem os jovens sem demora.

No palácio, passa um sermão em seus oficiais:

— Quando meu avô, que Deus guarde em nós a lembrança de sua sabedoria, quis tomar a cidade de Balkh, os habitantes pegaram em armas na ausência de seu soberano e mataram muitos de nossos soldados, obrigando nosso exército a recuar. Meu avô, então, escreveu uma carta a Mahmud, o senhor de Balkh, reclamando: "Quero que nossas tropas se enfrentem; que Deus dê a vitória a quem quiser, mas aonde chegaremos se as pessoas comuns começarem a cuidar de nossas disputas?". Mahmud lhe deu razão, puniu seus súditos, proibiu-os de portar armas, fez com que pagassem pela destruição causada pelos combates. O que vale para os habitantes de Balkh, vale ainda mais para os de Samarcanda, insubmissos por natureza.

Prefiro me apresentar sozinho, sem armas, diante de Alp Arslan a dever minha salvação aos cidadãos.

Os oficiais concordaram, prometeram reprimir todo e qualquer zelo popular, renovaram seus juramentos de fidelidade, garantiram que se bateriam como animais feridos. Não são palavras vazias. As tropas da Transoxiana não são menos valorosas que as dos seljúcidas. Alp Arslan tem vantagem apenas em número e em idade. Não a sua, claro, mas a de sua dinastia. Pertence à segunda geração, ainda animada pela ambição fundadora. Nasr é o quinto de sua linhagem, mais preocupado em aproveitar as conquistas do que em expandi-las.

Ao longo desses dias de efervescência, Khayyam preferiu ficar longe da cidade. Não pode, claro, abster-se de fazer, vez ou outra, uma breve aparição na corte ou na casa do juiz, para não parecer que os havia abandonado num momento difícil. Fica, porém, mais tempo no belvedere, mergulhado em seus trabalhos ou em seu livro secreto, cujas páginas preenche com tenacidade, como se, para ele, a guerra só existisse pela sabedoria lúcida que lhe inspirava.

Só Djahane o conecta com a realidade do drama que se passa, traz todas as noites notícias do fronte, os humores do palácio, de que toma conhecimento sem manifestar interesse.

No campo de batalha, o avanço de Alp Arslan é lento. Carrega o peso de uma tropa pletórica, sem muita disciplina, doenças, pântanos. E resistência também, às vezes implacável. Um homem, em particular, torna difícil a vida do sultão: é o comandante de uma fortaleza perto do rio. O exército poderia contorná-la, seguir seu caminho, mas a retaguarda ficaria pouco segura, os ataques se multiplicariam e, em caso de dificuldade, a retirada seria perigosa. Assim, há necessidade de acabar com a fortaleza: Alp Arslan ordenou há dez dias, os ataques se multiplicaram.

De Samarcanda, acompanha-se a batalha de perto. De três em três dias, um pombo chega, enviado pelos defensores. A mensagem nunca é um pedido de ajuda, não menciona o esgotamento de víveres e homens, fala apenas em perdas adversas, em rumores de epidemias disseminadas entre os que fazem o cerco. Da noite para o dia, o comandante do lugar, um tal Yussef, originário de Khwarazm, torna-se o herói da Transoxiana.

Chega a hora, no entanto, em que aquele punhado de defensores é derrotado, em que as fundações da fortaleza são minadas, as muralhas escaladas. Yussef lutou até o último alento antes de ser ferido e capturado. Levam-no ao sultão, que está curioso para ver de perto a causa de seus problemas. Quem se apresenta diante dele é um homenzinho seco, hirsuto, empoeirado. Mantém-se em pé, cabeça erguida, entre dois colossos que o seguram vigorosamente pelos braços. Alp Arslan, por sua vez, está sentado de pernas cruzadas sobre um estrado de madeira coberto de almofadas. Os dois homens se olham desafiadoramente por um bom tempo, depois o vencedor ordena:

— Que plantem quatro estacas no chão, que o prendam ali e que o esquartejem!

Yussef olha o outro de alto a baixo com desprezo e exclama:

— É esse o tratamento que se deve infligir a quem lutou como um homem?

Alp Arslan não responde, vira o rosto. O prisioneiro o interpela:

— Você, Efeminado, é com você que estou falando!

O sultão dá um salto, como se tivesse sido picado por um escorpião. Pega seu arco, ao lado, posiciona a flecha e, antes de atirar, ordena aos guardas que soltem o prisioneiro. Não pode, sob risco de ferir seus próprios soldados, atirar num homem amarrado. De todo modo, nada teme, nunca errou um alvo.

Terá sido o nervosismo extremo, a precipitação, a dificuldade de atirar de distância tão curta? Mas o que acontece é que Yussef não é atingido, que o sultão não tem tempo de pegar uma segunda flecha e que o prisioneiro se precipita sobre ele. E Alp Arslan, que não pode se defender empoleirado em seu pedestal, procura se desembaraçar, prende o pé numa almofada, tropeça e cai. Yussef já está em cima dele, empunhando a faca que escondia nas roupas. Consegue trespassar o flanco do adversário antes de ser atingido por uma bordoada. Os soldados se lançam com fúria sobre seu corpo inerte, moído. Ele, no entanto, tem nos lábios um sorriso malicioso, fixado pela morte. Vingou-se; o sultão dificilmente sobreviverá.

Alp Arslan de fato morre, depois de quatro noites de agonia. De lenta agonia e amarga reflexão. Suas palavras foram relatadas nas crônicas da época: "Outro dia, eu passava em revista minhas tropas do alto de um promontório, senti a terra tremer sob seus passos, e disse para mim mesmo: 'Sou o senhor do mundo! Quem pode se comparar a mim?'. Por causa de minha arrogância, por causa de minha vaidade, Deus me enviou o mais miserável dos seres humanos, um vencido, um prisioneiro, um condenado para meu suplício; ele se mostrou mais forte do que eu, me atingiu, me fez cair de meu trono, me tirou a vida".

No dia seguinte a esse drama, Omar Khayyam teria escrito em seu livro:

Por vezes um homem se apresenta neste mundo,
Expõe sua fortuna e proclama: sou eu!
Sua glória dura o tempo de um sonho desfeito,
Logo a morte se apresenta e proclama: sou eu!

9

Na Samarcanda em festa, uma mulher ousa chorar: esposa do *khan* que triunfa, é também, e acima de tudo, filha do sultão apunhalado. É certo que o marido lhe apresentou condolências, ordenou que o harém inteiro guardasse luto, mandou chicotear diante dela um eunuco que demonstrava muita alegria. De volta a seu trono, no entanto, não hesitou em repetir para todos à volta: "Deus atendeu as preces dos habitantes de Samarcanda".

Pode-se pensar que na época os habitantes de uma cidade não tivessem nenhuma razão para preferir um soberano turco a outro. Oravam, contudo, pois o que temiam era a mudança de chefe, com seu cortejo de massacres e sofrimentos, com as inevitáveis pilhagens e depredações. Era necessário que o monarca ultrapassasse todos os limites, submetesse a população a impostos ultrajantes, a humilhações sem fim, para que ousassem desejar ser conquistados por outro. Não era o caso de Nasr. Se ele não era o melhor dos príncipes, também não era o pior, e a população se acomodava e pedia ao Todo-Poderoso que contivesse seus excessos.

Festeja-se então em Samarcanda a guerra evitada. A imensa praça de Ras Al-Tak transborda de gritos e fumaça. Em cada muro há uma barraca de ambulante. Embaixo de cada lampião improvisa-se uma cantoria, alguém arranha um alaúde. Milhares de círculos de curiosos se formam e se desfazem em torno dos contadores de histórias, dos quiromantes, dos encantadores de serpentes. No centro da praça, sobre um estrado improvisado e instável, acontece o tradicional duelo de poetas populares que celebram Samarcanda, a incomparável, Samarcanda, a inconquistável. O julgamento do público é instantâneo. Estrelas se elevam, outras declinam. Por todo lado, acendem-se fogueiras. É dezembro. As noites, já, são rigorosas. No palácio, jarros de vinho são esvaziados, quebram-se, o *khan* revela uma embriaguez jovial, ruidosa e conquistadora.

No dia seguinte, ele manda rezar na grande mesquita a prece do ausente, depois recebe as condolências pela morte do sogro. Os mesmos que na véspera foram felicitá-lo por sua vitória se reapresentam com o semblante condoído, para expressar sua aflição. O juiz, que recitou alguns versos de circunstância e convidou Omar a fazer o mesmo, sopra em seu ouvido:

— Não se surpreenda. A realidade tem duas faces, os homens também.

Na mesma noite, Abu-Tahir é convocado por Nasr Khan, que lhe pede que se junte à delegação encarregada de apresentar as homenagens de Samarcanda ao sultão morto. Omar acompanha o grupo com cerca de 120 pessoas.

O local das condolências é um antigo campo do exército seljúcida, situado ao norte do rio. Milhares de tendas e iurtas estão armadas à sua volta, verdadeira cidade improvisada onde dignos representantes da Transoxiana se misturam desconfiados a guerreiros nômades de longos cabelos trançados que vêm renovar a fidelidade de seu clã. Malikchah, dezessete anos, um gigante com cara de menino, enfiado num amplo capote de lã de ovelha, está entronizado sobre um pedestal, o mesmo que viu cair seu pai, Alp Arslan. Em pé, a alguns passos dele, está o grão-vizir, o homem forte do império, 55 anos, que Malikchah chama de "pai", sinal de extrema deferência, e que todos os outros designam pelo título, Nizam Al-Mulk, Ordem do Reino. Nunca uma alcunha foi mais merecida. Toda vez que um visitante ilustre se aproxima, o jovem sultão consulta seu vizir com o olhar, e ele indica por meio de um sinal imperceptível se ele deve mostrar-se acolhedor ou reservado, sereno ou desconfiado, atento ou distraído.

Toda a delegação de Samarcanda se prostrou aos pés de Malikchah, que faz um aceno condescendente, depois alguns notáveis se separam dela e se dirigem a Nizam. O vizir está impassível, seus colaboradores se agitam ao redor dele, mas ele os olha e ouve sem reagir. Não é o tipo de chefe de palácio que vocifera. Se é onipresente, é sobretudo na qualidade do marionetista que, com toques discretos, imprime nos outros os movimentos que deseja. Seus silêncios são proverbiais. Não é raro um visitante passar uma hora em sua presença sem trocar mais que cumprimentos na chegada e na despedida. Ninguém o visita para passar bons momentos com ele; visitam-no para renovar votos de fidelidade, para dissipar suspeitas, para evitar o esquecimento.

Doze pessoas da delegação de Samarcanda obtiveram desse modo o privilégio de apertar a mão que empunha o leme do império. Omar seguiu o juiz, Abu-Tahir balbuciou um cumprimento. Nizam acena com a cabeça, segura a mão dele por alguns segundos, o juiz fica honrado. Quando chega a vez de Omar, o vizir se inclina e cochicha em seu ouvido:

— No ano que vem, nesta mesma data, esteja em Isfahan, e falaremos.

Khayyam não está certo de ter ouvido bem, sente uma espécie de agitação no espírito. O personagem o intimida, o cerimonial o impressiona, o alarido o inebria, os gritos das carpideiras o ensurdecem; não confia mais em seus sentidos, gostaria de receber uma confirmação, um detalhamento, mas o fluxo de pessoas o empurra, o vizir olha para outro lado, recomeça a balançar a cabeça em silêncio.

No caminho de volta, Khayyam não para de ruminar o que aconteceu. Foi só para ele que o vizir disse aquelas palavras? Será que não o confundiu com outra pessoa? E por que um encontro tão distante no tempo e no espaço?

Decide-se a mencionar o ocorrido ao juiz. Até porque estava na sua frente e talvez tivesse ouvido, sentido ou adivinhado alguma coisa. Abu-Tahir o deixa contar, antes de reconhecer, malicioso:

— Percebi que o vizir havia cochichado algumas palavras; não as ouvi, mas posso afirmar que ele não confundiu você com outra pessoa. Viu quantos colaboradores ao redor dele? Eles têm a missão de informá-lo sobre a composição de todas as delegações, de soprar o nome e a qualificação de todos os que se aproximam dele. Me perguntaram seu nome, certificaram-se de que você era mesmo o Khayyam de Nichapur, o cientista, o astrólogo; não houve confusão alguma sobre sua identidade. Até porque, com Nizam Al-Mulk a única confusão possível é a que ele próprio queira criar.

O caminho é plano, pedregoso. À direita, bem longe, uma linha de montanhas altas, os contrafortes do Pamir. Khayyam e Abu-Tahir cavalgam lado a lado, seus cavalos se esbarram a todo momento.

— O que será que ele quer de mim?

— Para saber, vai ser preciso esperar um ano. Daqui até lá, aconselho você a não se perder em conjecturas, a espera é muito longa, vai se cansar. E não diga nada a ninguém!

— Normalmente sou tão falador?

O tom é de censura. O juiz não se deixa intimidar:

— Serei claro: não diga nada a essa mulher!

Omar deveria ter desconfiado, as visitas de Djahane não poderiam se repetir tanto sem que alguém percebesse. Abu-Tahir prossegue:

— Desde o primeiro encontro de vocês, os guardas vieram me avisar. Inventei uma história complicada para justificar as visitas dela, pedi que não a vissem passar e proibi que fossem acordar você todas as manhãs. Não duvide nem por um minuto: esse pavilhão é sua casa, quero que você saiba disso hoje e amanhã. Mas é preciso que eu lhe fale sobre essa mulher.

Omar fica incomodado. Não aprecia de maneira alguma o modo como o amigo diz “essa mulher”, não tem nenhuma vontade de discutir seus amores. Mesmo sem dizer nada ao juiz, seu semblante se fecha ostensivamente.

— Sei que o que estou dizendo deixa você aborrecido, mas direi até a última palavra o que devo dizer, e, se a nossa amizade tão recente não me dá esse direito, minha idade e minha função me autorizam. Quando você viu essa mulher pela primeira vez no palácio, desejou-a. É jovem e bela, sua poesia talvez tenha lhe agradado, a audácia dela esquentou seu sangue. No entanto, diante do ouro as atitudes de vocês foram diferentes. Ela se fartou do que a você desagradou. Ela agiu como poeta da corte, você como sábio. Falou sobre isso com ela depois?

A resposta é não, e, mesmo que Omar não diga nada, Abu-Tahir entende muito bem. Prossegue:

— Normalmente, no início de uma relação evitamos as questões delicadas, temos medo de destruir o frágil edifício recém-construído com tantas precauções, mas para mim o que separa você dessa mulher é grave, essencial. Vocês não veem a vida com os mesmos olhos.

— Ela é uma mulher e, além do mais, viúva. Esforça-se para subsistir sem depender de um homem; só posso admirar a coragem dela. E como criticá-la por aceitar o ouro ganho com seus versos?

— Entendo — diz o juiz, satisfeito por ter acabado por levar o amigo para aquela discussão. — Mas pelo menos você admite que essa mulher seria incapaz de levar outra vida que não a da corte?

— Talvez.

— Admite que, para você, a vida da corte é detestável, insuportável, e que você não ficaria ali nem um instante além do necessário?

Um silêncio constrangido se segue. Abu-Tahir acaba declarando, preciso, firme:

— Eu disse o que você precisava ouvir de um amigo verdadeiro. De agora em diante, não evocarei mais esse assunto, a não ser que você fale primeiro.

10

Quando chegam a Samarcanda, estão esgotados pelo frio, pelo sacolejar dos cavalos, pelo mal-estar que se instalou entre eles. Omar, rapidamente, retira-se para seu pavilhão, sem jantar. Compôs durante a viagem três quadras que começa a recitar em voz alta, dez vezes, vinte vezes, substituindo uma palavra, modificando uma frase, antes de registrá-las em seu manuscrito secreto.

Djahane chega inesperadamente, mais cedo que de costume, passa pela porta entreaberta, se desfaz do xale de lã sem fazer barulho. Avança na ponta dos pés, por trás. Omar continua absorto, ela envolve seu pescoço com os braços nus, cola o rosto no dele, deixa cair sobre os olhos dele a cabeleira perfumada.

Khayyam deveria estar realizado — pode um amante desejar ataque mais terno? Não deveria, passada a surpresa, envolver o corpo da bem-amada nos braços, abraçá-la, apertar contra o peito o sofrimento causado pelo afastamento, o calor do reencontro? Omar, no entanto, se perturba com a intrusão. O livro ainda está aberto à sua frente, gostaria de fazê-lo desaparecer. Seu primeiro reflexo é se desprender dos braços dela e, mesmo que tenha se arrependido imediatamente, mesmo sua hesitação não durando mais que um instante, Djahane, que percebeu a vacilação e a frieza dele, não demora a compreender a razão. Dirige ao livro um olhar desconfiado, como se ele fosse uma rival.

— Me perdoe! Eu estava tão impaciente para rever você, não achei que minha chegada pudesse incomodá-lo.

Um pesado silêncio separa os dois. Khayyam se aplica a rompê-lo.

— É este livro, entende? Na verdade, eu não pretendia lhe mostrar. Sempre o escondi em sua presença. Foi um presente de uma pessoa a quem prometi que ele permaneceria secreto.

Entrega o livro a ela. Ela o folheia por alguns instantes, afetando a maior indiferença ao ver algumas páginas preenchidas, dispersas entre dezenas de folhas em branco. Devolve-o com expressão melindrada.

— Por que está me mostrando o livro? Não pedi nada. Além do mais, nunca aprendi a ler. Tudo o que sei, aprendi escutando os outros.

Omar não tem por que surpreender-se. Não é raro, na época, que bons poetas sejam analfabetos; bem como, é claro, a quase totalidade das mulheres.

— E o que há de tão secreto nesse livro? Fórmulas de alquimia?

— São poemas que escrevo às vezes.

— Poemas proibidos e hereges? Subversivos?

Olha-o desconfiada, mas ele se defende rindo:

— Não, o que você está imaginando? Tenho alma de conspirador? São apenas *rubaiyat* sobre o vinho, sobre a beleza da vida e sua vaidade.

— Você, *rubaiyat*?

Deixa escapar uma exclamação de incredulidade, quase de desprezo. Os *rubaiyat* pertencem a um gênero literário menor, ligeiro e até vulgar, digno apenas dos poetas das classes baixas. Que um cientista como Omar Khayyam se permita compor um *rubai* de vez em quando pode ser tomado como uma distração, um pecadilho, eventualmente como uma provocação; mas que ele se dê ao trabalho de registrar seus versos com a maior seriedade do mundo num livro cercado de mistério, eis o que surpreende e inquieta uma poeta afeiçoada às normas da eloquência. Omar parece envergonhado; Djahane fica intrigada:

— Poderia ler alguns desses versos para mim?

Khayyam não quer deixar o assunto ir mais longe.

— Poderei lê-los todos, um dia, quando julgar que estão prontos para ser lidos.

Ela não insiste, renuncia a continuar o interrogatório, mas diz, tentando controlar a ironia:

— Quando terminar de preencher esse livro, evite ofertá-lo a Nasr Khan. Ele não tem muita consideração por autores de *rubaiyat*; nunca mais o convidará para sentar-se em seu trono.

— Não tenho a intenção de oferecer este livro a ninguém, não espero ter com ele nenhum benefício, não tenho as ambições de um poeta de corte.

Ela o feriu; ele a feriu. No silêncio que os envolve, os dois se perguntam se não foram longe demais, se não é tempo de recuar para salvar o que ainda podia ser salvo. Nessa hora, não é de Djahane que Khayyam tem raiva, mas do juiz. Arrepende-se de tê-lo deixado falar e se pergunta se o que ele disse não teria perturbado irremediavelmente o modo como olhava para sua amante. Até ali os dois viviam na inocência e na despreocupação, com o desejo comum de nunca evocar o que pudesse separá-los. "O juiz abriu meus olhos para a verdade ou não fez mais que toldar minha felicidade?", pergunta-se Khayyam.

— Você mudou, Omar; não sei dizer em quê, mas em sua maneira de me olhar e de falar comigo há um tom que eu não saberia definir. Como se desconfiasse de algo errado em mim, como se tivesse algum ressentimento. Não compreendo, mas de repente fiquei profundamente triste.

Ele tenta puxá-la para si, ela se afasta com rudeza.

— Não é assim que vai me tranquilizar. Nossos corpos podem prolongar nossas palavras, mas não podem substituí-las nem desmenti-las. O que há, me diga?

— Djahane! E se decidíssemos não falar de mais nada até amanhã?

— Amanhã não estarei mais aqui, o *khan* sairá muito cedo de Samarcanda.

— Para onde ele vai?

— Kich, Bukhara, Termez, não sei. Toda a corte vai segui-lo, eu também.

— Você não poderia ficar com sua prima em Samarcanda?

— Se estivéssemos falando apenas de encontrar desculpas! Tenho meu lugar na corte. Para conquistá-lo, lutei como dez homens. Não vou abandoná-lo agora para ficar de brincadeira no belvedere do jardim de Abu-Tahir.

Então, sem refletir, ele diz:

— Não se trata de brincadeira. Você não gostaria de compartilhar minha vida?

— Compartilhar sua vida? Não há nada a compartilhar!

Ela disse isso sem agressividade. Era mera constatação, e além do mais não desprovida de ternura. Mas, vendo a expressão horrorizada de Omar, suplica-lhe que a desculpe e soluça.

— Eu sabia que ia chorar esta noite, mas não essas lágrimas amargas; sabia que íamos nos deixar por um longo tempo, talvez para sempre, mas não com essas palavras e com esses olhares. Não quero levar do mais belo amor que já vivi a lembrança desses olhos desconhecidos. Olhe para mim, Omar, uma última vez! Lembre-se, sou sua amante, você me amou, eu amei você. Ainda me reconhece?

Khayyam envolve-a num abraço terno. Suspira:

— Se ao menos tivéssemos tempo para nos explicar, sei que essa estúpida disputa desapareceria, mas o tempo nos pressiona, nos convoca a decidir nosso futuro nesses minutos confusos.

Agora é ele quem sente uma lágrima na face. Gostaria de escondê-la, mas Djahane o abraça impetuosamente, cola seu rosto no dele.

— Pode me esconder seus escritos, mas não suas lágrimas. Quero vê-las, tocá-las, misturá-las às minhas, quero guardar o rastro delas em minha face, quero guardar seu gosto salgado em minha língua.

Os dois parecem querer se rasgar, se sufocar, se destruir. As mãos se apressam, as roupas se espalham. É incomparável a noite de amor de dois corpos incendiados por lágrimas ardentes. O fogo se propaga e os envolve, enrola, embriaga, inflama, funde pele com pele até o auge do prazer. Sobre a mesa, uma ampulheta se escoa, gota a gota, o fogo se acalma, vacila, se apaga, um sorriso ofegante permanece.

Demoradamente, respiram juntos. Omar sussurra, para ela ou para o destino que acabam de desafiar:

— Nossa disputa apenas começou.

Djahane o abraça, olhos fechados.

— Não me deixe dormir até o amanhecer!

No dia seguinte, duas novas linhas no manuscrito. A caligrafia é frágil, hesitante e torturada:

Ao lado de tua bem-amada, Khayyam, como estavas só!
Agora que ela partiu, poderás refugiar-te nela.

11

Kachan, oásis com casas baixas na rota da seda, à beira do deserto de sal. As caravanas ali se agasalham, tomam fôlego antes de percorrer as montanhas de Karkas, o sinistro monte dos Abutres, covil dos bandidos que assombram viajantes nos arredores de Isfahan.

Kachan, construída com argila e lama. O visitante procura em vão um muro gracioso, uma fachada ornamentada. No entanto, é ali que se criam as mais prestigiadas cerâmicas esmaltadas que embelezam de verde e ouro as mil mesquitas, palácios ou madraçais, de Samarcanda a Bagdá. Em todo o Oriente muçulmano, para dizer faiança diz-se apenas *kachi* ou *kachani*, mais ou menos como a porcelana carrega, em persa e em inglês, o nome da China.

Fora da cidade, um caravançará à sombra das tamareiras. Uma muralha retangular, torres de vigia, um pátio externo para os animais e as mercadorias, um pátio interno cercado de quartos. Omar gostaria de alugar um, mas o hoteleiro se desculpa: nenhum está livre para essa noite, ricos negociantes de Isfahan acabam de chegar com filhos e criados. Para verificar se o que diz é verdade, não há necessidade de consultar os registros. O lugar está lotado de caixeiros aos berros e de respeitáveis montarias. Apesar do inverno que começa, Omar gostaria de dormir sob as estrelas, mas os escorpiões de Kachan são apenas pouco menos famosos que sua faiança.

— Não há mesmo nenhum cantinho para eu estender minha esteira até o amanhecer?

O proprietário coça a cabeça. É noite, não pode recusar abrigo a um muçulmano:

— Tenho um quartinho de canto, ocupado por um estudante, peça a ele que abra espaço para você...

Seguem até lá, a porta está fechada. O hoteleiro a entreabre sem bater, uma vela tremula, um livro se fecha precipitadamente.

— Este nobre viajante partiu de Samarcanda há três longos meses e achei que poderia dividir o quarto com você.

Se o jovem está contrariado, evita demonstrar, mostra-se educado, mesmo sem ser caloroso.

Khayyam entra, cumprimenta e se apresenta com prudência:

— Omar de Nichapur.

Um breve mas intenso brilho de interesse surge nos olhos de seu companheiro, que também se apresenta:

— Hassan, filho de Ali Sabbah, nativo de Kom, estudante em Ray, em viagem para Isfahan.

A enumeração detalhada deixa Khayyam constrangido. É um convite para que diga mais sobre si, sua atividade, o objetivo de sua viagem. Não entende o motivo e desconfia do procedimento. Fica em silêncio, devagar se senta e se encosta na parede, para encarar aquele jovem moreno, tão frágil e magro, tão anguloso. Sua barba de sete dias, seu turbante preto apertado e seus olhos saltados desconcertam.

O estudante o provoca com um sorriso:

— Quando se tem o prenome Omar, é imprudente aventurar-se para os lados de Kachan.

Kayyam finge surpresa. No entanto, compreende bem a alusão. Tem o mesmo prenome do segundo sucessor do Profeta, o califa Omar, abominado pelos xiitas por ter sido um tenaz rival de Ali, seu pai fundador. Se no momento a população da Pérsia é em grande maioria sunita, o xiismo já tem ali algumas ilhas, especialmente as cidades-oásis de Kom e Kachan, onde estranhas tradições se perpetuaram. Todos os anos se celebra com um carnaval burlesco o aniversário de morte do califa Omar. Para isso, as mulheres se pintam, preparam doces e pistaches assados, as crianças ficam nos terraços e jogam água nos passantes, gritando alegremente: "Deus amaldiçoe Omar!". Fabricam um boneco do califa tendo na mão um fio de contas feitas de excremento e o levam para desfilar em certos bairros, cantando: "Se seu nome é Omar, você tem seu lugar no inferno, você, o chefe dos celerados, você, infame usurpador!". Os sapateiros de Kom e de Kachan têm o hábito de escrever "Omar" nas solas que fabricam, os charreteiros dão esse nome a seus animais, divertindo-se em pronunciá-lo a cada chicotada, e os caçadores, quando só têm uma única flecha, dizem ao lançá-la: "Esta é para o coração de Omar!".

Hassan evoca essas práticas com palavras vagas, evitando entrar grosseiramente nos detalhes, mas Omar o fita sem amabilidade e declara em tom cansado e definitivo:

— Não mudarei de caminho por causa do meu nome, não mudarei de nome por causa do meu caminho.

Um longo e frio silêncio se segue, os olhos se evitam. Omar tira os sapatos e se deita para dormir. É Hassan quem recomeça:

— Posso tê-lo ofendido lembrando esses costumes, mas gostaria apenas que fosse prudente ao mencionar seu nome neste lugar. Não se engane sobre minhas intenções. Aconteceu, sim, quando eu era criança em Kom, de participar dessas festividades, mas desde a adolescência destinei a elas outro olhar, compreendi que tais excessos não são dignos de um homem de conhecimento. Nem conformes ao ensinamento do Profeta. Dito isso, quando você se maravilha, em Samarcanda ou em outros lugares, diante de uma mesquita admiravelmente enfeitada com cerâmica esmaltada pelos artesãos xiitas de Kachan, e o pregador dessa mesma mesquita lança do alto de seu púlpito injúrias e imprecações contra "os malditos hereges seguidores de Ali", também não está de acordo com o ensinamento do Profeta.

Omar se ergue um pouco:

— Palavras de homem sensato.

— Sei ser sensato e sei ser louco. Posso ser amável ou execrável. Mas como mostrar-se amável com quem vem compartilhar seu quarto e nem ao menos se apresenta?

— Bastou eu dizer meu prenome para você me assaltar com comentários depreciativos. O que não teria dito se seu revelasse minha identidade completa?

— Talvez não tivesse dito nada disso. É possível detestar Omar, o califa, e experimentar estima e admiração por Omar, o geômetra, por Omar, o algebrista, por Omar, o astrônomo, ou até por Omar, o filósofo.

Khayyam senta-se. Hassan exulta:

— Você acredita que as pessoas sejam identificadas apenas por seus nomes? Elas também são reconhecidas pelo olhar, pelo jeito de andar, pela aparência, pelo tom com que falam. Desde que você entrou, eu soube que era um homem do conhecimento, habituado às honrarias ao mesmo tempo que as despreza, um homem que chega sem indagar pelo caminho. Desde que pronunciou o começo de seu nome, entendi: meus ouvidos conhecem um único Omar de Nichapur.

— Se queria me impressionar, devo admitir que conseguiu. Quem é você?

— Eu disse meu nome, mas ele não desperta nada em você. Sou Hassan Sabbah de Kom. Não me orgulho de nada, apenas de ter acabado aos dezessete anos a leitura de tudo o que concerne às ciências da religião, da filosofia, da história e dos astros.

— Não se lê nunca tudo, há tanto conhecimento a adquirir todos os dias!

— Ponha-me à prova.

De brincadeira, Omar começa a fazer algumas perguntas ao interlocutor, sobre Platão, Euclides, Porfírio, Ptolomeu, sobre a medicina de Dioscórides, de Galeno, de Rasis e de Avicena, e depois sobre as interpretações da lei corânica. A resposta de seu companheiro sempre chega precisa, rigorosa, irretocável. Começa a amanhecer e nem um nem outro dormiu, não sentiram o tempo passar. Hassan experimenta um prazer verdadeiro. Omar, por sua vez, sente-se subjugado, só consegue confessar:

— Nunca encontrei um homem que tivesse aprendido tantas coisas. O que pretende fazer com todo esse saber acumulado?

Hassan o encara desafiador, como se tivessem violado alguma parte secreta de sua alma, mas se acalma e baixa os olhos:

— Gostaria de me apresentar a Nizam Al-Mulk, talvez ele tenha um trabalho para mim.

Khayyam está tão encantado com o companheiro que quase revela que ele próprio vai ao encontro do grão-vizir. No último momento, porém, se retrai. Ainda guarda um resto de desconfiança, que, mesmo arrefecida, não desapareceu.

Passados dois dias, depois de se incorporarem a uma caravana de comerciantes, os dois caminham lado a lado, citando abundantemente, de memória, em persa ou em árabe, as mais belas páginas dos autores que admiram. Às vezes começam um debate, mas logo param. Quando Hassan fala de certezas, sobe o tom, proclama "verdades indiscutíveis", insta o companheiro a admiti-las, Omar continua cético, demora-se avaliando opiniões divergentes, raramente escolhe, exibe com prazer a própria ignorância. À sua boca voltam incansavelmente estas palavras: "O que quer que eu diga, essas coisas são veladas, estamos você e eu do mesmo lado do véu, e quando ele cair não estaremos mais aqui".

Depois de uma semana na estrada, chegam a Isfahan.

12

E*sfahane, nesf-é djahane!*, dizem hoje os persas. "Isfahan, a metade do mundo." A expressão nasceu bem depois da época de Khayyam, mas já em 1074 quantas palavras havia para exaltar a cidade: "suas pedras, a galena, seus enxames de abelhas, sua relva de açafrão", "seu ar é tão puro, tão saudável, seus celeiros desconhecem a calhandra, nenhuma carne ali se decompõe". É verdade que ela está situada a 5 mil pés de altitude. Isfahan, contudo, abriga também sessenta caravançarás, duzentos banqueiros e cambistas, intermináveis mercados cobertos. Seus ateliês fiam a seda e o algodão. Seus tapetes, seus tecidos, seus cadeados são exportados para os lugares mais distantes. Suas rosas desabrocham em mil variedades. Sua opulência é proverbial. Esta cidade, a mais populosa do mundo persa, atrai todos aqueles que procuram o poder, a fortuna ou o conhecimento.

Digo "esta cidade", mas não se trata propriamente de uma cidade. Conta-se ainda hoje a história de um jovem viajante de Ray, tão ansioso de ver as maravilhas de Isfahan que teria se separado de sua caravana no último dia de viagem para galopar velozmente sozinho. Algumas horas depois, encontrando-se à beira do Zayandeh, "o rio que dá a vida", margeou-o até chegar a uma muralha de terra. A aglomeração lhe pareceu de tamanho respeitável, mas bem menor que a de sua própria cidade de Ray. Chegando ao portão, informou-se com os guardas.

— Aqui é a cidade de Djay — responderam.

Nem se dignou a entrar, contornou-a e seguiu caminho para oeste. Seu cavalo estava esgotado, mas chicoteava-o sem dó. Logo chegava, resfolegante, às portas de outra cidade, mais imponente que a primeira, mas pouco maior que Ray. Perguntou a um senhor que passava.

— Aqui é Yahudiye, a Cidade Judia.

— E há tantos judeus assim nesta terra?

— Há alguns, mas a maioria dos habitantes é de muçulmanos, como você e eu. Chamam-na Yahudiye porque o rei Nabucodonosor instalou aqui, dizem, os judeus que deportou de Jerusalém; outros acreditam que foi a esposa judia de um xá da Pérsia quem trouxe para este lugar, antes do tempo do islã, pessoas de sua comunidade. Só Deus sabe a verdade!

Quando nosso jovem viajante se virou, resignado a seguir seu caminho mesmo que seu cavalo desabasse sob suas pernas, o velho perguntou:

— Aonde você quer ir assim, meu filho?

— A Isfahan!

O ancião soltou uma gargalhada.

— Ninguém contou a você que Isfahan não existe?

— Como assim? Ela não é a maior, a mais bela cidade da Pérsia, que já existia em outros tempos, a capital orgulhosa de Artaban, rei dos partas? Suas maravilhas não foram cantadas nos livros?

— Não sei o que dizem os livros, mas nasci aqui há setenta anos e apenas os estrangeiros me falam da cidade de Isfahan; eu nunca a vi.

Ele exagerava um pouco. O nome Isfahan designou por muito tempo não uma cidade, mas um oásis onde foram erguidas duas cidades bem distintas, separadas uma da outra por uma hora de estrada, Djay e Yahudiye. Seria preciso esperar o século XVI para que elas, e as aldeias do entorno, se fundissem em uma verdadeira cidade. No tempo de Khayyam ela ainda não existia, mas uma muralha fora construída, com a extensão de três parasangas, ou seja, uma dúzia de milhas, destinada a proteger o conjunto do oásis.

Omar e Hassan chegaram tarde da noite. Encontraram hospedagem em Djay, num caravançará próximo à porta de Tirah. Ali se deitam e, sem tempo de trocar uma só palavra, começam a roncar em uníssono.

No dia seguinte, Khayyam se apresenta ao grão-vizir. Praça dos cambistas, viajantes e comerciantes de todas as origens, andaluzes, gregos ou chineses se agitam em volta dos verificadores de moedas, que, dignamente munidos de sua balança regulatória, arranham um dinar de Kerman, de Nichapur ou de Sevilha, farejam um *tanka* de Delhi, pesam um *dirham* de Bukhara ou fazem muxoxo diante de um magro *nomisma* de Constantinopla, recentemente desvalorizado.

A entrada do Conselho de Estado, sede do governo e residência oficial de Nizam Al-Mulk, não é longe. Tocadores de *nowba* ficam por ali, encarregados, três vezes por dia, de fazer soar suas trombetas em honra ao grão-vizir. Apesar desse aparato, qualquer um pode entrar, até os mais humildes viúvos são autorizados a se aventurar no divã, a vasta sala de audiência, para se aproximar do homem forte do império e apresentar-lhe lágrimas e queixas. Só ali guardas e camareiros fazem um cerco em torno de Nizam, interrogam os visitantes, afastam os importunos.

Omar parou sob o vão da porta. Escruta o aposento, suas paredes desnudas, suas três espessuras de tapetes. Com um gesto hesitante, saúda o público, uma multidão variada mas selecionada que cerca o vizir, que no momento troca ideias com um oficial turco. Com o canto do olho, Nizam percebe o recém-chegado; sorri amistosamente e com um gesto convida-o a sentar-se. Cinco minutos depois, se aproxima dele, beija-o duas vezes na face e depois na testa.

— Eu o esperava, sabia que chegaria a tempo, tenho muitas coisas a lhe dizer.

Em seguida puxa-o pela mão até uma pequena sala contígua, onde ficam isolados. Sentam-se lado a lado sobre uma enorme almofada de couro.

— Algumas de minhas palavras vão surpreendê-lo, mas espero que no fim das contas não se arrependa de ter atendido a meu convite.

— Nunca ninguém se arrependeu de atravessar a porta de Nizam Al-Mulk!

— Já aconteceu — disse o vizir com um sorriso feroz. — Já elevei homens até as nuvens, rebaixei outros, distribuo diariamente vida e morte, Deus julgará minhas intenções, é Ele a fonte de todo poder. Deus confiou a autoridade suprema ao califa árabe, que a cedeu ao sultão turco, que a colocou nas mãos do vizir persa, seu servidor. Dos outros, exijo que respeitem essa autoridade; a você, *khwaja* Omar, peço que respeite meu sonho. Sim, nessa imensa região que me coube, sonho construir o Estado mais poderoso, mais próspero, mais estável, mais bem policiado do universo. Sonho com um império em que cada província, cada cidade seja administrada por um homem justo, temente a Deus, atento às queixas do mais débil dos súditos. Sonho com um Estado em que o lobo e o cordeiro bebam juntos, calmamente, a água do mesmo riacho. Mas não me contento apenas em sonhar, eu construo. Passeie amanhã pelos bairros de Isfahan, verá regimentos de trabalhadores que cavam e constroem, artesãos que trabalham. Por toda parte surgem hospitais, mesquitas, caravançarás, fortes, palácios do governo. Logo, toda cidade importante terá sua grande escola, e nela estará meu nome, "madraçal Nizamiya". O de Bagdá já funciona, desenhei a planta, estabeleci o programa de estudos, escolhi os melhores professores, dei uma bolsa a cada estudante. Este império, veja, é um imenso canteiro de obras. Eleva-se, espalha-se, prospera, é uma época abençoada, esta em que o Céu nos permite viver.

Um criado de cabelos claros entra. Inclina-se, trazendo numa bandeja de prata cinzelada duas taças de xarope de rosas gelado. Omar pega uma delas, coberta de gotículas frescas; encosta-a nos lábios, decidido a bebericar demoradamente. Nizam bebe a sua de um só gole, depois prossegue:

— Sua presença aqui me alegra e me honra!

Khayyam quer responder a essa demonstração de amabilidade. Nizam o impede com um gesto:

— Não vá imaginar que desejo adulá-lo. Sou poderoso o bastante para cantar louvores apenas ao Criador. Mas veja, *khwaja* Omar, por mais extenso que seja um império, por mais povoado, por mais opulento que seja, ele sempre carece de homens. Aparentemente, quantas criaturas, quantos lugares fervilhantes, quantas multidões densas! No entanto, às vezes acontece de eu contemplar meu exército em formação, uma mesquita na hora da prece, um mercado, ou até meu divã, e perguntar-me: se eu exigisse desses homens sabedoria, conhecimento, lealdade, integridade, não veria a cada qualidade enumerada a massa ficar menos densa, depois se dissolver e desaparecer? Estou sozinho, *khwaja* Omar, desesperadamente só. Meu divã está vazio, meu palácio também. Esta cidade, este império estão vazios. Sempre tive a impressão de ter que aplaudir só com uma das mãos. Não me contentaria em mandar vir de Samarcanda homens como você; estou disposto a ir até Samarcanda a pé para buscá-los.

Omar murmura um "Deus não permita!" atrapalhado, mas o vizir não fica por aí.

— São esses os meus sonhos e as minhas preocupações. Eu poderia falar por dias e noites, mas gostaria de ouvi-lo. Estou ansioso para saber se esse sonho toca você de algum modo, se aceita ficar ao meu lado para ocupar o lugar que lhe é devido.

— Seus projetos são estimulantes e sua confiança me honra!

— Quais são suas exigências para colaborar comigo? Diga, sem dissimulação, como eu mesmo fiz com você. Tudo o que desejar, obterá. Não seja tímido, não deixe passar meu minuto de louca prodigalidade!

Ri. Mesmo em sua confusão extrema, Khayyam consegue fazer aflorar um pálido sorriso.

— Não desejo mais que prosseguir com meus modestos trabalhos ao abrigo da necessidade. Ter o que beber, o que comer, onde morar e com que me vestir. Minha avidez não vai além disso.

— Para hospedá-lo, lhe ofereço uma das mais belas casas de Isfahan. Eu mesmo morei nela durante a construção deste palácio. Será sua, com jardins, pomares, tapetes, criados e criadas. Para suas despesas, destino uma pensão de 10 mil dinares sultanianos. Enquanto eu viver, essa soma será oferecida a você em todo começo de ano. É suficiente?

— É muito mais do que preciso; eu nem saberia o que fazer com essa quantia.

Khayyam está sendo sincero, mas Nizam se irrita.

— Quando tiver comprado todos os livros, enchido todos os jarros de vinho e coberto de joias todas as suas amantes, distribuirá esmolas aos necessitados, financiará a caravana de Meca, construirá uma mesquita com seu nome!

Percebendo que sua indiferença e a modéstia de suas exigências não agradaram ao anfitrião, Omar cria coragem:

— Eu sempre quis construir um observatório com um grande sextante de pedra, um astrolábio e vários instrumentos. Gostaria de medir o comprimento exato do ano solar.

— Concedido! A partir da semana que vem, receberá fundos para isso, escolherá o local, e seu observatório será edificado em alguns meses. Mas me diga, nada mais o faria feliz?

— Por Deus, não quero mais nada, sua generosidade me preenche e me inunda.

— Então talvez eu pudesse, por minha vez, fazer um pedido...

— Depois de tudo o que acaba de me oferecer, será uma felicidade poder lhe demonstrar uma parte ínfima de minha imensa gratidão.

Nizam não se faz de rogado.

— Sei que é discreto, pouco afeito a falar, sei que é sensato, justo, equânime, que sabe discernir o falso do verdadeiro em tudo, sei que é digno de confiança: queria deixar em suas mãos a tarefa mais delicada de todas.

Omar espera o pior, e o pior vem.

— Nomeio você *sahib-khabar*.

— *Sahib-khabar*, eu, chefe dos espiões?

— Chefe das informações do império. Não tenha pressa em responder, não se trata de espionar gente de bem, de se introduzir na casa dos crentes, mas de cuidar da tranquilidade de todos. Num Estado, a menor malversação, a menor injustiça deve ser conhecida pelo soberano e reprimida de modo exemplar, seja quem for o culpado. Como saber se um juiz ou um governador de província se vale de seu cargo para enriquecer à custa dos humildes? Por intermédio de nossos espiões, pois é comum que as vítimas não ousem queixar-se.

— E além disso é preciso que esses espiões não se deixem comprar pelos juízes, pelos governadores ou pelos emires, que não se tornem cúmplices deles.

— Seu papel, o papel do *sahib-khabar*, é exatamente o de achar homens incorruptíveis para confiar-lhes essas missões.

— Se esses homens incorruptíveis existem, não seria mais simples nomeá-los governadores ou juízes?

Observação ingênua, que para os ouvidos de Nizam soa como zombaria. Ele se impacienta, levanta-se:

— Não quero ficar argumentando. Disse o que lhe oferecia e o que esperava de você. Vá, reflita sobre minha proposta, pese calmamente os prós e os contras e volte amanhã com uma resposta.

13

Refletir, pesar, avaliar, Khayyam não é mais capaz disso naquele dia. Ao sair do divã, enfia-se na ruela mais estreita do mercado, caminha entre homens e animais, avança sob as abóbadas de estuque entre montinhos de especiarias. A cada passo, a ruela fica um pouco mais escura, a multidão parece se movimentar em câmera lenta, sussurra vociferante, vendedores e clientes parecem atores mascarados, dançarinos sonâmbulos. Omar avança às cegas, vira ora à esquerda, ora à direita, teme cair ou perder os sentidos. De repente desemboca numa pracinha inundada de luz, verdadeira clareira na selva. O sol forte o agride; endireita-se, respira. O que está acontecendo? Recebeu como proposta o paraíso acorrentado ao inferno, como dizer sim, como dizer não, com que cara aparecer diante do grão-vizir, com que cara deixar a cidade?

À direita, a porta de uma taverna está entreaberta; empurra-a, desce alguns degraus sujos de areia, vai parar numa sala com teto baixo, mal iluminada. Chão de terra molhada, bancos claudicantes, mesas descoloridas. Pede um vinho seco de Kom. Trazem-no num jarro lascado. Sente seu aroma com vagar, de olhos fechados.

Vai-se o tempo abençoado de minha juventude,
Para esquecer, bebo vinho.
É amargo? É assim que me agrada,
Esse amargor é o gosto de minha vida.

De repente, tem uma ideia. Não havia dúvida de que precisava mergulhar no fundo daquela taverna sórdida para encontrar essa ideia; ela o esperava aqui, sobre esta mesa, no terceiro gole da quarta taça. Paga a conta, deixa uma generosa gorjeta, sai para respirar. A noite caíra, a praça já está vazia, todas as ruelas do mercado estão fechadas com pesados portões protetores. Omar tem que fazer um desvio para chegar a seu caravançará.

Quando entra no quarto pé ante pé, Hassan já dorme, rosto severo e torturado. Omar o observa por muito tempo. Mil perguntas percorrem sua mente, mas ele as afasta sem procurar respondê-las. Sua decisão está tomada, irrevogável.

Uma lenda percorre os livros. Fala de três amigos, três persas que marcaram, cada um à sua maneira, o começo de nosso milênio: Omar Khayyam, que observou o mundo; Nizam Al-Mulk, que o governou; Hassan Sabbah, que o aterrorizou. Dizem que os três estudaram juntos em Nichapur. Não pode ser verdade, Nizam era trinta anos mais velho que Omar, e Hassan fez seus estudos em Ray, talvez um pouco também em sua cidade natal, Kom, mas certamente não em Nichapur.

O *Manuscrito de Samarcanda* guardaria essa verdade? A crônica que circula à margem afirma que os três homens se encontraram pela primeira vez em Isfahan, no divã do grão-vizir, por iniciativa de Khayyam, cego aprendiz do destino.

Nizam se isolara numa salinha do palácio, cercado de alguns papéis. Assim que viu a expressão de Omar na moldura da porta, entendeu que receberia uma resposta negativa.

— Assim que não tem interesse em meus projetos...

Khayyam replica contrito, mas firme:

— Seus sonhos são grandiosos e desejo que se realizem, mas minha contribuição não pode ser a que me propôs. Entre os segredos e aqueles que os desvelam, estou do lado dos segredos. Na primeira vez em que um agente vier me relatar uma conversa, pedirei a ele silêncio, declarando que aqueles assuntos não dizem respeito nem a ele nem a mim; irei proibi-lo de entrar em minha casa. Minha curiosidade pelas pessoas e pelas coisas se exprime de outro modo.

— Respeito sua decisão, não acho que seja inútil para o império que haja homens dedicados unicamente à ciência. Que fique claro: tudo o que prometi a você, o ouro anual, a casa, o observatório são seus, nunca pego de volta o que dei de bom grado. Gostaria de associá-lo às minhas ações, mas me consolo ao pensar que os cronistas escreverão para a posteridade: no tempo de Nizam Al-Mulk viveu Omar Khayyam, que foi honrado, protegido das intempéries, e podia dizer não ao grão-vizir sem cair em desgraça.

— Não sei se poderei um dia manifestar toda a gratidão que merece sua magnanimidade.

Omar se interrompeu. Hesita antes de prosseguir:

— Talvez possa fazê-lo esquecer minha recusa apresentando-lhe um homem que acabo de conhecer. Tem uma grande inteligência, seu saber é imenso e sua habilidade, desarmante. Parece-me perfeito para a função de *sahib-khabar* e tenho certeza de que sua proposta o encantará. Garantiu-me que veio de Ray a Isfahan na esperança de trabalhar para você.

— Um ambicioso — murmura Nizam entre os dentes. — Esse é meu destino. Quando encontro um homem digno de confiança, ele não tem ambição e desconfia das coisas do poder; e quando um homem parece disposto a aceitar a primeira função que lhe ofereço, seu entusiasmo me inquieta.

Parece cansado e resignado.

— Por que nome esse homem é conhecido?

— Hassan filho de Ali Sabbah. No entanto, devo preveni-lo, nasceu em Kom.

— Um xiita imamiano? Isso não me incomoda, embora eu seja hostil a todas as heresias e a todos os desvios. Alguns dos meus melhores colaboradores são sectários de Ali, meus melhores soldados são armênios, meus tesoureiros são judeus, contudo não lhes recuso minha confiança e minha proteção. Os únicos de quem desconfio são os ismaelitas. Seu amigo não pertence a essa seita, suponho?

— Não sei. Mas Hassan veio comigo até aqui. Está esperando lá fora. Com sua permissão, vou chamá-lo e poderá interrogá-lo.

Omar desaparece por alguns segundos. Volta acompanhado do amigo, que não parece nada intimidado. Khayyam, no entanto, enxerga sob a barba do recém-chegado dois músculos que se tensionam e estremecem.

— Apresento-lhe Hassan Sabbah. Nunca um saber tão grande coube num turbante tão apertado.

Nizam sorri.

— Eis-me doutamente cercado. Não dizem que o príncipe que frequenta os sábios é o melhor dos príncipes?

Hassan é quem responde:

— Dizem também que o sábio que frequenta os príncipes é o pior dos sábios.

Uma grande gargalhada os aproxima, franca, mas breve. Nizam franze o cenho, deseja deixar de lado tão logo possível os inevitáveis preâmbulos que introduzem toda conversação persa, a fim de expor a Hassan o que espera dele. Como, curiosamente, desde as primeiras palavras já se tornam cúmplices, só resta a Omar sumir dali.

Assim, muito depressa, Hassan Sabbah tornou-se o indispensável colaborador do grão-vizir. Conseguiu implementar uma rede complexa de agentes, falsos comerciantes, falsos dervixes, falsos peregrinos, que cruzam o império seljúcida e não deixam nenhum palácio, nenhuma casa, nenhum fundo de loja protegido de seus ouvidos. Complôs, rumores, calúnias, tudo é reportado, exposto, desmontado, de maneira discreta ou exemplar.

Nos primeiros tempos, Nizam fica encantado; a formidável máquina estava em suas mãos. Gaba-se para o sultão Malikchah, até então reticente. Seu pai, Alp Arslan, recomendara que se opusesse a esse tipo de política. "Quando tiver implantado espiões por toda parte", preveniu-o, "seus verdadeiros amigos não desconfiarão deles, pois sabem que são fiéis, ao passo que os criminosos estarão em guarda. Vão querer subornar os informantes. Pouco a pouco, você vai começar a receber relatos desfavoráveis a seus verdadeiros amigos, favoráveis a seus inimigos. As palavras, boas ou más, são como flechas: quando se atiram muitas, uma delas vai atingir o alvo. Então, seu coração se fechará para seus amigos, os criminosos tomarão lugar a seu lado — e o que restará de seu poder?"

Seria preciso esperar que em seu próprio harém uma envenenadora fosse desmascarada para que o sultão deixasse de duvidar da utilidade do chefe dos espiões; de um dia para outro fizera dele um membro da família. Mas é Nizam, então, que fica enciumado da amizade que se estabelece entre Hassan e Malikchah. Os dois são jovens, começam a se divertir juntos à custa do velho vizir, principalmente às sextas-feiras, dia do *chölen*, o banquete tradicional que o sultão oferece a seus familiares.

A primeira parte das festividades é oficial e muito contida. Nizam senta-se à direita de Malikchah. Escritores e cientistas os cercam, as discussões sobre os mais variados assuntos se animam, dos méritos comparados das espadas indianas ou iemenitas às várias leituras de Aristóteles. O sultão se anima por um momento com aquela espécie de duelo, depois se distrai, seu olhar fica perdido. O vizir compreende que está na hora de se despedir, os dignos convidados o seguem. Músicos e dançarinas os substituem imediatamente, os jarros de vinho tilintam e se esvaziam, a bebedeira, suave ou louca, de acordo com o humor do príncipe, prolonga-se até a manhã. Entre dois acordes de rabeca, alaúde ou *tar*, compositores improvisam sobre seu tema favorito: Nizam Al-Mulk. Incapaz de prescindir de seu poderoso vizir, o sultão se vinga rindo. Basta ver com que frenesi infantil ele bate palmas para adivinhar que um dia se voltará contra seu "pai".

Hassan sabe alimentar no soberano todo sinal de ressentimento contra seu vizir. Do que Nizam se vale? De sua sabedoria, de seu conhecimento? Hassan demonstra ter as duas habilidades. De sua capacidade de defender o trono e o império? Hassan dá em pouco tempo prova de igual competência. De sua fidelidade? O que pode ser mais simples do que fingir lealdade? A lealdade é sempre mais verdadeira em bocas mentirosas.

Acima de tudo, Hassan sabe cultivar em Malikchah sua proverbial avareza. Informa-o constantemente sobre os gastos do vizir, faz com que repare nas roupas novas, suas e de seus parentes. Nizam ama o poder e o aparato, Hassan só ama o poder. Sabe ser um asceta da dominação.

Quando sente que Malikchah está totalmente rendido, maduro para dar a estocada em sua eminência parda, Hassan cria o incidente. A cena acontece na sala do trono, num sábado. O sultão acordou ao meio-dia com uma dor de cabeça inconveniente. Está de péssimo humor, e saber que 60 mil dinares de ouro acabavam de ser distribuídos para os soldados da guarda armênia do vizir o exaspera. A informação, ninguém duvida, chegou por intermédio de Hassan e de sua rede. Nizam explica pacientemente que para prevenir toda veleidade de insubmissão era preciso alimentar as tropas, engordá-las, e que para acabar com uma rebelião seria necessário gastar dez vezes mais. Se continuarmos distribuindo ouro dessa maneira, retruca Malikchah, acabaremos não conseguindo mais pagar o soldo; aí começarão as verdadeiras rebeliões. Um bom governo não deve saber guardar seu ouro para os momentos difíceis?

Um dos doze filhos de Nizam, que assiste à cena, acha bom intervir:

— Nos primeiros tempos do islã, quando se acusava o califa Omar de gastar todo o ouro acumulado durante as conquistas, ele perguntou a seus detratores: "Esse ouro, não foi a bondade do Todo-Poderoso que nos deu? Se vocês creem que Deus é incapaz de nos dar mais, não gastem mais nada. Quanto a mim, tenho fé na infinita generosidade do Criador e não guardarei em meu cofre uma moeda sequer que poderia gastar para o bem dos muçulmanos".

Malikchah, contudo, não tem a intenção de seguir esse exemplo; alimenta uma ideia de que Hassan o convenceu. Ordena:

— Exijo que me apresentem um relatório detalhado de tudo o que entra em meu Tesouro e da maneira exata como é gasto. Quando posso recebê-lo?

Nizam parece arrasado.

— Posso fornecer esse relatório, mas levará tempo.

— Quanto tempo, *khwaja*?

Ele não disse *ata*, mas *khwaja*, tratamento muito respeitoso, mas tão distante nesse contexto que mais parece uma desaprovação, o prelúdio de uma desgraça.

Desamparado, Nizam explica:

— Será preciso enviar um emissário a cada província, efetuar enormes cálculos. Pela graça de Deus, o império é imenso, será difícil acabar esse relatório em menos de dois anos.

Mas Hassan se aproxima com ar solene:

— Prometo a nosso chefe que, se me fornecer os meios, se ordenar que todos os papéis do divã cheguem às minhas mãos, apresentarei um relatório completo daqui a quarenta dias.

O vizir quer responder, mas Malikchah já se levantou. Dirige-se a passos largos para a saída, dizendo:

— Muito bem, Hassan vai se instalar no divã. Todo o secretariado estará sob suas ordens. Ninguém entrará ali sem sua autorização. E em quarenta dias tomarei uma decisão.

14

Logo todo o império entra em efervescência, a administração fica paralisada, relatam movimentos de tropas, falam em guerra civil. Nizam, dizem, distribuiu armas em alguns bairros de Isfahan. No mercado, os produtos foram escondidos. As portas das lojas principais, sobretudo as dos joalheiros, ficaram fechadas desde o início da tarde. No entorno do divã, a tensão é extrema. O grão-vizir teve que deixar seus escritórios para Hassan, mas sua residência é contígua, e só um pequeno jardim o separa do que se tornou o quartel-general de seu rival. O jardim, então, foi transformado numa verdadeira caserna, a guarda pessoal de Nizam patrulha o local nervosamente, armada até os dentes.

Ninguém está mais desconcertado do que Omar. Gostaria de intervir para acalmar os ânimos, achar um bom termo entre os dois adversários. Porém, embora continue a recebê-lo, Nizam não perde oportunidade de criticá-lo pelo "presente envenenado" que lhe dera. Quanto a Hassan, vive constantemente trancado com seus papéis, ocupado na preparação do relatório que deve apresentar ao sultão. Apenas à noite aceita estender-se sobre o grande tapete do divã, cercado por um punhado de fiéis.

Três dias antes da data fatídica, Khayyam ainda quer tentar uma última mediação. Procura Hassan e insiste em vê-lo, mas pedem-lhe que volte uma hora depois, pois o *sahib-khabar* estava em reunião com os tesoureiros. Omar decide, então, dar uma volta. Quando acaba de atravessar o portão, um eunuco do sultão, todo vestido de vermelho, dirige-se a ele:

— Se *khwaja* Omar aceitar me seguir, será atendido.

Depois de ser conduzido por um labirinto de túneis e escadas, Khayyam chega a um jardim de cuja existência nem suspeitava. Ali, pavões pavoneiam em liberdade, damasqueiros florescem, uma fonte canta. Atrás da fonte, uma porta baixa incrustada de madrepérola. O eunuco abre e convida Omar a entrar.

É um aposento amplo com paredes forradas de brocado, tendo na extremidade uma espécie de nicho abobadado protegido por uma cortina, que tremula, indicando uma presença. Khayyam acaba de entrar quando a porta bate com um som abafado. Um minuto de espera ainda, de perplexidade, depois uma voz de mulher se faz ouvir. Não a reconhece, pensa identificar algum dialeto turco. A voz é grave, a dicção viva, apenas algumas palavras emergem como as pedras de uma torrente. O sentido do discurso lhe escapa, quer interromper, pedir que fale em persa, em árabe, ou mais devagar, porém não se sente à vontade para se dirigir a uma mulher através de uma cortina. Resigna-se a esperar que conclua. De repente, outra voz a sucede:

— Minha senhora Terken Khatun, esposa do sultão, agradece-lhe por ter vindo a este encontro.

Agora a língua é persa, e a voz, Khayyam a reconheceria num mercado na hora do juízo final. Quer gritar, mas seu grito se transforma de repente num murmúrio alegre e queixoso:

— Djahane!

Ela afasta a borda da cortina, levanta o véu e sorri, mas com um gesto o impede de se aproximar.

— A sultana — diz ela — está preocupada com a luta que se desenrola no divã. O mal-estar está se propagando, sangue será derramado. O próprio sultão foi afetado, ficou irritadiço, o harém ecoa suas explosões de raiva. Essa situação não pode se manter. A sultana sabe que você tenta o impossível para reconciliar os dois protagonistas, deseja que consiga, mas isso parece muito distante.

Khayyam acena com a cabeça, concordando resignado. Djahane prossegue:

— Terken Khatun acha que seria preferível, no ponto em que estão as coisas, afastar os dois adversários e confiar o vizirato a um homem de bem, capaz de acalmar os ânimos. Seu esposo, nosso amo, não tem nada a ver, segundo ela, com os maquinadores ao seu redor. Ele só precisa de um homem sábio, desprovido de ambições baratas, um homem sensato, que dê excelentes conselhos. Como o sultão tem você em alta estima, ela gostaria de sugerir a ele que o nomeasse grão-vizir; sua indicação traria alívio para toda a corte. Antes de fazer tal sugestão, contudo, ela quer ter certeza de que você concorda.

Omar leva algum tempo para entender o que lhe pedem, mas reage:

— Por Deus, Djahane, você quer minha ruína? Você me vê comandando os exércitos do império, decapitando um emir, reprimindo uma revolta de escravos? Deixe-me com minhas estrelas!

— Escute-me, Omar. Sei que você não alimenta o desejo de dirigir o Estado, seu papel seria simplesmente o de estar ali. As decisões seriam tomadas e executadas por outros.

— Ou seja, você seria o verdadeiro vizir, e sua senhora o verdadeiro sultão, é isso que busca?

— No que isso o atrapalharia? Você teria todas as honras sem os problemas, o que mais poderia desejar?

Terken Khatun intervém para explicar a proposta. Djahane traduz:

— Minha senhora diz: é porque homens como você se desviam da política que somos tão mal governados. Ela acha que você reúne todas as qualidades para ser um excelente vizir.

— Diga a ela que as qualidades necessárias para governar não são as mesmas necessárias para chegar ao poder. Para bem gerir o Estado, é preciso esquecer-se de si, interessar-se apenas pelos outros, principalmente pelos que mais sofrem; para chegar ao poder, é preciso ser o mais ávido dos homens, pensar somente em si, estar pronto para destruir os amigos mais próximos. E eu não destruirei ninguém!

Por ora, os projetos das duas mulheres terão que esperar. Omar não aceitará se dobrar às exigências delas. Além do mais, teria sido inútil, o enfrentamento entre Nizam e Hassan se tornara inelutável.

Naquele dia, a sala de audiências parece uma arena pacífica, as quinze pessoas presentes se contentam em observar-se em silêncio. O próprio Malikchah, normalmente tão exuberante, conversa baixinho com seu camareiro, mordendo a ponta do bigode, como de hábito. De vez em quando, arrisca um olhar para os dois gladiadores. Hassan está em pé, com a roupa preta amassada, turbante preto, barba mais comprida que o normal, rosto encovado, olhos ardentes prontos para encontrar os de Nizam, mas vermelhos de cansaço e de não dormir. Atrás dele, um secretário segura um maço de papéis amarrados com uma larga tira de couro.

Privilégio da idade, o grão-vizir está sentado, prostrado mesmo. De roupa cinza, barba grisalha, testa enrugada, só seu olhar parece jovem e alerta, vibrante até. Dois de seus filhos o acompanham e distribuem à volta olhares de ódio ou provocação.

Perto do sultão está Omar, tenebroso e abatido. Formula mentalmente frases conciliadoras que sem dúvida jamais terá ocasião de pronunciar.

— Foi para hoje que nos prometeram um relatório detalhado sobre a situação de nosso Tesouro. Está pronto? — pergunta Malikchah.

Hassan se inclina.

— Minha promessa foi cumprida; o relatório está aqui.

Virou-se para seu secretário, que vem até ele, ansioso, desamarra a tira de couro e lhe estende os papéis. Sabbah começa a leitura. As primeiras páginas são, como de hábito, apenas de agradecimentos, votos piedosos, citações eruditas, páginas eloquentes bem redigidas, mas o público espera mais. Ele chega lá:

— Pude calcular com precisão — declara — a quantia paga por cada província, por cada cidade renomada, ao Tesouro do sultão. Também avaliei o butim que recolhemos de nossos inimigos e sei agora de que forma esse ouro foi gasto...

Cerimoniosamente, limpa a garganta, estende para seu secretário a página que acabara de ler, aproxima a seguinte dos olhos. Seus lábios se entreabrem e depois se fecham. Silêncio na sala. Descarta a folha, mergulha o olhar na seguinte, arruma-a também com um gesto nervoso. Silêncio novamente.

O sultão fica agitado, se impacienta:

— O que está acontecendo? Estamos aqui para ouvi-lo.

— Mestre, não encontro a sequência. Arrumei os papéis na ordem, a folha que estou procurando deve ter caído, vou encontrá-la.

Procura, confuso. Nizam aproveita para intervir, num tom que pretende ser magnânimo:

— Qualquer um de nós pode perder um papel, acontece. Não devemos condenar nosso jovem amigo. Em vez de esperar assim, proponho que passemos à fase seguinte do relatório.

— Tem razão, *ata*, sigamos em frente.

Todos notaram que o sultão chamou novamente seu vizir de "pai". Seria um sinal de boa vontade? Enquanto Hassan se debate na mais lamentável confusão, o vizir amplia sua vantagem:

— Esqueçamos a página perdida. Em vez de fazer o sultão esperar, sugiro que nosso irmão Hassan apresente os números relativos a algumas cidades ou províncias importantes.

O sultão se apressa em concordar. Nizam continua:

— Vejamos, por exemplo, a cidade de Nichapur, pátria de Omar Khayyam, aqui presente. Poderíamos saber quanto essa cidade e essa província aportaram ao Tesouro?

— Imediatamente — responde Hassan, procurando se recompor.

Com agilidade, divide o maço, tentando extrair a página de número 34, na qual sabia que estava escrito tudo sobre Nichapur. Em vão.

— A página não está aqui — disse —, desapareceu... Me roubaram... Misturaram meus papéis...

Nizam se ergue. Aproxima-se de Malikchah e sussurra em seu ouvido:

— Se nosso mestre não confia em seus servidores mais competentes, aqueles que conhecem as dificuldades das coisas e sabem discernir o possível do impossível, não deixará de sentir-se insultado e ridicularizado, pendente dos lábios de um louco, de um charlatão ou de um ignorante.

Malikchah não desconfia nem por um instante que acaba de ser vítima de uma genial maquinação. De acordo com os cronistas, Nizam Al-Mulk conseguiu subornar o secretário de Hassan, ordenando-lhe escamotear algumas páginas e trocar outras de lugar, reduzindo a nada o paciente trabalho feito por seu rival. Este último tenta denunciar o complô, mas o tumulto encobre sua voz, e o sultão, decepcionado por ter sido enganado, e mais ainda por constatar que sua tentativa de livrar-se da tutela do vizir fracassara, joga toda a culpa em Hassan. Ordena aos guardas que o prendam e em seguida anuncia sua condenação à morte.

Pela primeira vez, Omar toma a palavra:

— Que nosso mestre seja clemente! Hassan Sabbah pode ter cometido erros, talvez tenha pecado por excesso de zelo ou de entusiasmo, e por esses desvios deve ser preso, mas não cometeu nenhuma falta grave contra sua pessoa.

— Então que seja cegado! Tragam a galena, façam o ferro esquentar.

Hassan continua calado, Omar intervém novamente. Não pode deixar matar ou cegar um homem que ele mesmo indicara.

— Mestre — suplica —, não inflija tal castigo a um homem jovem que só poderia se consolar de sua desgraça lendo e escrevendo.

Então Malikchah diz:

— Por você, *khwaja* Omar, o mais sensato, o mais puro dos homens, aceito voltar atrás mais uma vez em minha decisão. Hassan Sabbah está condenado, então, ao banimento, ele se exilará em uma terra distante até o fim da vida. Nunca mais poderá pôr o pé no solo do império.

Mas o homem de Kom voltará, para levar a cabo uma vingança exemplar.

LIVRO DOIS

O paraíso dos Assassinos

O paraíso e o inferno estão em você.

OMAR KHAYYAM

15

Sete anos se passaram, sete anos prósperos para Khayyam e para o império, os últimos anos de paz.

Uma mesa arrumada sob as vinhas, um *decanter* para o melhor vinho de Chiraz, levemente almiscarado, em volta um festim espalhado em cem pequenas travessas, assim é o ritual de uma noitada de junho no terraço de Omar. Começar pelo mais leve, recomenda, primeiro o vinho, as frutas, depois os pratos elaborados, arroz com frutas vermelhas e marmelos recheados.

Um vento leve sopra da montanha Amarela, passando pelos pomares em flor. Djahane pega um alaúde, dedilha algumas cordas. A música se espraia, lenta, acompanhando o vento. Omar levanta a taça, inala-a profundamente. Djahane o observa. Escolhe na mesa a maior tâmara, com a pele mais lisa, e a oferece ao amado, o que, na linguagem das frutas, significa "um beijo, já". Ele se inclina para ela, os lábios deles se tocam, separam-se, tocam-se novamente, separam-se e se unem. Seus dedos se enlaçam, uma criada chega, sem pressa se separam, cada um pega sua taça. Djahane sorri e diz:

— Se eu tivesse sete vidas, passaria uma delas vindo me deitar todas as noites neste terraço, neste divã langoroso, beberia este vinho, mergulharia os dedos neste pote, a felicidade se esconde na monotonia.

Omar replica:

— Uma vida, três ou sete, eu atravessaria todas elas como atravesso esta, deitado neste terraço, minha mão em seus cabelos.

Juntos e diferentes. Amantes há nove anos, casados há quatro anos, seus sonhos nem sempre vivem sob o mesmo teto. Djahane devora o tempo, Omar o sorve aos poucos. Ela quer dominar o mundo, é conselheira da sultana, que é conselheira do sultão. Durante o dia, faz intrigas no harém real, descobre as mensagens que vão e vêm, os rumores de alcova, as promessas de joias, os traços de veneno. Excita-se, agita-se, inflama-se. À noite, abandona-se ao prazer de ser amada. Para Omar, a vida é diferente, é prazer da ciência e ciência do prazer. Acorda tarde, bebe em jejum a tradicional "dose matinal", depois se instala em sua mesa de trabalho, escreve, calcula, traça linhas e figuras, escreve mais, transcreve algum poema em seu livro secreto.

À noite, vai ao observatório construído sobre um pequeno morro perto da casa. Basta atravessar um jardim para se ver entre os instrumentos que ama e acaricia, que lubrifica e limpa com as próprias mãos. Com frequência, algum astrônomo de passagem o acompanha. Os três primeiros anos na cidade foram dedicados ao observatório de Isfahan. Supervisionou sua construção, a fabricação do material, e principalmente organizou o novo calendário, inaugurado com pompa no primeiro dia de Farvardin 458, 21 de março de 1079. Quem dentre os persas poderia esquecer que naquele ano, em virtude dos cálculos de Khayyam, a sacrossanta festa do Noruz mudou de data, que o ano novo, que deveria cair no meio do signo de Peixes, foi retardado até o primeiro sol de Áries, que é a partir dessa reforma que os meses persas passaram a se confundir com os signos dos astros, com Farvardin passando a ser o mês do Carneiro, Esfand, o de Peixes? Em junho de 1081, os habitantes de Isfahan e de todo o império viviam o terceiro ano da nova era, que leva oficialmente o nome do sultão. Nas ruas, porém, e até em alguns documentos, basta mencionar "tal ano da era de Omar Khayyam". Que homem recebeu em vida tamanha honra? Aos 33 anos, Khayyam é personagem renomado e respeitado. Até temido por aqueles que ignoram sua profunda aversão à violência e à dominação.

O que, apesar de tudo, o aproxima de Djahane? Um detalhe, um detalhe gigantesco: nenhum dos dois quer ter filhos. Djahane decidiu há muito tempo não se sobrecarregar com a maternidade. Khayyam tornou sua a máxima de Abul-Ala, um poeta sírio que venera: "Sofro pelo erro daquele que me engendrou, ninguém sofrerá por um erro meu".

Não entender mal essa atitude, Khayyam não é um misantropo. Foi ele quem escreveu: "Quando a dor te oprime, quando começas a desejar que uma noite eterna se abata sobre o mundo, pensa nas plantas que brilham depois da chuva, pensa no despertar de uma criança". Se ele se recusa a procriar, é porque a existência lhe parece uma carga pesada demais. "Feliz daquele que nunca veio ao mundo", não cansa de clamar.

Como se vê, as razões que um e outro têm para não procriar não são as mesmas. Ela age por excesso de ambição, ele por excesso de desprendimento. Mas estarem, homem e mulher, estreitamente unidos por uma atitude que todos os homens e mulheres da Pérsia condenam, deixar que digam que um dos dois é estéril sem nem sequer dignar-se a responder, isso sim, na época, tece uma imperiosa cumplicidade.

Uma cumplicidade que tem seus limites, no entanto. Às vezes Djahane recolhe junto a Omar a preciosa opinião de um homem sem cupidez, mas raramente ela se preocupa em informá-lo sobre suas atividades. Sabe que ele desaprovaria. Por que suscitar intermináveis discussões? Claro, Khayyam nunca está longe da corte. Evita se incrustar ali, foge das intrigas e as despreza, principalmente as que opõem desde sempre médicos e astrólogos do palácio, mas há uma série de obrigações das quais não consegue escapar: ir de vez em quando ao banquete de sexta-feira, examinar um emir doente e, principalmente, fornecer a Malikchah seu *taqvim*, o horóscopo mensal, para que o sultão, como todos, possa consultá-lo todos os dias para saber o que deve ou não fazer. "No dia 5, um astro o ameaça, não deve deixar o palácio. No dia 7, nem sangria nem tipo algum de poção. No dia 10, enrolará seu turbante ao contrário. No dia 13, não se aproximará de nenhuma de suas mulheres..." Nunca o sultão pensaria em transgredir essas ordens. Nizam também não. Recebe seu *taqvim* das mãos de Omar antes do fim do mês, lê-o avidamente e segue-o à risca. Pouco a pouco, outros personagens também ganharam esse privilégio: o camareiro, o grande juiz de Isfahan, os tesoureiros, alguns emires do Exército, alguns comerciantes ricos, o que acabou representando para Omar um trabalho considerável, que ocupa as dez últimas noites de cada mês. As pessoas são tão apegadas às previsões! Os mais afortunados consultam Omar, outros encontram um astrólogo menos prestigioso, a menos que, a cada decisão que devam tomar, procurem um religioso que, fechando os olhos, abre o Corão diante deles numa página qualquer, põe o dedo sobre um versículo e o lê para que quem o consulta encontre a resposta para sua preocupação. Algumas mulheres pobres, quando têm pressa em tomar uma decisão, vão à praça pública recolher às escondidas a primeira frase ouvida, que interpretam como uma ordem da Providência.

— Terken Khatun me perguntou hoje se seu *taqvim* para o mês de Tir estava pronto — diz Djahane.

Omar olha ao longe:

— Vou prepará-lo esta noite. O céu está límpido, nenhuma estrela se esconde, bom momento de para ir ao observatório.

Aprontava-se para se levantar, sem pressa, quando uma criada anuncia:

— Um dervixe está à porta, pede hospitalidade por esta noite.

— Faça-o entrar — diz Omar. — Dê-lhe o pequeno quarto sob a escada e diga-lhe para juntar-se a nós no jantar.

Djahane cobre o rosto a fim de se preparar para a chegada do estrangeiro, mas a criada volta sozinha.

— Ele prefere ficar rezando no quarto, me pediu que entregasse esta mensagem.

Omar leu. Empalideceu e se levantou como um autômato. Djahane se inquieta.

— Quem é esse homem?

— Já volto.

Rasgando a mensagem em mil pedaços, avança a passos largos até o pequeno quarto, cuja porta fecha atrás de si. Um momento de espera, de incredulidade. Um abraço seguido de uma reprimenda:

— O que veio fazer em Isfahan? Todos os agentes de Nizam Al-Mulk o procuram.

— Vim convertê-lo.

Omar o encara. Quer ter certeza de que o outro ainda está em seu juízo perfeito, mas Hassan ri, com o mesmo riso abafado que Khayyam conheceu no caravançará de Kachan.

— Pode ter certeza, você é a última pessoa que eu pensaria em converter, mas preciso de um abrigo. E quem seria melhor protetor do que Omar Khayyam, comensal do sultão, amigo do grão-vizir?

— Eles têm mais ódio de você do que amizade por mim. Você é bem-vindo sob meu teto, mas não creia nem por um instante que minhas relações o salvariam, caso suspeitassem de sua presença.

— Amanhã estarei longe.

Omar parece desconfiado:

— Voltou para se vingar?

O outro, porém, reage como se sua dignidade tivesse sido insultada.

— Não quero vingar minha miserável pessoa; desejo destruir a potência turca.

Omar observa o amigo: substituiu o turbante preto por outro, branco, impregnado de areia, e suas roupas são de uma lã grosseira e puída.

— Você parece tão seguro do que diz! Mas vejo diante de mim um homem proscrito, perseguido, escondendo-se de casa em casa, tendo como bagagem apenas essa trouxa e esse turbante, e pretende enfrentar um império que se estende por todo o Oriente, de Damasco a Herat!

— Você fala do que é, eu falo do que será. Contra o império dos seljúcidas logo se erguerá a Nova Pregação, minuciosamente organizada, poderosa, temível. Fará tremer sultões e vizires. Não faz muito tempo, quando você e eu nascemos, Isfahan pertencia a uma dinastia persa e xiita que impunha sua lei ao califa de Bagdá. Hoje os persas são criados dos turcos e seu amigo Nizam Al-Mulk é o mais vil servidor desses intrusos. Como pode afirmar que o que era verdade ontem é impensável para amanhã?

— Os tempos mudaram, Hassan, os turcos têm a força, os persas foram vencidos. Alguns, como Nizam, buscam um compromisso com os vencedores; outros, como eu, refugiam-se nos livros.

— E outros ainda lutam. Não são mais que um punhado hoje, amanhã serão milhares, um exército numeroso, decidido, invencível. Sou o apóstolo da Nova Pregação, percorrerei o país sem descanso, usarei a persuasão como força e, com a ajuda do Todo-Poderoso, abaterei o poder corrupto. Digo a você, Omar, que um dia me salvou a vida: o mundo assistirá em breve a acontecimentos cujo sentido poucos compreenderão. Você compreenderá, saberá o que se passa, saberá quem sacode esta terra e como esse tumulto vai terminar.

— Não quero pôr em dúvida suas convicções nem seu entusiasmo, mas me lembro de ter visto você na corte de Malikchah disputando com Nizam Al-Mulk os favores do sultão turco.

— Está enganado, não sou o sujeito ignóbil que você supõe.

— Não suponho nada, apenas levanto algumas discrepâncias.

— Elas decorrem de sua ignorância sobre meu passado. Não posso culpá-lo por julgar pela aparência das coisas, mas me verá de outro modo quando eu lhe contar minha verdadeira história. Venho de uma família xiita tradicional. Sempre me ensinaram que os ismaelitas eram hereges. Até eu encontrar um missionário que, por ter discutido demoradamente comigo, abalou minha fé. Quando, com medo de concordar com ele, decidi nunca mais lhe dirigir a palavra, caí doente. Tão gravemente, que achei que minha hora havia chegado. Vi ali um sinal, um sinal do Todo-Poderoso, e fiz um voto: se sobrevivesse, me converteria à fé dos ismaelitas. Recuperei-me de um dia para o outro. Em minha família, ninguém conseguia acreditar numa cura tão súbita. Claro, mantive minha palavra, prestei juramento, e depois de dois anos me confiaram uma missão: aproximar-me de Nizam Al-Mulk, insinuar-me em seu divã com o objetivo de proteger nossos irmãos ismaelitas em dificuldade. Deixei, então, Ray e vim para Isfahan, parando no caminho em um caravançará de Kachan. Sozinho no meu quarto, eu me perguntava como faria para me aproximar do grão-vizir, quando a porta se abriu. Quem entrou? Khayyam, o grande Khayyam, que o Céu me enviou para facilitar minha missão.

Omar está estupefato.

— E dizer que Nizam Al-Mulk me perguntou se você era ismaelita e respondi que não acreditava nisso!

— Você não mentiu, só não sabia. Agora sabe.

Interrompe-se.

— Você não havia me oferecido alguma coisa para comer?

Omar abriu a porta, chamou a criada, pediu-lhe que trouxesse alguns pratos, depois retomou o interrogatório:

— E há sete anos você anda por aí em trajes de sufi?

— Andei muito. Ao deixar Isfahan, fui perseguido por agentes de Nizam que queriam me matar. Consegui despistá-los em Kom, onde amigos me esconderam, depois retomei o caminho para Ray, onde encontrei um ismaelita que me recomendou que fosse para o Egito e entrasse na escola de missionários que ele mesmo havia frequentado. Fiz um desvio pelo Azerbaijão antes de chegar a Damasco. Contava pegar a estrada do interior para o Cairo, mas havia guerra em torno de Jerusalém entre turcos e magrebinos e fui forçado a voltar e retomar a estrada costeira por Beirute, Sidon, Tiro e Acre, onde consegui lugar num navio. Na chegada a Alexandria, fui recebido como um emir de alto nível, um comitê de boas-vindas me esperava, presidido por Abu-Daud, chefe supremo dos missionários.

A criada entra. Deposita algumas tigelas sobre o tapete. Hassan começa a recitar uma prece que só interrompe depois que ela sai.

— No Cairo, passei dois anos. Éramos muitas dezenas na escola dos missionários, mas apenas um punhado de nós estava destinado a agir fora do território fatímida.

Evita dar muitos detalhes. Sabe-se, contudo, por diversas fontes, que os cursos eram ministrados em dois lugares diferentes: os princípios da fé eram expostos pelos ulemás no madraçal de Al--Azhar, os meios de propagá-la eram ensinados no palácio do califa. O próprio chefe dos missionários, importante personagem da corte fatímida, expunha aos estudantes os métodos de persuasão, a arte de desenvolver uma argumentação, de falar tanto à razão como ao coração. Era ele também quem os fazia memorizar o código secreto que deveriam usar em suas comunicações. Ao fim de cada sessão, os estudantes vinham um a um se ajoelhar diante do chefe dos missionários, que passava sobre a cabeça deles um documento com a assinatura do imã. Depois disso, havia outra sessão, mais curta, destinada às mulheres.

— Recebi no Egito todo o ensinamento de que precisava.

— Mas você não tinha me dito que já sabia tudo aos dezessete anos? — zomba Khayyam.

— Até os dezessete anos acumulei conhecimento, depois aprendi a crer. No Cairo, aprendi a converter.

— E o que diz àqueles que deseja converter?

— Digo que a fé não é nada sem um mestre para ensiná-la. Quando proclamamos "Há apenas um único Deus", acrescentamos na sequência: "E Muhammad é seu mensageiro". Por quê? Porque não faria nenhum sentido afirmar que existe apenas um único Deus se não citarmos a fonte, quer dizer, o homem que nos ensinou tal verdade. Mas esse homem, esse Mensageiro, esse Profeta, está morto há muito tempo, como podemos saber que ele existiu e que falou como nos foi relatado? Eu que, como você, li Platão e Aristóteles, tenho necessidade de provas.

— Que provas? Há realmente provas quanto a essas questões?

— Para vocês, sunitas, não há prova, efetivamente. Vocês acham que Muhammad morreu sem designar herdeiros, que ele abandonou os muçulmanos e que por isso eles se deixam governar pelo mais forte ou pelo mais ardiloso. É absurdo. Achamos que o Mensageiro de Deus nomeou um sucessor, um depositário de seus segredos: o imã Ali, seu genro, seu primo, seu quase irmão. Ali, por sua vez, designou um sucessor. A linhagem dos imãs legítimos perpetuou-se assim e, por meio deles, transmitiu-se a prova da mensagem de Muhammad e da existência do Deus único.

— Por tudo o que diz, não vejo como você se diferencia dos outros xiitas.

— A diferença é grande entre minha fé e a de meus pais. Sempre me ensinaram que deveríamos submeter-nos pacientemente ao poder de nossos inimigos, esperando o retorno do imã escondido, que estabeleceria sobre a terra o reino da justiça e recompensaria os verdadeiros crentes. Acho que é preciso agir desde já, e preparar de todas as formas o advento de nosso imã nesta terra. Sou o Precursor, aquele que aplaina a terra para que esteja pronta para receber o imã do tempo. Sabe o que o Profeta falou de mim?

— De você, Hassan filho de Ali Sabbah, nativo de Kom?

— Disse: "Um homem virá de Kom, chamará as pessoas para seguir o caminho reto, homens se reunirão em torno dele como ferros de lança, o vento das tempestades não os dispersará, não se cansarão da guerra, não fraquejarão, e em Deus se apoiarão".

— Não conheço essa citação. No entanto, li os compêndios das tradições certificadas.

— Você leu os compêndios que quis, os xiitas têm outros compêndios.

— É de você que se trata?

— Em breve você já não duvidará.

16

O homem de olhos saltados retomou sua vida errante. Infatigável missionário, percorreu o Oriente muçulmano, Balkh, Merv, Kachgar, Samarcanda. Em todo lugar, prega, argumenta, converte, organiza. Não sai de uma cidade ou aldeia sem ter designado um representante, que deixa rodeado por um círculo de seguidores, xiitas exaustos de esperar e de sofrer, sunitas persas ou árabes cansados da dominação turca, jovens em busca de agitação, crentes à procura de rigor. O exército de Hassan aumenta a cada dia. Chamam-nos "batinis", pessoas do segredo, acusam--nos de hereges, ateus. Os ulemás lançam anátema sobre anátema: "amaldiçoados aqueles que se associarem a eles, amaldiçoados os que comerem em suas mesas, amaldiçoados os que se unirem a eles em matrimônio. Verter o sangue deles é tão legítimo quando cultivar um jardim".

O tom se eleva, a violência não fica por muito tempo só nas palavras. Na cidade de Savah, o pregador de uma mesquita denuncia algumas pessoas que, nas horas de prece, se reúnem separadas dos outros muçulmanos. Chama a polícia para que as reprima. Dezoito hereges são presos. Dias depois, o denunciante é encontrado apunhalado. Nizam Al-Mulk ordena um castigo exemplar: um carpinteiro ismaelita é acusado do assassinato, torturado, crucificado e depois seu corpo é arrastado pelas ruelas do mercado.

"Esse pregador foi a primeira vítima dos ismaelitas, esse carpinteiro foi seu primeiro mártir", avalia um cronista, para acrescentar que seu primeiro grande sucesso foi alcançado perto da cidade de Kain, ao sul de Nichapur. Uma caravana chegava de Kerman, reunindo mais de seiscentos comerciantes e peregrinos, assim como um grande carregamento de antimônio. Ao meio-dia de Kain, homens armados e mascarados fecharam a estrada. O velho da caravana achou que eram bandidos, quis negociar um resgate, já estava acostumado. Mas não se tratava disso. Os viajantes foram conduzidos até uma aldeia fortificada e ali mantidos por vários dias, ouviram sermões e chamamentos para se converter. Alguns aceitaram, outros foram liberados, a maioria, no fim, acabou massacrada.

No entanto, esse desvio de caravana logo parecerá uma façanha menor diante do gigantesco e sombrio teste de forças que está por começar. Matanças e contramatanças se sucedem, nenhuma cidade, nenhuma estrada é poupada, a "paz seljúcida" começa a desmoronar.

É então que explode a memorável crise de Samarcanda. "O juiz Abu-Tahir está na origem dos acontecimentos", afirma um cronista. Não, as coisas não são tão simples.

É verdade que numa tarde de novembro o antigo protetor de Khayyam chega inopinadamente a Isfahan com mulheres e bagagens, dizendo palavrões e imprecações. Assim que atravessa a porta de Tirah, é conduzido até a casa do amigo, que o instala em sua casa, feliz por ter enfim oportunidade de expressar sua gratidão. As efusões habituais são prontamente despachadas. Abu-Tahir diz, quase chorando:

— Preciso falar com Nizam Al-Mulk o mais depressa possível.

Khayyam nunca viu o juiz nesse estado. Procura tranquilizá-lo:

— Vamos encontrar o vizir esta noite mesmo. É assim tão grave?

— Tive que fugir de Samarcanda.

Não consegue continuar, sua voz falha, as lágrimas escorrem. Envelheceu desde o último encontro, tem a pele flácida, a barba branca, só as sobrancelhas continuam exibindo uma vibrante pelagem negra. Omar diz algumas frases para consolá-lo. O juiz se recupera, ajeita o turbante, em seguida pergunta:

— Você se lembra daquele homem que chamavam de Estudante da Cicatriz?

— Como poderia esquecer de quem agitou minha própria morte diante de meus olhos!

— Você se lembra como ele se enfurecia com a menor suspeita de heresia? Pois bem, faz três anos que se juntou aos ismaelitas, proclama hoje seus erros com o mesmo zelo que usava para defender a Verdadeira Fé. Dezenas, milhares de cidadãos o seguem. É o dono da rua, impõe sua lei aos comerciantes do mercado. Várias vezes fui ver o *khan*. Você conheceu Nasr Khan, suas iras súbitas que desapareciam também subitamente, seus acessos de violência ou de prodigalidade, que Deus cuide de sua alma, evoco-o em todas as minhas orações. O poder está hoje nas mãos de seu sobrinho Ahmed, um jovem glabro, indeciso, imprevisível, nunca sei como falar com ele. Muitas vezes, queixei-me a ele das ações dos hereges, expus os perigos da situação. Ele me escutava distraído, entediado. Vendo que ele não se decidia a agir, reuni os comandantes da milícia, assim como os funcionários leais a mim, e pedi que vigiassem as reuniões dos ismaelitas. Três homens de confiança se revezavam para seguir o Estudante da Cicatriz. Meu objetivo era apresentar ao *khan* um relatório detalhado sobre suas atividades para abrir-lhe os olhos. Até o dia em que meus homens me informaram que o chefe dos hereges havia chegado a Samarcanda.

— Hassan Sabbah?

— Em pessoa. Meus homens se postaram nas duas pontas da rua Abdack, no bairro de Ghatfar, onde estava acontecendo a reunião dos ismaelitas. Quando Sabbah saiu, disfarçado de sufi, eles foram para cima dele, cobriram sua cabeça com um saco de pano e o levaram a minha presença. No mesmo instante, conduzi-o ao palácio, orgulhoso de anunciar sua captura ao soberano. Pela primeira vez, ele se mostrou interessado e pediu para ver o indivíduo. Quando Sabbah chegou à sua frente, ordenou que o desamarrassem e o deixassem sozinho com ele. Embora eu o tivesse prevenido sobre aquele perigoso herege, lembrando-o dos delitos de que era acusado, nada fez a respeito. Queria, em suas palavras, convencer o homem a voltar ao bom caminho. O encontro se prolongou. De vez em quando um de seus familiares entreabria a porta, os dois continuavam conversando. Ao amanhecer, foram vistos prosternando--se lado a lado para rezar, murmurando as mesmas palavras. Os conselheiros se acotovelavam para observá-los.

Abu-Tahir bebeu um gole de xarope de amêndoas e agradeceu, antes de prosseguir:

— Era preciso render-se à evidência, o senhor de Samarcanda, soberano da Transoxiana, herdeiro da dinastia dos karakhanidas, acabara de aderir à heresia. Claro que evitou proclamá-la, continuou simulando sua ligação com a Verdadeira Fé, mas nada mais foi como antes. Os conselheiros do príncipe foram substituídos por ismaelitas. Os chefes da milícia, artífices da captura de Sabbah, foram brutalmente assassinados, um após outro. Minha própria guarda foi substituída por homens do Estudante da Cicatriz. Que escolha me restava? Partir com a primeira caravana, vir expor a situação àqueles que detêm a espada do islã, Nizam Al-Mulk e Malikchah.

Na mesma noite, Khayyam levou Abu-Tahir até o vizir. Apresenta-o e depois deixa que conversem. Nizam ouve quieto o visitante, seu rosto ganhou uma expressão inquieta. Assim que o juiz se cala, diz:

— Você sabe quem é o verdadeiro responsável pelos males de Samarcanda e por todos os nossos males? É o homem que o acompanhou até aqui!

— Omar Khayyam?

— Quem mais poderia ser? Foi *khwaja* Omar que intercedeu em favor de Hassan Sabbah no dia em que eu ia mandar matá-lo. Será que agora poderá impedi-lo de nos matar?

O juiz não sabe o que dizer. Nizam suspira. Segue-se um breve silêncio constrangedor.

— O que sugere que façamos?

É Nizam quem pergunta. Abu-Tahir já tem uma ideia na cabeça, anuncia-a com a lentidão das proclamações solenes:

— Chegou a hora de o pavilhão dos seljúcidas tremular em Samarcanda.

O rosto do vizir se ilumina e depois se fecha novamente.

— Suas palavras valem ouro. Faz anos que não me canso de repetir ao sultão que o império deve se estender na direção da Transoxiana, que cidades prestigiosas e prósperas como Samarcanda e Bukhara não podem ficar fora de nossa autoridade. Esforço vão, Malikchah não quer ouvir.

— O exército do *khan*, no entanto, está muito enfraquecido, seus emires não são pagos, suas fortalezas se desfazem em ruínas.

— Sabemos disso.

— Malikchah temeria ter a mesma sorte de seu pai Alp Arslan se, como ele, atravessasse o rio?

— De modo algum.

O juiz não pergunta mais nada, espera a explicação.

— O sultão não teme nem o rio nem o exército adversário — diz Nizam. — Tem medo de uma mulher!

— Terken Khatun?

— Ela afirmou que, se Malikchah atravessasse o rio, proibiria para sempre que se deitasse com ela e transformaria seu harém num inferno. Samarcanda, não esqueçamos, é a cidade dela. Nasr Khan era seu irmão. Ahmed Khan é seu sobrinho. A Transoxiana pertence à sua família. Se o reino construído por seus ancestrais desmoronasse, ela perderia o lugar que ocupa entre as mulheres do palácio e comprometeria as chances de seu filho vir a suceder Malikchah.

— Mas o filho tem só dois anos!

— Exatamente, quanto mais jovem o filho, mais a mãe deve lutar para garantir seus trunfos.

— Se entendi direito — conclui o juiz —, o sultão nunca aceitará tomar Samarcanda.

— Eu não disse isso, mas seria preciso fazê-lo mudar de ideia. E não será fácil encontrar armas mais persuasivas que as de Khatun.

O juiz corou. Sorri educadamente, sem, no entanto, deixar-se desviar de seus propósitos.

— Não seria suficiente que eu repetisse diante do sultão o que acabo de lhe contar, que o informasse sobre o complô urdido por Hassan Sabbah?

— Não — replica secamente Nizam.

Nesse momento, está concentrado demais para argumentar. Um plano toma forma em sua cabeça. O visitante espera que se decida.

— Pronto — enuncia o vizir com autoridade. — Amanhã pela manhã, você se apresentará na porta do harém do sultão e pedirá para falar com o chefe dos eunucos. Dirá que acaba de chegar de Samarcanda e que desejaria transmitir a Terken Khatun notícias de sua família. Tratando-se do juiz de sua cidade, de um antigo servidor de sua dinastia, ela deverá recebê-lo.

O juiz balança de leve a cabeça, concordando, e Nizam continua:

— Quando você estiver na sala das cortinas, contará a miséria em que Samarcanda se encontra por causa dos hereges, mas omitirá a conversão de Ahmed. Ao contrário, dirá que Hassan Sabbah cobiça seu trono, que sua vida está em perigo e que só a Providência ainda poderá salvá-lo. Acrescentará que veio me ver, mas que eu não soube escutá-lo com atenção e que até tentei dissuadi-lo de falar com o sultão.

No dia seguinte, o estratagema funcionou sem o menor obstáculo. Enquanto Terken Khatun assume a tarefa de convencer o sultão da necessidade de salvar o *khan* de Samarcanda, Nizam Al-Mulk, que finge se opor, ocupa-se com tenacidade dos preparativos da expedição. Com essa guerra de tolos, Nizam não deseja apenas anexar a Transoxiana, menos ainda salvar Samarcanda; quer, principalmente, restabelecer seu prestígio ultrajado pela subversão ismaelita. Para isso, precisa de uma vitória inequívoca e retumbante. Há anos seus espiões juram todos os dias que Hassan foi localizado, que sua prisão é iminente, mas o rebelde continua foragido, suas tropas se evaporam ao primeiro contato. Nizam procura então uma oportunidade para ficarem frente a frente, exército contra exército. Samarcanda é um terreno inesperado.

Na primavera de 1089, um exército de 200 mil homens está em marcha, com elefantes e equipamentos para um cerco. Independentemente das intrigas e mentiras que provocaram sua convocação, realizará o que todo exército deve realizar. Começa pela tomada de Bukhara, sem a menor resistência, depois se dirige a Samarcanda. Ao chegar às portas da cidade, Malikchah anuncia para Ahmed Khan, numa mensagem patética, que chegou enfim para livrá-lo do jugo dos hereges. "Nada pedi a meu augusto irmão", responde com frieza o *khan*. Malikchah se surpreende e comenta o fato com Nizam, que não manifesta emoção: "O *khan* já não tem liberdade de movimento; é preciso agir como se ele não existisse". Seja como for, o exército não pode voltar atrás, os emires querem sua parte no butim, não voltarão de mãos vazias.

Já nos primeiros dias, a traição de um guardião de torre permite que os sitiantes penetrem na cidade. Eles se posicionam a oeste, nas proximidades da porta do Monastério. Os defensores recuam em direção aos mercados do sul, vão para as proximidades da porta de Kich. Uma parte da população decidiu apoiar as tropas do sultão, que alimenta e encoraja, outra abraçou a causa de Ahmed Khan, cada um segundo sua fé. Os combates se prolongam por duas semanas, mas ninguém tem dúvidas quanto ao desenlace. O *khan*, que se refugiou na casa de um amigo no bairro das cúpulas, logo é feito prisioneiro, assim como todos os chefes ismaelitas; só Hassan consegue escapar, atravessando um canal subterrâneo à noite.

A vitória é de Nizam, sem dúvida, mas, ao enganar tanto o sultão como a sultana, envenenou irremediavelmente suas relações com a corte. Se Malikchah não se arrepende de ter conquistado sem dificuldade as mais prestigiosas cidades da Transoxiana, tem o amor-próprio ferido por ter se deixado enganar. Recusa-se até a organizar o tradicional banquete da vitória para a tropa. "É avareza!", Nizam cochicha maldosamente para quem quiser ouvir.

Hassan Sabbah, por sua vez, tira da derrota um precioso ensinamento. Em lugar de procurar converter príncipes, tratará de criar um temível instrumento de guerra, que não se parece com nada do que a humanidade conheceu até aquele momento: a ordem dos Assassinos.

17

Alamut. Uma fortaleza sobre um rochedo, a 6 mil pés de altitude, uma paisagem com montanhas desnudas, lagos esquecidos, falésias íngremes, desfiladeiros estreitos. Mesmo o exército mais numeroso só conseguiria alcançá-la enviando um homem por vez. As mais poderosas catapultas não chegariam sequer a roçar suas muralhas.

Entre as montanhas reina o rio Chah, chamado o "rio louco", que na primavera, com o derretimento das neves do Elburz, se avoluma e se acelera, arrastando árvores e pedras em sua passagem. Amaldiçoados os que ousam se aproximar, amaldiçoada a tropa que ousa acampar em suas margens!

Do rio, dos lagos, sobe todas as noites uma bruma espessa, aveludada, que escala a falésia e para a meia altura. Para os que ali estão, o castelo de Alamut é uma ilha num mar de nuvens. Visto de baixo, é um refúgio para *djinns*.

No dialeto local, Alamut significa "a lição da águia". Contam que um príncipe que queria construir uma fortaleza para controlar aquelas montanhas teria soltado ali uma ave treinada. A ave, depois de dar voltas no céu, pousou naquele rochedo. O dono entendeu que nenhum outro lugar poderia ser melhor.

Hassan Sabbah imitou a ave. Percorreu a Pérsia em busca de um lugar onde reunir seus fiéis, instruí-los, organizá-los. De sua desventura em Samarcanda, aprendeu que seria ilusório querer tomar uma cidade grande; o enfrentamento com os seljúcidas seria imediato e o império estaria sempre em vantagem, inevitavelmente. Precisava de outra coisa, precisava de um reduto montanhoso, inacessível, inexpugnável, um santuário a partir do qual pudesse desenvolver sua atividade em todas as direções.

No momento em que as bandeiras capturadas na Transoxiana são estendidas nas ruas de Isfahan, Hassan está nas cercanias de Alamut. O lugar foi para ele uma revelação. Assim que o viu à distância, entendeu que seria ali, e em nenhum outro local, que encerraria sua errância, que ergueria seu reino. Na época, Alamut é uma vila fortificada, uma entre tantas outras, onde vivem alguns soldados com suas famílias, alguns artesãos, alguns agricultores e um governador nomeado por Nizam Al-Mulk, um bravo castelão chamado Mahdi Alauita, que só se preocupa com a água para irrigação e com sua colheita de nozes, uvas e romãs. Tumultos do império não lhe tiram o sono.

Hassan começou por enviar alguns companheiros, filhos da região, que se misturam à guarnição, pregam e convertem. Meses depois, estão prontos para anunciar ao mestre que o terreno está pronto e que ele pode vir. Hassan se apresenta, disfarçado de dervixe sufi como de costume. Passeia, inspeciona, verifica. O governador acolhe o santo homem. Pergunta-lhe como poderia agradá-lo.

— Preciso desta fortaleza — diz Hassan.

O governador sorri, e pensa que aquele dervixe até que tem senso de humor. Seu convidado, porém, não sorri.

— Vim tomar posse deste lugar. Todos os homens da guarnição estão do meu lado.

A conclusão dessa conversa, é preciso dizer, é tão extraordinária quanto inverossímil. Orientalistas que consultaram crônicas da época, principalmente relatos reunidos por ismaelitas, tiveram que lê-los e relê-los para se assegurar de que não estavam sendo vítimas de uma mistificação.

Bem, vamos rever a cena.

Estamos no fim do século XI, exatamente em 6 de setembro de 1090. Hassan Sabbah, genial fundador da ordem dos Assassinos, está a ponto de tomar a fortaleza que será, por 166 anos, a sede da seita mais temida da história. Então, está ali, sentado em frente ao governador, a quem repete, sem levantar a voz:

— Vim tomar posse de Alamut.

— Esta fortaleza me foi dada em nome do sultão — responde o outro. — Paguei por ela!

— Quanto?

— Três mil dinares de ouro!

Hassan Sabbah pega um papel e escreve: "Favor pagar a quantia de 3 mil dinares de ouro a Mahdi Alauita pela compra da fortaleza de Alamut. Deus nos basta, é o melhor dos Protetores". O governador ficou preocupado, não achou que a assinatura de um homem vestido com um hábito poderia ser honrada no pagamento de tal quantia. Mas, assim que chegou à cidade de Damghan, recebeu seu ouro sem demora alguma.

18

Quando a notícia da tomada de Alamut chega a Isfahan, tem pouca repercussão. A cidade está mais interessada no conflito que se desenrola entre Nizam e o palácio. Terken Kathun não perdoou o vizir pela operação que engendrou contra o feudo de sua família. Insiste com Malikchah para que ele se livre o mais rápido possível de seu todo-poderoso vizir. Que o sultão tivesse um tutor quando o pai morreu, diz ela, era normal, estava com somente dezessete anos; hoje, tem 35, é homem-feito, não pode deixar indefinidamente a gestão dos negócios nas mãos de seu *ata*; é tempo de saberem quem é o verdadeiro chefe do império! O caso de Samarcanda não havia provado que Nizam queria apenas impor sua vontade, que enganava seu chefe e o tratava como um menino diante de todos?

Se Malikchah ainda hesita em dar esse passo, um incidente vai empurrá-lo. Nizam nomeou o próprio neto governador da cidade de Merv. Adolescente pretensioso, confiante demais na onipotência do avô, ele se permitiu insultar em público um velho emir turco. O emir veio chorando queixar-se a Malikchah, que, fora de si, mandou escrever a Nizam, na mesma hora, uma carta assim: "Se você é meu colaborador, deve me obedecer e proibir seus parentes de atacar meus homens; se acha que é meu igual, meu associado no poder, tomarei as decisões que se impõem".

À mensagem, entregue por uma delegação de altos dignitários do império, Nizam responde: "Digam ao sultão que, se ele ainda ignorava, sou, sim, seu colaborador, e que sem mim ele jamais teria construído seu poder! Terá esquecido que fui eu que me encarreguei de seus negócios quando seu pai morreu, que fui eu que afastei os outros pretendentes e pus os rebeldes para correr? Que é graças a mim que é obedecido e respeitado até os extremos da terra? Digam a ele que, sim, o destino de sua autoridade está ligado ao do meu tinteiro!".

Os emissários ficam atordoados. Como um homem sensato como Nizam Al-Mulk pode dirigir ao sultão palavras que causarão sua própria desgraça, e sem dúvida sua morte? Sua arrogância teria se transformado em loucura?

Apenas um homem, naquele momento, sabe com precisão o que explica tal determinação: Khayyam. Há semanas, Nizam se queixa de dores atrozes que, à noite, o mantêm acordado e durante o dia o impedem de se concentrar em seu trabalho. Depois de examiná-lo demoradamente, apalpá-lo, questioná-lo, Omar diagnosticou um tumor flegmonoso que não o deixará vivo por muito tempo.

Foi uma noite difícil aquela em que Khayyam teve que revelar ao amigo a verdade sobre seu estado.

— Quanto tempo de vida me resta?

— Alguns meses.

— Continuarei sofrendo?

— Poderia prescrever ópio para reduzir o sofrimento, mas você ficaria num constante estado de atordoamento e não conseguiria trabalhar.

— Não poderia mais escrever?

— Nem manter uma conversa prolongada.

— Então prefiro sofrer.

Entre uma réplica e outra, houve longos momentos de silêncio. E de sofrimento dignamente contido.

— Você tem medo do além, Khayyam?

— Por que ter medo? Depois da morte, há o nada ou a misericórdia.

— E o mal que posso ter feito?

— Mesmo sendo grandes os erros, o perdão de Deus é maior.

Nizam ficou um pouco mais tranquilo.

— Fiz também o bem, construí mesquitas, escolas, combati a heresia.

Como Khayyam não o contradizia, continuou:

— Vão se lembrar de mim daqui a cem anos, daqui a mil anos?

— Como saber?

Nizam, depois de encará-lo com desconfiança, retomou:

— Não foi você que disse um dia: "A vida é como um fogo. Chamas que o passante esquece, cinzas que o vento espalha, um homem viveu". Acredita que esse será o destino de Nizam Al-Mulk?

Ele ofegava. Omar continuava sem dizer nada.

— Seu amigo Hassan Sabbah percorre o país clamando que sou apenas um vil servidor dos turcos. Acredita que é o que dirão de mim amanhã? Que me transformarão na vergonha dos arianos? Esquecerão que fui o único a resistir aos sultões durante trinta anos e a impor minha vontade a eles? O que eu poderia fazer de diferente depois da vitória de seus exércitos? Mas você não diz nada...

Tinha o ar ausente.

— Setenta e quatro anos, 74 anos que repassam diante de meus olhos. Tantas decepções, tantos arrependimentos, tantas coisas que teria gostado de viver de outro modo!

Tinha os olhos entreabertos, os lábios crispados:

— Amaldiçoado seja você, Khayyam! Se Hassan Sabbah pode hoje perpetrar todos os seus crimes, a culpa é sua.

Omar tivera vontade de responder: "Entre você e Hassan, quantas coisas em comum! Se uma causa os seduz, construir um império ou preparar o reinado do imã, não hesitam em matar para fazê-la triunfar. Para mim, toda causa que mata deixa de me seduzir. Enfeia-se a meus olhos, degrada-se e avilta-se, por mais bela que pudesse parecer. Nenhuma causa é justa quando se alia à morte". Tivera vontade de gritar tudo isso, mas se contivera, calara-se, decidira deixar que o amigo deslizasse pacificamente na direção de seu destino.

Apesar da noite extenuante, Nizam acabou se resignando. Habituara-se à ideia de não mais existir. Mas, da noite para o dia, desligara-se dos negócios de Estado, decidira que devia dedicar todo o tempo que lhe restava à conclusão de um livro, o *Siyaset-Nameh*, o Tratado do Governo, uma obra notável, que significou para o Oriente muçulmano o que virá a ser para o Ocidente, quatro séculos mais tarde, *O príncipe*, de Maquiavel. Com uma diferença importante: *O príncipe* é a obra de um desiludido pela política, um homem despojado de todo poder, e o *Siyaset-Nameh* é fruto da insubstituível experiência de um construtor de império.

Assim, no momento em que Hassan Sabbah conquistava o santuário inexpugnável com que sonhara por tanto tempo, o homem forte do império queria apenas seu lugar na História. Prefere as palavras verdadeiras àquelas que agradam, está pronto para desafiar o sultão até o fim. Seria até o caso de dizer que ele deseja uma morte espetacular, uma morte à sua altura.

E irá obtê-la.

Quando Malikchah recebe a delegação que encontrou Nizam, custa a acreditar no que acabam de relatar-lhe.

— Ele disse mesmo que era meu colaborador, meu igual?

Assim que os emissários em tom pesaroso confirmaram, o sultão desencadeia sua fúria. Diz que vai empalar o tutor, esquartejá-lo vivo, crucificá-lo nas ameias do forte. Depois vai correndo anunciar a Terken Khatun que decidiu enfim destituir Nizam Al-Mulk de todas as suas funções e que deseja a morte dele. Resta definir como será a execução, para que ela não provoque reação entre os vários regimentos que ainda lhe são fiéis. Terken e Djahane têm uma ideia: já que Hassan também deseja a morte de Nizam, por que não facilitar para ele, deixando Malikchah protegido das suspeitas?

Um destacamento do exército é enviado a Alamut, sob o comando de um fiel ao sultão. Aparentemente, o objetivo é cercar a fortaleza dos ismaelitas; na realidade, trata-se de um disfarce para negociar sem levantar suspeitas. O desenrolar dos acontecimentos é planejado nos mínimos detalhes: o sultão atrairá Nizam a Nihavand, uma cidade situada entre Isfahan e Alamut. Ali, os Assassinos farão o serviço.

Os textos da época contam que Hassan Sabbah reuniu seus homens e perguntou: "Quem de vocês livrará este país do malfeitor Nizam Al-Mulk?". Que um homem chamado Arrani pôs a mão no peito em sinal de aceitação, que o chefe de Alamut o encarregou da missão e acrescentou: "O assassinato desse demônio é o começo da felicidade".

No decorrer desse tempo, Nizam está fechado em casa. Aqueles que frequentavam seu divã desertaram ao saber de sua desgraça; só Khayyam e os oficiais de sua guarda pessoal vão à sua casa. Ele passa a maior parte do tempo escrevendo. Escreve com frenesi e às vezes pede a Omar que releia.

Ao ler o texto, este esboça um sorriso divertido aqui, uma careta ali. Como tantos outros grandes homens, Nizam não pode se impedir, no fim da vida, de atirar flechas, de acertar contas. Com Terken Kathun por exemplo. O 43º capítulo se intitula: "Mulheres que vivem atrás de cortinas". "Em tempos passados", escreve Nizam, "a esposa de um rei teve grande ascendência sobre ele, o que resultava em discórdia e problemas. Mais não direi, pois cada um pode observar em outras épocas fatos semelhantes." Acrescenta: "Para que uma ação tenha êxito, é preciso fazer o oposto do que dizem as mulheres".

Os seis capítulos seguintes são consagrados aos ismaelitas. Terminam assim: "Falei dessa seita para que fiquem atentos... Vão se lembrar de minhas palavras quando os descrentes aniquilarem os preferidos do sultão, assim como os grandes do Estado, quando seus tambores ressoarem por toda parte e seus desejos forem revelados. No meio do tumulto que se produzirá, que o príncipe saiba que tudo que eu disse é a verdade. Possa o Todo-Poderoso preservar nosso amo e o império da má sorte!".

No dia em que um mensageiro enviado pelo sultão foi vê-lo e convidá-lo para juntar-se a ele numa viagem a Bagdá, o vizir não duvidou nem por um instante do que o esperava. Chamou Khayyam para se despedir.

— Em seu estado, você não deveria percorrer essas distâncias — disse-lhe Khayyam.

— Em meu estado, nada mais importa, e não é a estrada que vai me matar.

Omar não sabe o que dizer. Nizam o abraça e se despede amistosamente, depois vai se curvar diante daquele que o condenou. Suprema elegância, suprema inconsciência, suprema perversidade, o sultão e o vizir brincam com a morte.

Quando estão viajando para o local do suplício, Malikchah pergunta a seu "pai":

— Quanto tempo acha que ainda vai viver?

Nizam responde sem hesitar:

— Muito, muito tempo.

O sultão fica desconcertado:

— Que seja arrogante comigo, ainda vai, mas com Deus! Como pode afirmar uma coisa dessas? Melhor dizer que Sua vontade seja feita, é Ele o mestre dos tempos!

— Se respondi assim, foi porque tive um sonho na noite passada. Vi nosso Profeta, abençoado seja! Perguntei-lhe quando morreria e recebi uma resposta reconfortante.

Malikchah se impacienta:

— Que resposta?

— O Profeta disse: "Você é um pilar do islã, faz o bem à sua volta, sua existência é preciosa para os crentes, por isso dou-lhe o privilégio de escolher o momento de sua morte". Respondi: "Deus me livre, que homem poderia escolher um dia como esse? Queremos sempre mais e, mesmo que eu fixasse a data mais longínqua possível, viveria assombrado por sua aproximação, e na véspera desse dia, fosse em um mês ou em cem anos, tremeria de medo. Não quero escolher a data. O único favor que lhe peço, Profeta bem-amado, é o de não sobreviver a meu mestre, o sultão Malikchah. Eu o vi crescer, ouvi-o me chamar de 'pai', e não gostaria de passar pela humilhação e pelo sofrimento de vê-lo morto". "Está combinado", disse o Profeta, "você morrerá quarenta dias antes do sultão."

Malikchah fica lívido, treme, quase se trai. Nizam sorri:

— Veja, não sou arrogante, estou seguro de que viverei muito tempo.

O sultão ficou tentado, naquele momento, a desistir de mandar matar seu vizir? Teria sido ótimo, pois, se o sonho era apenas uma parábola, Nizam tomara de fato grandes decisões. Na véspera de sua partida, os oficiais de sua guarda reunidos a seu lado haviam jurado um depois do outro, com a mão sobre o Livro, que se ele fosse morto nenhum de seus inimigos sobreviveria!

19

No império seljúcida, no tempo em que ele era o mais poderoso do universo, uma mulher ousou tomar o poder em suas mãos nuas. Sentada atrás de suas tapeçarias, deslocava exércitos de uma ponta a outra da Ásia, nomeava reis e vizires, governadores e juízes, ditava cartas ao califa e despachava emissários com recados para o senhor de Alamut. A emires que reclamavam vendo-a dar ordens às tropas, respondia: "Entre nós, são os homens que fazem a guerra, mas são as mulheres que dizem aos homens com quem lutar".

No harém do sultão, chamam-na "a Chinesa". Nasceu em Samarcanda, de uma família originária de Kachgar, e tal como seu irmão mais velho Nasr Khan, seu rosto não revela nenhuma mistura de sangue: nem os traços semitas dos árabes nem os traços arianos dos persas.

É, de longe, a mais antiga das esposas de Malikchah. Quando se casou com ele, ele tinha apenas nove anos; ela, onze. Pacientemente, esperou que amadurecesse. Tocou a primeira penugem no rosto dele, surpreendeu o primeiro sobressalto de desejo em seu corpo, viu seus membros se desempenarem, seus músculos se definirem, majestoso esboço de homem que rapidamente domesticou. Nunca deixou de ser a favorita, adulada, cortejada, honrada, principalmente ouvida. E obedecida. No fim do dia, ao voltar de uma caça ao leão, de uma competição, de um combate sangrento, de uma tumultuada assembleia de emires ou, pior, de uma penosa sessão de trabalho com Nizam, Malikchah encontra a paz nos braços de Terken. Afasta a seda fluida que a cobre, vem se comprimir contra sua pele, luta, enrubesce, conta suas proezas e seus cansaços. A Chinesa envolve a fera excitada. Abriga o marido, acolhe-o como herói nas dobras de seu corpo, segura-o por bastante tempo, aperta-o, só o solta para atraí-lo outra vez. Ele se joga com todo o seu peso, conquistador sem fôlego, suspirando, submisso, enfeitiçado; ela sabe guiá-lo até o prazer mais profundo.

Depois, suavemente, seus dedos delgados começam a desenhar as sobrancelhas dele, suas pálpebras, seus lábios, os lóbulos de suas orelhas, as linhas de seu pescoço úmido; a fera está amansada, ronrona, cochila, felino saciado, sorri. E então as palavras de Terken escoam para as profundezas da alma dele, ela fala dele, dela, dos filhos dos dois, conta histórias, recita poemas, sussurra parábolas ricas em ensinamentos. Não há um instante em que ele se entedie nos braços dela, promete ficar ao lado dela todas as noites. A seu modo, rude, brutal, infantil, animal, ele a ama, e a amará até o último suspiro. Ela sabe que ele não pode lhe recusar nada, é ela quem designa suas conquistas do momento, amantes ou províncias. Em todo o império, seu único rival é Nizam, e naquele ano de 1092 está prestes a acabar com ele.

Realizada, a Chinesa? Como seria possível que ficasse? Quando está só, ou com Djahane, sua confidente, chora, lágrimas de mãe, lágrimas de sultana, maldiz o destino injusto, e ninguém pensa em condená-la. Seu filho mais velho fora escolhido por Malikchah como herdeiro, estava em todas as viagens, em todas as cerimônias. O pai tinha tanto orgulho do filho que o exibia em todos os lugares, mostrava-lhe, uma a uma, suas províncias, falava do dia em que o sucederia. "Nunca um sultão terá legado um império tão grande a um filho!", dizia. Naquela época, sim, Terken estava realizada, nenhuma dor deformava seu sorriso.

Mas então o herdeiro morreu. Uma febre súbita, violenta, impiedosa. Os médicos tentaram prescrever sangrias e cataplasmas, mas em duas noites ele morreu. Disseram que era mau-olhado, talvez até algum veneno indetectável. Tristíssima, Terken no entanto se recompõe. Passado o luto, manda designar como herdeiro seu segundo filho. Malikchah rapidamente se envolve com ele, gratifica-o com títulos surpreendentes para seus nove anos, mas a época é pomposa, cerimoniosa: "Rei dos reis, Pilar do Estado, Protetor do Príncipe dos Crentes"...

Maldição e mau-olhado, o novo herdeiro também não tarda a morrer. Tão repentinamente quanto o irmão. De uma febre também suspeita.

A Chinesa tinha um último filho, pediu ao sultão que o designasse sucessor. A coisa não foi tão fácil dessa vez; a criança tinha um ano e meio e Malikchah era pai de outros três meninos, todos mais velhos. Dois nascidos de uma escrava, mas o mais velho, chamado Barkyaruk, era filho de uma prima do sultão. Como descartá-lo, sob que pretexto? Quem melhor do que esse príncipe duplamente seljúcida podia aceder ao posto de delfim? Essa era a opinião de Nizam. Ele, que almejava pôr um pouco de ordem nas disputas turcas, ele, que sempre tivera a preocupação de estabelecer alguma regra de sucessão na dinastia, insistira, com os melhores argumentos do mundo, que o mais velho fosse designado. Sem resultado. Malikchah não ousava contrariar Terken e, como não podia nomear o filho dela, não nomearia ninguém. Preferia correr o risco de morrer sem herdeiro, como o pai, como todos os seus.

Terken não ficou satisfeita; só ficaria se sua descendência estivesse devidamente assegurada. Quer dizer, mais do que qualquer coisa no mundo, desejou a desgraça de Nizam, obstáculo a suas ambições. Para conseguir sua sentença de morte, estava disposta a tudo, intrigas e ameaças, e seguiu dia após dia nas negociações com os Assassinos. Acompanhou o sultão e seu vizir no percurso para Bagdá. Queria estar lá para a execução.

É a última refeição de Nizam, a ceia é um *iftar*, o banquete que assinala o fim do jejum do décimo dia do ramadã. Dignitários, cortesãos, emires do Exército, todos estão incomumente sóbrios por respeito ao mês santo. A mesa está arrumada sob uma imensa tenda. Alguns escravos seguram tochas para que os convidados possam se servir. Nas grandes travessas de prata o melhor pedaço de camelo ou cordeiro, a mais carnuda coxa de perdiz, sessenta mãos esfaimadas se estendem, remexem a carne e o molho. Compartilham, cortam, devoram. Quando estão de posse de um pedaço apetitoso, oferecem-no a um vizinho de mesa que desejam homenagear.

Nizam come pouco. Nessa noite, sofre mais do que o normal, seu peito está queimando, suas entranhas parecem apertadas pela mão de um gigante invisível. Faz um esforço para manter-se ereto. Malikchah está a seu lado, experimentando tudo o que os vizinhos lhe dão. De vez em quando, nota-se que destina um olhar enviesado na direção do vizir, deve pensar que ele sente medo. De repente, estende a mão para uma bandeja de figos negros, escolhe o maior e o oferece a Nizam, que aceita educadamente e morde com a ponta dos dentes. Que gosto podem ter os figos quando sabemos que estamos três vezes condenados, por Deus, pelo sultão e pelos Assassinos?

Enfim, o *iftar* acaba, já é noite. Malikchah se levanta de um salto, tem pressa de encontrar sua Chinesa e contar sobre as caretas do vizir. Nizam, por sua vez, se apoia nos cotovelos, depois se levanta com dificuldade até ficar em pé. As tendas de seu harém não ficam longe, sua velha prima terá feito um preparado de mirobólano para aliviá-lo. São apenas cem passos. Em volta, a inevitável confusão dos acampamentos reais. Soldados, criados, vendedores ambulantes. De quando em quando, o riso abafado de uma cortesã. O caminho parece longo, e ele se arrasta sozinho. Normalmente estaria rodeado por um círculo de cortesãos, mas quem gostaria de ser visto com um proscrito? Até os mendigos fugiram; o que poderiam obter de um velho em desgraça?

Um indivíduo se aproxima, no entanto. Um bravo homem vestindo um casaco remendado. Diz palavras piedosas. Nizam remexe na bolsa e retira três moedas de ouro. Precisa recompensar o desconhecido que ainda se dirige a ele.

Um brilho, o brilho de uma lâmina, tudo se passou muito rápido. Nizam mal viu a mão se mexer, e o punhal já havia atravessado sua roupa, sua pele, a ponta se esgueirando entre suas costelas. Nem gritou. Nada além de um movimento de estupor, um último hausto de ar inspirado. Ao cair, talvez tenha revisto em câmera lenta aquele brilho, aquele braço que se estende, que relaxa, e a boca crispada que cospe: "Recebe este presente, que vem de Alamut!".

E então gritos foram ouvidos. O Assassino correu, procuraram-no em todas as tendas, encontraram-no. Apressadamente, cortaram sua garganta, depois o arrastaram pelos pés descalços para jogá-lo numa fogueira.

Nos anos e decênios seguintes, inúmeros mensageiros de Alamut conhecerão a mesma morte; a única diferença é que não procurarão mais fugir. "Não basta matar nossos inimigos", ensina-lhes Hassan. "Não somos matadores, mas executores, devemos agir em público, como exemplo. Matamos um homem, aterrorizamos 100 mil. No entanto, não basta executar e aterrorizar, é preciso saber morrer, pois matando desencorajamos nossos inimigos de tentar o que quer que seja contra nós, e morrendo da maneira mais corajosa conseguimos o respeito da multidão. E homens sairão dela para juntar-se a nós. Morrer é mais importante do que matar. Matamos para nos defender, morremos para converter, para conquistar. Conquistar é um objetivo, defender-se é apenas um meio."

A partir de então, os assassinatos acontecerão de preferência às sextas-feiras, nas mesquitas, na hora da prece solene, diante do povo reunido. A vítima, vizir, príncipe, dignitário religioso, chega cercada de guarda imponente. A multidão fica impressionada, submissa e admirada. O enviado de Alamut está ali, em algum lugar, com o mais inesperado dos disfarces. Membro da guarda, por exemplo. Na hora em que todos os olhares estão voltados para o mesmo ponto, ele ataca. A vítima cai, o carrasco não se move, grita uma fórmula decorada, dá um sorriso desafiador, à espera de deixar-se imolar pelos guardas desenfreados e, em seguida, despedaçar pela multidão amedrontada. A mensagem foi entregue. O sucessor da pessoa assassinada se mostrará mais conciliador com relação a Alamut. Entre o público haverá dez, vinte, quarenta conversões.

Vendo essas cenas irreais, frequentemente se dizia que os homens de Hassan estavam drogados. Como explicar de outra maneira o fato de irem encontrar a morte com um sorriso? Acreditava-se na tese de que agiam sob efeito de haxixe. Marco Polo popularizou essa ideia no Ocidente. Seus inimigos no mundo muçulmano às vezes os chamavam de *haschichiyun*, "fumadores de haxixe", para depreciá-los; alguns orientalistas acreditaram encontrar nesse termo a origem da palavra "assassino", que se tornou, em várias línguas europeias, sinônimo de matador. O mito dos "Assassinos" ficou ainda mais assustador.

A verdade é outra. De acordo com os textos que nos chegaram de Alamut, Hassan gostava de chamar seus seguidores de *Assassiyun*, os que são fiéis a *Assass*, à "Fundação" da fé, e é essa palavra, mal entendida por viajantes estrangeiros, que pareceu conter traços de haxixe.

É verdade que Sabbah era apaixonado por plantas, que conhecia muito bem suas virtudes curativas, sedativas ou estimulantes. Cultivava toda sorte de ervas e curava seus fiéis quando estavam doentes, sabendo prescrever poções para melhorar o humor deles. Conhecemos uma de suas receitas, destinada a ativar o cérebro de seus seguidores e torná-los mais aptos aos estudos. É uma mistura de mel, nozes piladas e coentro. Como se vê, um doce remédio. Apesar da tradição persistente e sedutora, é preciso se render às evidências: os Assassinos não tinham outra droga senão uma fé absoluta. Constantemente reafirmada pelo mais estrito ensinamento, pela organização mais eficaz, pela mais rigorosa divisão de tarefas.

No topo da hierarquia está Hassan, o Grande Mestre, o Pregador supremo, o detentor de todos os segredos. Em torno dele há um punhado de missionários propagandistas, os *daï*, entre os quais três adjuntos, um para a Pérsia oriental, Khorassan, Kuhistan e Transoxiana; outro para a Pérsia ocidental e o Iraque; um terceiro para a Síria. Logo abaixo estão os companheiros, os *rafik*, quadros do movimento. Tendo recebido formação adequada, ficam habilitados a comandar uma fortaleza, a dirigir a organização em nível de uma cidade ou de uma província. Os mais aptos serão um dia missionários.

Mais abaixo na hierarquia, estão os *lassek*, literalmente os que estão, sem exagero, ligados à organização. São os crentes de base, sem predisposição especial para os estudos ou para a ação violenta. Entre eles há muitos pastores do entorno de Alamut, muitas mulheres e idosos.

Depois vêm os *mujib*, os "respondentes", ou seja, os noviços. Recebem um primeiro ensinamento e, de acordo com suas capacidades, são orientados para os estudos mais extensos, a fim de se tornarem companheiros para a massa dos crentes, ou para a categoria seguinte, aquela que simboliza aos olhos dos muçulmanos da época o verdadeiro poder de Hassan Sabbah: a classe dos *fidaíyin*, "os que se sacrificam". O Grande Mestre os escolhe entre os seguidores com imensas reservas de fé, de habilidade e de resistência, mas pouca aptidão para o ensino. Ele nunca enviará para o sacrifício um homem que poderia se tornar missionário.

O treinamento do *fidaí* é uma tarefa delicada à qual Hassan se dedica com paixão e refinamento. Aprender a esconder seu punhal, a tirá-lo com um gesto furtivo, a plantá-lo direto no coração da vítima, ou em seu pescoço se o peito está protegido por uma cota de malha; familiarizar-se com os pombos-correio, memorizar os alfabetos em código, instrumentos de comunicação rápida e discreta com Alamut; aprender de vez em quando um dialeto, um sotaque regional, saber se inserir num ambiente estrangeiro, hostil, misturar-se ali durante semanas, meses, fazer adormecerem todas as desconfianças, à espera do momento propício para a execução; saber seguir a presa como um caçador, estudar com precisão suas atitudes, suas roupas, seus hábitos, as horas em que sai; às vezes, quando se trata de um indivíduo excepcionalmente bem protegido, encontrar uma forma de ligar-se a ele, se aproximar, se relacionar com alguns parentes seus. Conta-se que, para executar uma de suas vítimas, dois *fidaíyin* tiveram que viver dois meses em um convento, passando-se por monges. Notável capacidade camaleônica que, razoavelmente, não pode vir acompanhada do uso de haxixe! Acima de tudo, o seguidor deve adquirir a fé necessária para enfrentar a morte, a fé em um paraíso que o martírio lhe trará no exato instante em que sua vida for tirada pela multidão enlouquecida.

Ninguém pode contestar, Hassan Sabbah conseguiu construir a máquina de matar mais temida da História. Entretanto, para combatê-la, outra se construiu nesse fim de século sangrento. Foi a Nizamiya, que, por fidelidade ao vizir assassinado, irá semear a morte com métodos diferentes, talvez mais insidiosos, certamente menos espetaculares, mas cujos efeitos não serão menos devastadores.

20

Enquanto a multidão atacava os restos do Assassino, cinco oficiais se reuniram chorando em torno do cadáver ainda quente de Nizam, cinco mãos direitas estenderam-se, cinco bocas repetiram em uníssono: "Dorme em paz, Mestre. Nenhum de seus inimigos sobreviverá!".

Por quem começar? Longa é a lista dos proscritos, mas as instruções de Nizam são claras. Os cinco homens nem precisam se consultar. Sussurram um nome. Suas mãos estendem-se novamente, depois eles se ajoelham. Juntos levantam o corpo emagrecido pela doença, mas pesado pela morte, e o levam em procissão até seus acampamentos. As mulheres já estão reunidas para chorar, a vista do cadáver reaviva seus gemidos, um dos oficiais se irrita: "Não chorem enquanto ele não for vingado!". Amedrontadas, as carpideiras param, todas olham o homem. Ele já se distancia. Retomam seus ruidosos lamentos.

Chega o sultão. Estava com Terken quando ouviu os primeiros gritos. Um eunuco enviado em busca de notícias volta tremendo: "É Nizam Al-Mulk, mestre! Um matador o atacou! Ele lhe concedeu seus últimos momentos!". Sultão e sultana trocaram um olhar, depois Malikchah se levantou. Cobriu-se com seu longo mantô de carneiro e bateu de leve no rosto de sua esposa diante do espelho, correu para junto do defunto, fingindo surpresa e a mais grave aflição.

As mulheres se afastaram para deixá-lo se aproximar do corpo de seu *ata*. Inclina-se, faz uma oração, recita algumas frases formais, depois volta a Terken para discretas comemorações.

Curioso o comportamento de Malikchah. Seria possível pensar que aproveitaria a morte de seu tutor para enfim tomar os negócios do império em suas mãos. Não é o que acontece. Contente de ter se livrado daquele que refreava seus ímpetos, o sultão se diverte, não há outra palavra. As reuniões de trabalho são sistematicamente canceladas, as recepções para embaixadores também, os dias são dedicados ao polo e à caça; as noites, às bebedeiras.

Mais grave ainda, desde sua chegada a Bagdá, mandou dizer ao califa: "Tenho intenção de fazer desta cidade minha capital de inverno, o Príncipe dos Crentes deve se mudar o mais rápido possível, encontrar outra residência". O sucessor do Profeta, cujos ancestrais vivem em Bagdá há três séculos e meio, pede o prazo de um mês para colocar seus negócios em ordem.

Terken inquieta-se com essa frivolidade, pouco digna de um soberano de 37 anos, dono da metade do mundo, mas seu Malikchah é assim, então ela o deixa brincar e aproveita para afirmar sua autoridade. É a ela que emires e dignitários procuram, são seus homens de confiança que substituem os que eram fiéis a Nizam. O sultão concorda entre dois passeios ou duas bebedeiras.

Em 18 de novembro de 1092, Malikchah está ao norte de Bagdá, caça onagros em uma região pantanosa de floresta. De suas doze últimas flechas, apenas uma não atingiu o alvo, seus companheiros o elogiam, nenhum deles sonharia igualar suas proezas. A caminhada o deixou com fome, fala palavrões. Os escravos se apressam. São cerca de uma dezena a cortar, espetar, esvaziar os animais selvagens que logo serão assados numa clareira. O pernil mais gordo é para o soberano, que o pega, o destroça com apetite e se farta bebendo um licor fermentado. De tempos em tempos, come frutas em conserva de vinagre, seu prato preferido que o cozinheiro transporta para todos os lugares em grandes potes, para ter certeza de que não vai faltar.

De repente, cólicas, violentas. Malikchah urra de dor, seus companheiros tremem. Nervosamente, recusa sua taça, cospe o que tem na boca. Dobra-se, seu corpo se esvazia, delira, desfalece. À sua volta, dezenas de cortesãos, soldados e criados tremem, observando-se desconfiados. Jamais se saberá que mão despejou o veneno no licor. Ou no vinagre. Ou na carne do animal? Todos, no entanto, fazem a conta: 35 dias se passaram desde a morte de Nizam. Ele havia dito "menos de quarenta". Seus vingadores estão dentro do prazo.

Terken Khatun está no acampamento real, a uma hora do local da tragédia. Levam para ela o sultão, inanimado mas vivo ainda. Apressa-se para afastar todos os curiosos, deixa perto dela apenas Djahane, dois ou três outros criados fiéis, assim como um médico da corte, que segura a mão de Malikchah.

— Ele vai se recuperar? — pergunta a Chinesa.

— O pulso está enfraquecendo. Deus soprou a vela, que vacila antes de se apagar, não temos outro recurso senão rezar.

— Se essa é a vontade do Todo-Poderoso, escute o que vou dizer.

Não é a maneira de falar de uma futura viúva, mas de uma dona do império.

— Ninguém fora desta tenda deve saber que o sultão não está mais entre nós. Contentem-se em dizer que se restabelece lentamente, que precisa de repouso, que ninguém pode vê-lo.

Fugaz e sangrenta epopeia de Terken Khatun. Antes mesmo que o coração de Malikchah parasse de bater, exigiu que seu punhado de fiéis servidores jurasse lealdade ao sultão Mahmud, então com quatro anos e poucos meses. Enviou um mensageiro ao califa, anunciando a morte de seu esposo e pedindo a confirmação da sucessão de seu filho; em troca, abandonaria a ideia de incomodar o Príncipe dos Crentes em sua capital, e o nome dele seria glorificado em todos os sermões de todas as mesquitas do império.

Quando a corte do sultão retoma o caminho para Isfahan, Malikchah já está morto há alguns dias, mas a Chinesa continua a esconder a notícia das tropas. O cadáver está estendido em uma grande carruagem puxada por seis cavalos e coberta com uma tenda. Esse teatro, no entanto, não pode se eternizar. Um corpo que não foi embalsamado não pode permanecer entre os vivos sem que a decomposição traia sua presença. Terken escolhe se desembaraçar dele. Desse modo, Malikchah, "o sultão venerado, o grande Chahinchah, o rei do Oriente e do Ocidente, o pilar do islã e dos muçulmanos, orgulho do mundo e da religião, pai das conquistas, firme apoio do califa de Deus", foi enterrado à noite, às escondidas, à beira de uma estrada, num lugar que desde então ninguém soube encontrar. "Nunca", dizem os cronistas, "se ouviu contar que um soberano tão poderoso morresse assim sem que ninguém orasse ou chorasse sobre seu corpo."

O desaparecimento do sultão acabou causando rumores, mas Terken justifica-se com facilidade: sua primeira preocupação foi esconder a notícia do inimigo, já que o exército e a corte estavam longe da capital. Na verdade, a Chinesa ganhou o tempo de que precisava para instalar seu filho no trono e tomar ela própria as rédeas do poder.

As crônicas da época não se enganam sobre esse fato. Quando se referem às tropas imperiais, dizem, a partir desse momento, "os exércitos de Terken Khatun". Ao se referirem a Isfahan, especificam que é a capital de Khatun. Quanto ao nome do sultão-menino, será quase esquecido, só será lembrado como "filho da Chinesa".

Contra a sultana, no entanto, opõem-se os oficiais da Nizamiya. Em sua lista de proscritos, Terken Khatun vem em segundo lugar, logo depois de Malikchah. Proclamam apoio ao filho mais velho do sultão, Barkyaruk, de onze anos. Cercam-no, dão conselhos e o conduzem ao combate. Os primeiros enfrentamentos dão vantagem a eles; a sultana precisa recuar e se manter em Isfahan, que logo é sitiada. Terken não é mulher de se dar por vencida, contudo. Para se defender vai usar artifícios que ficarão famosos.

A vários governadores de província, ela escreve, por exemplo, cartas nestes termos: "Sou viúva, tenho a guarda de uma criança que precisa de um pai para guiar seus passos, para dirigir o império em seu nome. Quem melhor do que você poderia cumprir esse papel? Venha o mais rápido possível à frente de suas tropas, você libertará Isfahan e entrará em triunfo na cidade, irei esposá-lo, o poder inteiro estará em suas mãos". O argumento convence, os emires vêm, do Azerbaijão e da Síria, e mesmo não conseguindo furar o cerco da capital, garantem à sultana longos meses de trégua.

Terken também retoma o contato com Hassan Sabbah. "Eu não lhe prometi a cabeça de Nizam Al-Mulk? Entreguei-a a você. Hoje ofereço Isfahan, a capital do império. Sei que tem muitos homens nesta cidade; por que vivem nas sombras? Diga para se mostrarem, ganharão ouro e armas e poderão rezar à luz do dia." De fato, depois de tantos anos de perseguições, centenas de ismaelitas se revelam. As conversões se multiplicam. Em alguns bairros, formam milícias armadas em nome da sultana.

A última armação de Terken, porém, é provavelmente a mais engenhosa e a mais audaciosa: emires de sua comitiva apresentam-se um dia no acampamento inimigo, anunciando a Barkyaruk que decidiram abandonar a sultana, que suas tropas estão dispostas a se rebelar e que, se aceitasse acompanhá-los e entrasse com eles de surpresa na cidade, dariam o sinal para uma revolta: Terken e seu filho seriam massacrados, ele poderia assumir o trono com segurança. Estamos em 1094, o pretendente tem apenas treze anos, a proposta o seduz. Tomar a cidade, enquanto os emires a cercam há mais de um ano sem sucesso! Não hesita um minuto. Na noite seguinte, esgueira-se para fora do acampamento, sem o conhecimento de sua família, e se apresenta com os emissários de Terken na porta de Kahab, que, como por encanto, se abre diante dele. Barkyaruk, então, caminha decidido, cercado por uma escolta exageradamente jovial para o seu gosto, o que acredita se dever ao sucesso absoluto de sua proeza. Se os homens riem muito alto, ordena-lhes que se acalmem, eles respondem de forma reverente e depois gargalham ainda mais.

Quando se dá conta de que a alegria deles é suspeita, infelizmente já é tarde demais. Já o imobilizaram, amarraram suas mãos e pés, cobriram-lhe a boca e os olhos, para conduzi-lo num cortejo de provocações até a porta do harém. Acordado, o chefe dos eunucos corre para avisar Terken da chegada deles. Ela deve decidir a sorte do rival de seu filho, se é preciso estrangulá-lo ou se basta cegá-lo. O eunuco entra no longo corredor escuro, quando de repente gritos, chamados e soluços vêm de seu interior. Intrigados e inquietos, os oficiais, que precisaram entrar na zona proibida, trombam com uma velha criada fofoqueira: acabam de descobrir Terken Khatun morta em sua cama com o instrumento do crime a seu lado, um grande e macio travesseiro que a sufocou. O eunuco de braços fortes desapareceu; a criada se lembra de que ele foi introduzido no harém alguns anos antes por recomendação de Nizam Al-Mulk.

21

Estranho dilema para os partidários de Terken: sua sultana está morta, mas seu principal adversário está à mercê deles; a capital está cercada, mas aquele que comanda o cerco é prisioneiro deles. O que fazer com Barkyaruk? Djahane assume o lugar de Terken como guardiã do sultão-menino, é a ela que levam a questão, para que decida. Até então vinha se mostrando cheia de ideias, mas a morte de sua ama lhe tirou o chão debaixo dos pés. A quem se dirigir, a quem consultar senão Omar?

Quando ele chega, encontra-a sentada no divã de Terken, embaixo da cortina aberta, cabeça baixa, cabelos espalhados negligentemente sobre os ombros. O sultão está perto dela, vestido de seda, um turbante em sua cabecinha. Está imóvel sobre sua almofada, com o rosto vermelho e cheio de espinhas, seus olhos estão entreabertos, parece contrariado.

Omar aproximou-se de Djahane. Pegou ternamente sua mão, afagou lentamente seu rosto. Disse:

— Acabaram de me contar sobre Terken Khatun. Fez bem em me chamar.

Quando acaricia seus cabelos, Djahane o repele.

— Se chamei você, não é para que me console. Mas para consultá-lo sobre um caso sério.

Omar dá um passo atrás, cruza os braços e ouve.

— Barkyaruk foi atraído para uma armadilha, é prisioneiro neste palácio, os homens estão divididos sobre que sorte lhe deve ser reservada. Alguns exigem sua morte, principalmente os que o capturaram na armadilha, desejam estar seguros de nunca terem que responder por seus atos. Outros preferem se entender com ele, instalá-lo no trono, ganhar seus favores, esperando que esquecerá essa desventura. Outros ainda propõem mantê-lo refém para negociar com os que cercam a cidade. Que caminho nos aconselha a seguir?

— Foi para me perguntar isso que me arrancou dos meus livros?

Djahane levanta-se, irritada.

— Não lhe parece suficientemente importante? Minha vida depende disso. A sorte de milhares de pessoas pode depender dessa decisão, a desta cidade, a do império. E você, Omar Khayyam, não quer ser importunado por tão pouco!

— Isso mesmo, não quero ser importunado por tão pouco!

Dirigiu-se para a porta; no momento de abri-la, virou-se para Djahane.

— Só me consultam quando a besteira já foi feita. O que você quer que eu diga agora a seus amigos? Se os aconselhar a soltar o adolescente, como garantir que amanhã ele não não irá querer cortar a garganta deles? Se os aconselhar a fazê-lo refém ou a matá-lo, eu me torno cúmplice. Deixe-me fora dessas disputas, Djahane, e você também fique de fora.

Olha-a com compaixão.

— Um filho de sultão turco substitui outro filho, um vizir afasta um vizir, por Deus, Djahane, como pode passar os mais belos anos de sua vida nessa jaula com esses animais? Deixe que se degolem, matem e morram. O sol brilhará menos, o vinho será menos suave?

— Baixe a voz, Omar, assim você assusta a criança. Nos aposentos vizinhos muitos ouvidos escutam.

Omar continua:

— Não me chamou para ouvir minha opinião? Muito bem, vou dá-la sem rodeios: deixe esta sala, abandone este palácio, não olhe para trás, não diga adeus, nem mesmo pegue suas coisas, venha, me dê a mão, vamos para a nossa casa, você comporá seus poemas, eu observarei minhas estrelas. Todas as noites virá nua se aconchegar a mim, o vinho almiscarado nos fará cantar, para nós o mundo deixará de existir, o atravessaremos sem vê-lo, sem ouvi-lo, nem seu sangue nem sua lama grudarão em nossos pés.

Djahane tem os olhos embaçados.

— Se eu pudesse voltar à idade da inocência, acha que hesitaria? É muito tarde, fui muito longe. Se amanhã os fiéis a Nizam Al-Mulk tomarem Isfahan, não me pouparão, estou na lista de proscritos.

— Fui o melhor amigo de Nizam, protegerei você, não irão à minha casa para levar minha mulher.

— Abra os olhos, Omar, você não conhece esses homens, só pensam em se vingar. Ontem, o criticaram por ter salvado a cabeça de Hassan Sabbah; amanhã, vão criticá-lo por esconder Djahane e o matarão comigo.

— Muito bem, que seja, ficaremos juntos, na nossa casa, e se meu destino for morrer com você, me resignarei.

Ela se endireita.

— Eu não me resigno! Estou neste palácio, cercada por tropas que me são fiéis, numa cidade que de agora em diante me pertence, lutarei até o fim, e se eu morrer será como uma sultana.

— E como morrem as sultanas? Envenenadas, sufocadas, estranguladas! Ou nos partos! Não é pelo aparato que escapamos da miséria humana.

Durante algum tempo observam-se em silêncio. Djahane se aproxima, dá nos lábios de Omar um beijo que queria ardente, fraqueja um instante em seus braços. Ele se afasta, as despedidas lhe são insuportáveis. Suplica uma última vez:

— Se ainda dá algum valor ao nosso amor, venha comigo, Djahane, a mesa está posta no terraço, um vento suave chega dos montes Amarelos, em duas horas estaremos embriagados, vamos nos deitar. Aos criados, direi que não nos acordem quando Isfahan mudar de dono.

22

Nessa noite, o vento de Isfahan carrega um aroma verde, de damasco. As ruas, porém, estão mortas. Khayyam busca abrigo em seu observatório. Normalmente, basta entrar ali, voltar os olhos para o céu, sentir nos dedos os discos graduados de seu astrolábio, para que os problemas do mundo desapareçam. Não desta vez. As estrelas estão silenciosas, nenhuma música, nenhum murmúrio, nenhuma confidência. Omar não as incomoda, devem ter boas razões para se calar. Resigna-se a voltar para casa, caminha lentamente, na mão uma vara que bate de vez em quando numa moita ou num galho rebelde.

Agora está deitado em seu quarto, luzes apagadas; seus braços apertam desesperadamente uma Djahane imaginária, seus olhos estão vermelhos de lágrimas e de vinho. À esquerda, no chão, uma garrafa, uma taça de prata, que agarra de vez em quando com uma das mãos, cansada dos longos goles pensativos e desiludidos. Seus lábios dialogam consigo mesmo, com Djahane, com Nizam. Com Deus principalmente. Quem mais poderia ainda segurar este universo que se decompõe?

Apenas ao amanhecer, exausto e com a cabeça enevoada, Omar abandona-se enfim ao sono. Quantas horas dormiu? Um barulho de passos o acorda, o sol alto insinua-se por uma fenda na cortina, levando-o a proteger os olhos. Percebe então, no vão da porta, o homem cuja chegada barulhenta o incomodou. É grande, bigodudo, sua mão bate, com um gesto maternal, na guarda de sua espada. A cabeça está envolvida por um turbante verde-vibrante. Nos ombros, a capa curta de veludo dos oficiais da Nizamiya.

— Quem é você? — pergunta Khayyam, bocejando. — E quem lhe deu direitos sobre meu sono?

— O senhor nunca me viu com Nizam Al-Mulk? Eu era seu segurança, sua sombra. Chamam-me Vartan, o Armênio.

Omar agora se lembra, o que não o tranquiliza. Sente como se uma corda o apertasse, da garganta às tripas. Se tem medo, não quer transparecer, contudo.

— Seu segurança e sua sombra, você disse? Deveria então tê-lo protegido do assassino?

— Ele me pediu que ficasse longe. Ninguém ignora que quisesse uma morte como aquela. Eu poderia ter matado um assassino, e outro surgiria. Quem sou eu para me interpor entre meu mestre e seu destino?

— E o que quer de mim?

— Na noite passada, nossas tropas se infiltraram em Isfahan. A guarnição se juntou a nós. O sultão Barkyaruk foi libertado. A cidade pertence a ele agora.

Khayyam se pôs de pé.

— Djahane!

Um grito e uma pergunta angustiada. Vartan não diz nada. Sua expressão preocupada fala tanto quanto seu porte marcial. Omar acredita ler em seus olhos uma confissão monstruosa. O oficial diz:

— Queria tanto tê-la salvado! Eu ficaria orgulhoso de me apresentar ao ilustre Khayyam trazendo ilesa sua esposa! Mas cheguei tarde demais. Todas as pessoas do palácio haviam sido massacradas pelos soldados.

Omar avançou na direção do oficial, empregou todas as suas forças, mas não conseguiu derrubá-lo.

— Foi para anunciar isso que veio?

O outro continua com a mão sobre a guarda da espada. Não a desembainhou. Fala com voz calma.

— Vim para outra coisa. Os oficiais da Nizamiya decidiram que você deveria morrer. Quando se fere o leão, dizem, é prudente acabar com ele. Recebi a missão de matá-lo.

Khayyam de repente fica mais calmo. Manter-se com dignidade no último momento. Quantos sábios dedicaram sua vida inteira para alcançar esse ponto alto da condição humana! Ele não implora por sua vida. Ao contrário, sente a cada instante o refluxo de seu medo, pensa principalmente em Djahane, não duvida de que ela também soubera ser digna.

— Nunca teria perdoado aqueles que mataram minha mulher, por toda a minha vida os teria como inimigos, por toda a minha vida sonharia em vê-los um dia empalados! Tem razão de se livrar de mim!

— Não é minha opinião, mestre. Éramos cinco oficiais decidindo, meus companheiros quiseram sua morte, fui o único a me opor.

— Estava errado. Seus companheiros me parecem mais sensatos.

— Vi-o muitas vezes com Nizam Al-Mulk, vocês se sentavam e conversavam como pai e filho, ele nunca deixou de amá-lo, apesar da conduta de sua mulher. Se estivesse entre nós, não o condenaria. E também a perdoaria por sua causa.

Khayyam olha de perto seu visitante, como se acabasse de descobri-lo ali.

— Já que você era hostil à ideia da minha morte, por que o escolheram para vir me executar?

— Fui eu quem propôs. Os outros o teriam matado. Tenho a intenção de salvar sua vida. Ou acha que se eu fosse matá-lo ficaria conversando assim com você?

— E como vai explicar isso a seus companheiros?

— Não vou explicar. Partirei. Meus passos ficarão colados aos seus.

— Você faz esse anúncio com tanta calma, como uma decisão longamente amadurecida.

— É a pura verdade. Não agi por impulso. Fui o mais fiel servidor de Nizam Al-Mulk, acreditei nele. Se Deus tivesse permitido, morreria para protegê-lo. Mas há muito tempo decidi que, se o mestre viesse a morrer, eu não serviria nem a seus filhos nem a seus sucessores, e abandonaria para sempre o trabalho com a espada.

As circunstâncias de sua morte me obrigaram a assisti-lo uma última vez. Participei do assassinato de Malikchah e não me arrependo: ele traiu seu tutor, seu pai, o homem que o alçou ao topo; merecia morrer. Precisei matar, mas não me transformei em matador por isso. Nunca derramei o sangue de uma mulher. E, quando meus companheiros condenaram Khayyam, entendi que chegara o momento de eu partir, de mudar de vida, de me transformar em eremita ou em um poeta errante. Se concordar, mestre, reúna algumas coisas e deixaremos a cidade o mais rápido possível.

— Para onde iremos?

— Tomaremos o caminho que quiser, por toda parte o seguirei, como um discípulo, e minha espada o protegerá. Voltaremos quando o tumulto acabar.

Enquanto o oficial apronta as montarias, Omar recolhe com pressa seu manuscrito, seu tinteiro, seu cantil e uma bolsa cheia de ouro. Atravessam de uma ponta à outra o oásis de Isfahan, até o caminho de Marbine, na direção oeste, sem que os soldados, que eram muitos, pensassem em incomodá-los. Uma palavra de Vartan, e as portas se abrem, os sentinelas se afastam respeitosamente. Essa complacência intriga Omar, que no entanto evita fazer perguntas a seu companheiro. Por enquanto, não há outra saída a não ser confiar nele.

Haviam partido fazia menos de uma hora, quando uma multidão enlouquecida começa a pilhar a casa de Khayyam e a incendiá-la. No fim da tarde, o observatório está destruído. Nesse mesmo instante, o corpo apaziguado de Djahane era enterrado ao pé da muralha que cerca o jardim do palácio.

Nenhuma pedra indica para a posteridade o local de sua sepultura.

Parábola extraída do *Manuscrito de Samarcanda*:

"Três amigos passeavam nos planaltos da Pérsia. Apareceu uma pantera, toda a ferocidade do mundo estava nela.

A pantera observou por algum tempo os três homens e depois correu na direção deles.

O primeiro era o mais velho, o mais rico, o mais poderoso. Gritou: 'Sou o dono deste lugar, nunca permitirei que um animal destrua as terras que me pertencem'. Estava acompanhado de dois cachorros de caça, soltou-os sobre a pantera, eles tentaram mordê-la, mas ela ficou ainda mais vigorosa, acabou com os dois, pulou sobre o dono deles e rasgou suas entranhas.

Tal como aconteceu com Nizam Al-Mulk.

O segundo disse: 'Sou um homem de conhecimentos, todos me honram e me respeitam, por que deixaria minha sorte ser decidida entre cães e pantera?'. Virou as costas e fugiu, sem esperar o fim do combate. Desde então, errou de caverna em caverna, de cabana em cabana, convencido de que o animal estava constantemente em seu encalço.

Tal como aconteceu com Omar Khayyam.

O terceiro era um homem de fé. Avançou na direção da pantera com as mãos abertas, o olhar dominador, a boca eloquente. 'Seja bem-vinda a estas terras', disse. 'Meus companheiros eram mais ricos do que eu, você os despossuiu, eram mais orgulhosos, você os rebaixou.' O animal escutava, seduzido, dominado. O homem de fé assumiu a ascendência sobre a pantera, conseguiu aprisioná-la. Desde então, nenhuma pantera ousa aproximar-se dele, e os homens mantêm-se à distância."

O *Manuscrito* conclui: "Quando chega o tempo das convulsões, ninguém pode parar seu curso, ninguém pode fugir, alguns conseguem se aproveitar dele. Mais do que ninguém, Hassan Sabbah soube aprisionar a ferocidade do mundo. À sua volta, semeou o medo; para criar, em seu pequeno Alamut, um minúsculo espaço de quietude".

Mal ocupara a fortaleza, Hassan Sabbah fez reformas para assegurar um total isolamento do mundo externo. Era preciso em primeiro lugar tornar impossível qualquer invasão inimiga. Melhorou, então, graças a construções inteligentes, as qualidades já excepcionais do lugar, fechando com muros mesmo as menores passagens entre duas colinas.

Essas fortificações, no entanto, não bastam para Hassan. Mesmo que a invasão seja impossível, os agressores poderiam ter sucesso deixando-o passar fome ou sede. É assim que termina a maior parte dos cercos. Nesse aspecto, Alamut é particularmente vulnerável, são escassos os recursos de água potável. O Grande Mestre encontrou uma solução. Em vez de ir buscar sua água em rios próximos, cavou na montanha uma impressionante rede de cisternas e canais para recolher a água da chuva e do degelo. Quando se visitam hoje as ruínas do castelo, ainda é possível admirar, no grande aposento em que Hassan vivia, um "reservatório milagroso", que se enche de água à medida que se esvazia e que, prodígio de engenhosidade, nunca transborda.

Para as provisões, o Grande Mestre organizou poços onde podiam guardar óleo, vinagre e mel; também acumulou cevada, gordura de carneiro e frutas secas em quantidades consideráveis, suficientes para suportar quase um ano de cerco total. O que, na época, excedia em muito a capacidade de resistência dos assaltantes. Especialmente numa região de inverno rigoroso.

Hassan dispõe, assim, de um escudo infalível; tem, se é possível dizer, uma arma de defesa absoluta. Mas como se proteger de um homem decidido a morrer? Toda proteção funda-se na dissuasão, os grandes personagens, sabemos, cercam-se de uma guarda de aparência terrível, fazendo com que qualquer eventual agressor tema uma morte inevitável. Mas e se o agressor não tem medo de morrer? Se está persuadido de que o martírio é um atalho para o paraíso? Se tem sempre em mente as palavras do Pregador: "Você não foi feito para este mundo, mas para o outro. Um peixe teria medo se o ameaçassem jogar no mar?". E se, além do mais, o assassino conseguisse se infiltrar na comitiva de sua vítima? Então, nada mais o deteria. "Sou menos poderoso que o sultão, mas posso feri-lo muito mais do que ele poderia", escreveu Hassan um dia para um governador de província.

Tendo, portanto, forjado os instrumentos de guerra mais perfeitos que se podia imaginar, Hassan Sabbah instalou-se em sua fortaleza, e nunca mais a deixou; seus biógrafos dizem que, nos últimos trinta anos de sua vida, ele só saiu de casa duas vezes, e nas duas para subir no telhado! Dia e noite permanecia ali, sentado de pernas cruzadas em uma esteira que seu corpo havia desgastado e que ele nunca queria trocar ou consertar. Ensinava, escrevia, enviava seus matadores ao encalço de seus inimigos. E, cinco vezes por dia, rezava, na mesma esteira, com seus visitantes do momento.

Para os que nunca tiveram a oportunidade de visitar as ruínas de Alamut, não é inútil assinalar que o local não teria adquirido tamanha importância na História se tivesse como única vantagem ser de difícil acesso, e se não tivesse havido, no alto de um pico rochoso, um platô vasto o suficiente para conter uma cidade ou pelo menos uma grande aldeia. No tempo dos Assassinos, entrava-se ali por um túnel estreito, a leste, que desembocava na fortaleza baixa, ruelas emaranhadas, pequenas casas de terra protegidas pelas muralhas; atravessando a *meydane*, a grande praça, única área de reunião da comunidade inteira, alcançava-se a fortaleza alta. Ela tinha a forma de uma garrafa deitada, com o fundo voltado para leste e a boca para oeste. O gargalo era um corredor fortemente protegido. A casa de Hassan ficava na sua extremidade. Sua única janela dava para um precipício. Fortaleza dentro de fortaleza.

Pelas mortes espetaculares que ordenou, pelas lendas contadas sobre ele, sua seita e seu castelo, o Grande Mestre dos Assassinos aterrorizou o Oriente e o Ocidente por muito tempo. Em toda cidade muçulmana, altos dignitários caíram; os cruzados tiveram que lamentar duas ou três vítimas eminentes. Porém com frequência se esquece que foi principalmente em Alamut que o terror reinou.

Há reino pior que o da virtude militante? O Pregador supremo quis regulamentar cada instante da vida de seus seguidores. Baniu todos os instrumentos de música; se descobria a menor flauta, quebrava-a em público, jogava-a no fogo; o faltoso era acorrentado, espancado, depois expulso da comunidade. O uso de bebida alcoólica era ainda mais severamente punido. O próprio filho de

Hassan, surpreendido embriagado uma noite por seu pai, foi imediatamente condenado à morte; apesar das súplicas de sua mãe, foi decapitado no dia seguinte ao amanhecer. Como exemplo. Ninguém mais ousou tomar um gole de vinho.

A justiça de Alamut pelo menos era ágil. Conta-se que um dia um crime foi cometido dentro da fortaleza. Uma testemunha acusou o segundo filho de Hassan. Sem verificar os fatos, mandou cortar a cabeça de seu último filho homem. Dias depois, o verdadeiro culpado confessou; também foi decapitado.

Os biógrafos do Grande Mestre mencionam o massacre de seus filhos para ilustrar seu rigor e sua imparcialidade; dizem que a comunidade de Alamut se tornou, pelos benefícios desses castigos exemplares, um refúgio de virtude e de moralidade, o que é fácil de acreditar; sabe-se no entanto, por diversas fontes, que no dia seguinte a essas execuções a única mulher de Hassan e suas filhas se insurgiram contra sua autoridade, ele ordenou que fossem expulsas de Alamut e recomendou a seus sucessores que fizessem o mesmo no futuro, para evitar que influências femininas alterassem seu poder de julgamento.

Retirar-se do mundo, construir um vazio em volta de si, cercar-se de muralhas de pedra e de medo, esse parece ter sido o sonho absurdo de Hassan Sabbah.

Mas esse vazio começa a sufocá-lo. Os reis mais poderosos têm loucos ou companheiros alegres para aliviar a irrespirável austeridade que os envolve. O homem de olhos saltados está irremediavelmente só, murado em sua fortaleza, fechado em sua casa, enclausurado em si mesmo. Ninguém com quem falar, apenas súditos dóceis, criados mudos, seguidores magnetizados.

Entre todos os seres que conheceu, só existe um com quem sabe que ainda pode falar se não de amigo para amigo, pelo menos de homem para homem. É Khayyam. Então, escreve para ele. Uma carta em que o desespero se disfarça sob uma espessa camada de orgulho:

"Em vez de viver como um fugitivo, por que não vem a Alamut? Como você, fui perseguido; agora sou eu quem persegue. Aqui será protegido, cuidado, respeitado, e todos os emires da Terra não poderão tocar num fio de cabelo seu. Criei uma imensa biblioteca, você encontrará aqui as obras mais raras, poderá ler e escrever à vontade. Encontrará a paz neste lugar."

23

Desde que deixou Isfahan, Khayyam leva de fato uma existência de fugitivo e de pária. Quando esteve em Bagdá, o califa o proibiu de falar em público ou de receber os muitos admiradores que se amontoavam à sua porta. Quando visitou Meca, seus detratores zombaram em uníssono: "Peregrinação de complacência!". Quando, na volta, passou por Bassora, o filho do juiz da cidade foi lhe pedir, da forma mais polida do mundo, que encurtasse sua estada.

Seu destino é dos mais desconcertantes. Ninguém contesta seu gênio e sua erudição; aonde quer que vá, verdadeiras multidões de letrados juntam-se à sua volta. Perguntam sobre astrologia, álgebra, medicina e até sobre questões religiosas. É ouvido com atenção. Mas, infalivelmente, alguns dias ou algumas semanas depois de sua chegada, uma cabala se organiza, espalhando todo tipo de calúnia sobre ele. É tachado de descrente ou de herege, lembram sua amizade com Hassan Sabbah, retomam as acusações de alquimista já proferidas em Samarcanda, enviam oponentes diligentes que perturbam suas conversas, ameaçam com represálias aqueles que ousam hospedá-lo. Normalmente, ele não insiste. Assim que sente a atmosfera pesar, simula uma indisposição para não aparecer mais em público. E não tarda a ir embora. Para uma nova etapa. Que também será breve, também perigosa.

Venerado e maldito, tendo como único companheiro Vartan, está constantemente à procura de um teto, de um protetor, de um mecenas também. Como a generosa pensão que Nizam lhe havia destinado não é mais paga desde sua morte, é obrigado a visitar príncipes, governadores, preparar seus horóscopos mensais. Entretanto, mesmo passando necessidade com frequência, sabe cobrar sem baixar a cabeça.

Conta-se que um vizir, surpreso de Omar haver pedido uma quantia de 5 mil dinares de ouro, teria dito:

— Sabe que nem eu ganho tanto?

— É normal — retrucou Khayyam.

— Por quê?

— Porque sábios como eu, não há mais que um punhado por século. Enquanto vizires como você, seria possível nomear quinhentos por ano.

Cronistas afirmam que o homem achou muita graça e satisfez todas as exigências de Khayyam, reconhecendo com civilidade a justeza de uma equação tão orgulhosa.

"Nenhum sultão é mais feliz que eu, nenhum mendigo é mais triste", escreveu Omar nessa época.

Os anos passam, e o reencontramos em 1114 na cidade de Merv, antiga capital do Khorassan, célebre por seus tecidos de seda e suas dez bibliotecas, mas despojada, há algum tempo, de qualquer papel político. Para recuperar o brilho de sua corte desbotada, o soberano local procura atrair as celebridades do momento. Sabe como seduzir o grande Khayyam: propondo-lhe construir um observatório parecido com aquele de Isfahan. Com 66 anos, Omar tem apenas esse sonho ainda, aceita com entusiasmo adolescente, engaja-se no projeto. Logo o prédio se eleva em uma colina, no bairro de Bab Sendjan, no meio de um jardim de juncos e de amoreiras-brancas.

Por dois anos, Omar é feliz, trabalha com dedicação; consta que faz experiências surpreendentes com previsões meteorológicas, seu conhecimento do céu permitindo descrever com exatidão as mudanças de clima por cinco dias seguidos. Desenvolve também suas teorias de vanguarda em matemática; será preciso esperar o século XIX para que pesquisadores europeus reconheçam nele um genial precursor das geometrias não euclidianas. Ainda escreve os *rubaiyat*, estimulado, parece, pela excepcional qualidade dos vinhos de Merv.

Para tudo isso há, evidentemente, uma contrapartida. Omar tem a obrigação de assistir às intermináveis cerimônias do palácio, de oferecer solenemente suas homenagens ao soberano em todas as festas, circuncisões de príncipes, regressos de caça ou dos campos de batalha, e de estar sempre presente na sala do trono, pronto para lançar uma tirada, uma citação, um verso de circunstância. Essas sessões o deixam exausto. Além da impressão de ter vestido a pele de um urso sábio, tem constantemente a sensação de perder no palácio um tempo precioso que seria mais bem utilizado em sua mesa de trabalho. Sem contar o risco de ter ali encontros odiosos.

Como naquele dia frio de fevereiro, quando foi convidado para uma briga memorável por causa de uma quadra juvenil que caiu nos ouvidos de um ciumento. O salão está cheio de letrados de turbante nesse dia, o monarca está realizado, contempla sua corte com beatitude.

Quando Omar chega, o debate já está direcionado para a questão que então fascina os religiosos: "O universo poderia ter sido mais bem criado?". Aqueles que respondem "sim" são acusados de impiedade, pois insinuam que Deus não tenha cuidado suficientemente de sua obra. Os que respondem "não" também são acusados de impiedade, porque dão a entender que o Todo-Poderoso teria sido incapaz de fazer melhor.

Discutem seriamente, gesticulam. Khayyam contenta-se em observar distraidamente as mímicas de cada um. Mas um orador o nomeia, elogia seu saber e pergunta sua opinião. Omar limpa a garganta. Ainda não havia pronunciado uma sílaba, e o grande juiz de Merv, que nunca apreciou a presença de Khayyam na cidade, e principalmente a consideração que sempre recebe, pulou de seu lugar, apontando para ele um dedo acusador.

— Ignorava que um ateu pudesse exprimir uma opinião sobre questões de nossa fé!

Omar dá um sorriso cansado mas inquieto.

— O que o autoriza a me chamar de ateu? Espere ao menos ter me ouvido.

— Não preciso ouvir. Não é a você que este verso é atribuído: "Se Tu punes o mal que faço com o mal, qual a diferença entre Ti e mim, diga?"? O homem que profere tais palavras não é um ateu?

Omar dá de ombros.

— Se não acreditasse que Deus existe, não me dirigiria a Ele!

— Nesse tom? — zomba o juiz.

— É com os sultões e os juízes que é preciso falar com circunlocuções. Não com o Criador. Deus é grande, não tem o que fazer com nossas pequenas aparências e nossas pequenas reverências. Ele me fez pensante, então penso, e entrego a Ele sem dissimulação o fruto do meu pensamento.

Sob murmúrios de aprovação da assistência, o juiz se retira resmungando ameaças. Depois de ter rido, o soberano é tomado pela inquietude, teme consequências em alguns bairros. Com sua expressão tornando-se sombria, os visitantes apressam-se a ir embora.

Voltando para casa na companhia de Vartan, Omar maldiz a vida da corte, suas armadilhas e futilidades, prometendo-se deixar Merv o mais rápido possível; seu discípulo não se comove, é a sétima vez que seu mestre ameaça partir; no dia seguinte, geralmente mais resignado, ele retoma suas pesquisas, até que alguém venha consolá-lo.

Nessa noite, chegando a seu quarto, Omar escreve em seu livro uma quadra desgostosa que termina assim:

Troca teu turbante por vinho
E sem arrepender-te põe em tua cabeça um gorro de lã!

Em seguida, introduz o manuscrito em seu esconderijo habitual, entre a cama e a parede. Ao acordar, quer reler seu *rubai*, acha que uma palavra está fora de lugar. Sua mão tateia, pega o livro.

Abrindo-o, descobre a carta de Hassan Sabbah, enfiada entre duas páginas enquanto ele dormia.

Na mesma hora, Omar reconhece a letra e a assinatura combinada entre eles já há quarenta anos: "O amigo encontrado no caravançará de Kachan". Lendo, não consegue reprimir um acesso de riso. Vartan, que acabava de acordar no quarto vizinho, vem ver o que diverte tanto seu mestre depois do mau humor da véspera.

— Acabamos de receber um generoso convite: hospedados, custeados, protegidos até o fim da nossa vida.

— Por qual grande príncipe?

— O de Alamut.

Vartan se assusta. Sente-se culpado.

— Como essa carta chegou até aqui? Verifiquei todas as entradas antes de dormir!

— Nem procure saber. Até sultões e califas já desistiram de se proteger. Quando Hassan decide enviar uma carta ou uma lâmina de punhal, pode contar que você receberá, estejam suas portas abertas ou trancadas.

O discípulo aproxima a carta de seu bigode, cheira-a ruidosamente, depois a lê e relê.

— Talvez esse demônio esteja certo — conclui. — Em Alamut sua segurança estaria mais bem assegurada. Afinal, Hassan é seu amigo mais antigo.

— Por ora, meu amigo mais antigo é o novo vinho de Merv!

Com um prazer infantil, Omar põe-se a rasgar a folha em mil pedaços, que joga para o alto; e, vendo-os flutuar e girar enquanto caem, recomeça a falar:

— O que há de comum entre mim e esse homem? Sou um adorador da vida e ele um idólatra da morte. Escrevo: "Se não sabe amar, de que lhe serve que o Sol se levante e se ponha?". Hassan exige que seus homens ignorem o amor, a música, a poesia, o vinho, o Sol. Despreza o que há de mais belo na Criação e ousa pronunciar o nome do Criador. E ousa prometer o paraíso! Acredite em mim, se a sua fortaleza fosse a porta do paraíso, eu renunciaria ao paraíso! Nunca porei meus pés naquela caverna de falsos devotos!

Vartan senta-se, coça vigorosamente a nuca, depois diz em tom culpado:

— Sendo essa sua resposta, chegou a hora de lhe revelar um velho segredo. Você nunca se perguntou por que, quando fugimos de Isfahan, os soldados nos deixaram escapar tão ingenuamente?

— Isso sempre me intrigou. Mas como há anos só vejo de sua parte fidelidade, dedicação e afeição filial, não quis remoer o passado.

— Naquele dia, os oficiais da Nizamiya sabiam que eu iria salvá-lo e partir com você. Fazia parte de um estratagema que imaginei.

Antes de continuar, serve a seu mestre e a si mesmo uma boa dose de vinho tinto.

— Você sabe que na lista de proscritos de Nizam Al-Mulk havia um homem que nunca conseguimos atingir, Hassan Sabbah. Não foi ele o principal responsável pelo assassinato? Meu plano era simples: partir com você, na esperança de que procurasse refúgio em Alamut. Teria acompanhado você, pedindo que não revelasse minha identidade, e teria encontrado uma oportunidade de livrar os muçulmanos e o mundo desse demônio. Você, porém, se obstinou em nunca pôr os pés naquela sombria fortaleza.

— No entanto, você ficou ao meu lado por todo esse tempo.

— No começo, achei que bastaria ser paciente, que quando você fosse expulso de quinze cidades sucessivas se resignaria a tomar o caminho para Alamut. Então os anos foram se passando e me liguei a você, meus companheiros se dispersaram pelos quatro cantos do império, minha determinação fraquejou. Desse modo, Omar Khayyam, pela segunda vez, salvou a vida de Hassan Sabbah.

— Não se lamente, talvez eu tenha salvado a sua vida.

— É verdade que ele deve estar bem protegido em seu esconderijo.

Vartan não consegue esconder um resto de amargura e Khayyam se diverte.

— Dito isso, se você tivesse revelado seu plano, eu o teria levado, sem dúvida, a Alamut.

O discípulo pulou.

— Verdade?

— Não. Sente-se! Foi apenas para provocar seu remorso. Apesar de tudo o que Hassan cometeu, se o visse agora se afogando no rio Murghab, estenderia a mão para socorrê-lo.

— Eu afundaria vigorosamente sua cabeça na água! Entretanto, sua atitude me reconforta. Por ser capaz de dizer essas palavras e de agir dessa forma é que escolhi ficar em sua companhia. E disso não me arrependo.

Khayyam abraça demoradamente seu discípulo.

— Fico feliz que minhas suspeitas a seu respeito tenham se dissipado. Estou velho agora, preciso saber que tenho ao meu lado um homem de confiança. Por causa deste manuscrito. É a coisa mais preciosa que possuo. Para enfrentar o mundo, Hassan Sabbah construiu Alamut; eu construí apenas este minúsculo castelo de papel, mas espero que sobreviva a Alamut. É minha aposta, meu orgulho. Nada me assusta mais do que imaginar que quando eu morrer meu manuscrito possa cair em mãos frívolas ou maliciosas.

Com um gesto ligeiramente cerimonioso, estende o livro secreto a Vartan:

— Pode abri-lo, pois será seu guardião.

O discípulo se emociona.

— Alguém teve esse privilégio antes de mim?

— Duas pessoas. Djahane, depois de uma briga em Samarcanda. E Hassan, quando nos hospedamos no mesmo quarto na nossa chegada a Isfahan.

— Tinha toda essa confiança nele?

— Para dizer a verdade, não. Mas eu tinha vontade de escrever com frequência, e ele acabou notando o manuscrito. Então preferi mostrá-lo eu mesmo, pois de todo modo ele poderia ler escondido de mim. E achei que ele era capaz de guardar um segredo.

— Ele sabe muito bem guardar um segredo. Mas para usá-lo contra você.

A partir de então, é no quarto de Vartan que o manuscrito passará as noites. Ao menor barulho, o antigo oficial se põe de pé, espada em riste, ouvidos despertos; inspeciona todos os aposentos da casa e depois sai para fazer uma ronda no jardim. Na volta, nem sempre consegue dormir, então acende uma lamparina em sua mesa, lê uma quadra, memoriza-a, e depois repassa incansavelmente em sua cabeça, para apreender o significado mais profundo. E para tentar adivinhar em que circunstâncias seu mestre a escreveu.

No decorrer de algumas noites insones, uma ideia toma forma em sua mente, e Omar acolhe-a de bom grado: redigir, na margem deixada em torno dos *rubaiyat*, a história do manuscrito e, assim, a do próprio Khayyam, sua infância em Nichapur, sua juventude em Samarcanda, sua fama em Isfahan, seus encontros com Abu-Tahir, Djahane, Hassan, Nizam e muitos outros. Então, com a supervisão de Khayyam, às vezes até com ele ditando, são escritas as primeiras páginas da crônica. Vartan se aplica, recomeça dez, quinze vezes cada frase numa folha avulsa, depois a transcreve com uma letra angulosa, fina, trabalhada. Que um dia é interrompida brutalmente no meio de uma frase.

Omar acordara cedo naquela manhã. Chama Vartan, que não responde. Mais uma noite que passou escrevendo, pensa Khayyam, paternal. Deixa que repouse, serve-se da dose da manhã, primeiro de um fundo de taça que engole de uma vez, depois de uma taça cheia, que leva com ele para um passeio pelo jardim. Dá uma volta, diverte-se soprando o orvalho retido nas flores e daí vai colher amoras-brancas, que deposita, suculentas, em sua língua e estoura contra o céu da boca com cada gole de vinho.

Quando decide entrar, uma boa hora já se passou. É tempo de Vartan se levantar. Não o chama mais, entra direto no quarto. Para encontrá-lo no chão, a garganta preta de sangue, a boca e os olhos abertos e imóveis como num último apelo sufocado.

Sobre a mesa, entre a lamparina e o tinteiro, o punhal do crime, espetado em uma folha amassada cujas bordas Omar afasta para ler:

"Seu manuscrito o precedeu no caminho para Alamut."

24

Omar Khayyam pranteou seu discípulo, como pranteara outros amigos, com a mesma dignidade, a mesma resignação, a mesma modesta aflição. "Bebemos o mesmo vinho, mas eles se embriagaram duas ou três rodadas antes de mim." No entanto, por que negar? É a perda do manuscrito que o afetou mais do que tudo. Poderia certamente reconstituí-lo; se recordaria de cada acento. Aparentemente, não quis; dessa possível versão não há nenhum traço. Parece que Khayyam tirou do rapto de seu manuscrito um sábio ensinamento: nunca mais procuraria querer controlar o futuro, nem o seu nem o de seus poemas.

Logo deixa Merv. Não em direção a Alamut — em nenhum momento contemplará essa ideia —, mas à sua cidade natal. "Chegou a hora de pôr fim à minha errância. Nichapur foi minha primeira escala na vida, não seria natural que fosse também a última?" É ali que vai viver a partir de então, cercado de alguns familiares, uma irmã caçula, um cunhado atencioso, sobrinhos, uma sobrinha, principalmente, que receberá o melhor de sua ternura outonal. Cercado também de seus livros. Não escreve mais, porém relê sem se cansar as obras de seus mestres.

Um dia, sentado em seu quarto como de hábito, com o *Livro da cura* de Avicena sobre os joelhos, aberto no capítulo intitulado "O um e o múltiplo", Omar sente crescer uma dor surda. Coloca o palito de dentes de ouro que estava em sua mão entre as folhas, para marcar a página, fecha o livro, chama a família para ditar seu testamento. Depois diz uma prece que termina com estas palavras: "Meu Deus, Tu sabes que procurei perceber-Te tanto quanto pude. Perdoa-me se meu conhecimento sobre Ti foi meu único caminho em Tua direção!".

Não abriu mais os olhos. Era 4 de dezembro de 1131. Omar Khayyam estava no 84º ano de sua vida, nascera em 18 de junho de 1048, ao raiar do dia. Que se conheça com tanta precisão a data de nascimento de um personagem dessa época distante, é sem dúvida excepcional. Mas Khayyam manifestava, a esse respeito, as preocupações de um astrólogo. Parece que havia interrogado sua mãe para poder calcular seu ascendente, Gêmeos, e para determinar a posição do Sol, de Mercúrio e de Júpiter na hora de seu nascimento. Assim, havia traçado seu mapa astral, que teve o cuidado de comunicar ao cronista Beihaki.

Outro contemporâneo seu, o escritor Nizami Aruzi, conta: "Encontrei Omar Khayyam vinte anos antes de sua morte, na cidade de Balkh. Estava na casa de um notável, na rua dos Comerciantes de Escravos, e por causa de sua fama eu o seguia como uma sombra, para colher cada palavra sua. Foi assim que o escutei dizer: 'Meu túmulo será em um lugar em que a cada primavera o vento do norte espalhará flores'. No momento, as palavras me pareceram absurdas; no entanto, sabia que um homem como ele não podia falar sem refletir".

A testemunha continua: "Passei por Nichapur quatro anos depois da morte de Khayyam. Como tinha por ele a veneração que se deve a um mestre da ciência, fui visitar sua última morada. Um guia me levou ao cemitério. Virando à esquerda depois da entrada, vi o túmulo, encostado no muro de um jardim. Pereiras e pessegueiros estendiam seus galhos, que haviam espalhado suas flores sobre a sepultura, de modo que ela ficava escondida sob um tapete de pétalas".

Gota d'água que cai e se perde no mar,
Grão de areia que se funde com a terra.
O que significa nossa passagem neste mundo?
Um vil inseto apareceu, depois desapareceu.

Omar Khayyam está errado. Pois, além de não ser tão passageira como ele afirma, sua existência acaba de começar. Pelo menos a de suas quadras. Não era para elas que o poeta desejava a imortalidade que não ousava esperar para si mesmo?

Aqueles que, em Alamut, tinham o arrepiante privilégio de estar com Hassan Sabbah sempre notavam, num nicho cavado na parede e fechado por uma grade grossa, a silhueta de um livro. Não se sabia o que era, ninguém ousava perguntar ao Pregador supremo, supunha-se que devia ter seus motivos para não guardá-lo na grande biblioteca onde estavam, no entanto, as obras que continham as mais indizíveis verdades.

Quando Hassan morreu, com quase oitenta anos, o adjunto que ele havia designado para sucedê-lo não ousou se instalar no antro do mestre; e menos ainda abrir a misteriosa grade. Muito tempo depois da morte do fundador, os habitantes de Alamut ainda ficavam aterrorizados só de ver as paredes que o abrigaram; evitavam se aventurar nesse bairro desde então desabitado, com medo de encontrar sua sombra. A vida da ordem ainda estava submetida às regras que Hassan ditara; a mais severa ascese era o destino permanente dos membros da comunidade. Nenhum desvio, nenhum prazer; e, para o mundo externo, mais violência, mais assassinatos do que nunca, no mínimo para mostrar que a morte do chefe não enfraquecera em nada a determinação de seus seguidores.

Aceitavam de bom grado essa severidade? Cada vez menos. Algumas reclamações começavam a ser ouvidas. Não tanto entre os antigos, que chegaram a Alamut no tempo de Hassan; estes viviam ainda com a lembrança das perseguições sofridas em suas regiões de origem, temiam que qualquer relaxamento os deixasse mais vulneráveis. Esses homens eram cada dia menos numerosos, a fortaleza agora era habitada por seus filhos e netos. Todos, desde o berço, foram rigorosamente doutrinados e obrigados a aprender e respeitar as duras diretivas de Hassan como se fossem a Palavra revelada. Mas a maioria estava ficando cada vez mais refratária, neles a vida retomava seus direitos.

Alguns ousaram um dia perguntar por que eram forçados a passar a juventude naquela espécie de convento-caserna de onde a alegria fora banida. A repressão os alcançou, e a partir de então eles não emitiram mais nenhuma opinião discordante. Em público, claro, pois reuniões começaram a ocorrer secretamente nas casas. Os jovens conjurados eram encorajados por todas as mulheres que viram partir um filho, um irmão ou um marido para uma missão secreta da qual nunca voltaram.

Dessa aspiração surda, sufocada, reprimida, um homem se fez o porta-voz. Ninguém além dele poderia se permitir a isso: era o neto daquele que Hassan designara para sucedê-lo; ele mesmo fora chamado, quando morreu seu pai, a se tornar o quarto Grande Mestre da ordem.

Tinha sobre seus predecessores uma vantagem apreciável: nascido pouco depois da morte do fundador, não precisou viver sob seu terror. Observava sua casa com curiosidade, com alguma apreensão até, mas sem a mórbida fascinação que deixava a todos paralisados.

Uma vez, quando tinha dezessete anos, entrou no quarto proibido, andou por ali, aproximou-se do reservatório mágico, molhou a mão em sua água congelada e depois parou diante do nicho onde estava trancado o manuscrito. Quase abriu, mas mudou de ideia, deu um passo para trás e deixou o quarto recuando. Em sua primeira visita, não queria ir mais longe.

Quando o herdeiro percorria, pensativo, as ruelas de Alamut, as pessoas se juntavam em seu caminho, sem contudo se aproximar demais; diziam bênçãos curiosas. O primeiro nome dele era Hassan, como Sabbah, mas à sua volta já se cochichava outro nome: "O Redentor! Aquele que esperamos desde sempre!". Temia-se apenas uma coisa: que a velha guarda dos Assassinos, que conhecia seus sentimentos e que já o ouvira vituperar com imprudência contra o rigor daquele ambiente, fizesse de tudo para impedi-lo de chegar ao poder. Na verdade, seu pai tentava impor-lhe o silêncio, acusando-o até de ser ateu e de trair os ensinamentos do Fundador.

Contava-se ainda que condenara à morte 250 apoiadores do filho e expulsara outros 250, obrigando-os a levar nas costas, até o pé da montanha, os cadáveres dos amigos executados. Mas, por ter ainda algum sentimento paternal, o Grande Mestre não ousou seguir a tradição infanticida de Hassan Sabbah.

Quando o pai morreu, em 1162, o filho rebelde o sucedeu sem o menor contratempo. Pela primeira vez depois de muito tempo, uma alegria verdadeira explodiu nas ruelas cinzentas de Alamut.

Tratava-se mesmo do Redentor esperado?, perguntavam-se os adeptos. Aquele que vai pôr fim ao nosso sofrimento? Ele não dizia nada. Continuava a caminhar absorto pelas ruas de Alamut ou passava muitas horas na biblioteca, sob o olhar protetor do copista responsável, um homem de Kerman.

Um dia, viram-no avançar com passos decididos na direção da antiga residência de Hassan Sabbah, empurrar a porta com um gesto brusco, ir até o nicho, puxar a grade com as mãos com tanta força até soltá-la da parede, deixando cair no chão uma chuva de areia e pedras. Retirou dali o manuscrito de Khayyam, bateu nele para tirar a poeira e o levou embora debaixo do braço.

Conta-se que depois disso se fechou em casa, a ler, a reler, a meditar. E assim foi até o sétimo dia, quando deu ordens para convocar todos de Alamut, homens, mulheres e crianças, para uma reunião na *meydane*, a única praça que podia abrigá-los.

Era 8 de agosto de 1164, o sol de Alamut pesava sobre a cabeça e o rosto dos habitantes, mas ninguém pensava em se proteger. Na direção oeste erguia-se um estrado de madeira, enfeitado nos cantos por quatro estandartes imensos: um vermelho, um verde, um amarelo e um branco. Era para essa direção que os olhares se voltavam.

De repente, lá estava ele. Todo vestido de branco-brilhante e atrás dele sua mulher, jovem e miúda, de rosto descoberto, olhos grudados no chão e bochechas ruborizadas de embaraço. Na multidão, parecia que essa aparição dissipara as últimas dúvidas; falavam corajosamente: "É Ele, é o Redentor!".

Com passos dignos, subiu os poucos degraus da tribuna, dirigiu aos fiéis um gesto amplo de saudação para fazer cessar o burburinho. Depois pronunciou um dos discursos mais surpreendentes já ouvido em nosso planeta:

— A todos os habitantes do mundo, *djinns*, homens e anjos — disse ele —, o imã do Tempo oferece sua bênção e perdoa todos os seus pecados passados e futuros.

"Ele anuncia que a Lei sagrada foi abolida, pois a hora da Ressurreição chegou. Deus impôs-lhes a Lei para fazê-los merecer o paraíso. Vocês o mereceram. A partir de hoje, o paraíso é de vocês. Estão portanto liberados do jugo da Lei.

Tudo o que era proibido está permitido, e tudo o que era obrigatório está proibido!

As cinco preces cotidianas estão proibidas. Como agora estamos no paraíso, em contato permanente com o Criador, não precisamos nos dirigir a Ele em horas determinadas; aqueles que se obstinarem a fazer as cinco orações manifestariam assim sua pouca fé na Ressurreição. Rezar virou ato de descrença."

Por outro lado, o vinho, considerado pelo Corão a bebida do paraíso, estava autorizado; não bebê-lo seria um sinal manifesto de falta de fé.

"Quando isso foi proclamado", relata um historiador persa da época, "o público pôs-se a tocar harpa e flauta e a beber ostensivamente vinho até mesmo nos degraus da tribuna."

Reação excessiva, equivalente aos excessos praticados por Hassan Sabbah em nome da lei corânica. Logo os sucessores do Redentor se dedicarão a atenuar seu ardor messiânico, mas nunca mais Alamut será o reservatório de mártires sonhado pelo Pregador supremo. A partir de então a vida ali será doce, e a longa série de assassinatos que aterrorizara as cidades do islã será interrompida. Os ismaelitas, tidos como uma seita radical, se transformarão numa comunidade de uma tolerância exemplar.

Na verdade, depois de anunciar a boa nova para os habitantes de Alamut e de seu entorno, o Redentor despachou emissários para as comunidades ismaelitas da Ásia e do Egito, munidos de documentos assinados por ele. Pediam que todos celebrassem, a partir de então, o Dia da Redenção, cuja data variava de acordo com três calendários diferentes: o da hégira do Profeta, o de Alexandre, o Grego, e o do "homem mais eminente dos dois mundos, Omar Khayyam de Nichapur".

Em Alamut, o Redentor ordenou que o *Manuscrito de Samarcanda* fosse venerado como um grande livro de sabedoria. Artistas foram encarregados de ornamentá-lo: pinturas, iluminuras, caixa de ouro cinzelado incrustado com pedras preciosas. Ninguém tinha o direito de copiá-lo, mas ele ficava todo o tempo em uma mesa baixa de cedro, na salinha em que trabalhava o bibliotecário. Ali, sob sua severa vigilância, alguns privilegiados iam consultá-lo.

Até então, conheciam-se apenas algumas quadras compostas por Khayyam no tempo de sua imprudente juventude; de agora em diante, muitas outras foram aprendidas, citadas, repetidas, algumas com graves alterações. Assistiu-se até, a partir dessa época, a um fenômeno dos mais singulares: toda vez que um poeta compunha uma quadra que poderia lhe causar problemas, atribuía-a a Omar; centenas de falsificações vieram assim se misturar aos *rubaiyat* de Khayyam, tanto que se tornou impossível, sem o manuscrito, discernir os verdadeiros.

Teria sido a pedido do Redentor que os bibliotecários de Alamut retomaram, de pai para filho, a crônica do manuscrito no ponto em que Vartan a havia deixado? Em todo caso, essa é a única fonte pela qual conhecemos a influência póstuma de Khayyam na metamorfose sofrida pelos Assassinos. A relação dos acontecimentos, concisa mas insubstituível, continua, assim, por cerca de um século, até sofrer uma nova e brutal interrupção. As invasões mongóis.

A primeira onda, conduzida por Gêngis Khan, foi, sem dúvida, a calamidade mais devastadora que já se abateu sobre o Oriente. Cidades famosas foram arrasadas e sua população exterminada, tais como Pequim, Bukhara e Samarcanda, cujos habitantes foram tratados como gado, mulheres jovens distribuídas entre os oficiais da horda vitoriosa, artesãos feitos escravos, outros massacrados, com a exceção de uma minoria que, agrupada em torno do grande juiz do momento, proclamou rapidamente fidelidade a Gêngis Khan.

Apesar do apocalipse, Samarcanda aparece quase como privilegiada, pois um dia iria renascer de seus escombros para tornar-se a capital de um império mundial, o de Tamerlan. Diferentemente de tantas cidades que nunca mais se levantariam, sobretudo as três grandes metrópoles do Khorassan, onde por muito tempo se concentrou toda a atividade intelectual dessa parte do mundo: Merv, Balkh e Nichapur. Às quais deve-se acrescentar Ray, berço da medicina oriental, de que se esquecerá até mesmo o nome; será preciso esperar muitos séculos para ver renascer, num local próximo, a cidade de Teerã.

A segunda onda varrerá Alamut. Será um pouco menos sanguinária, porém mais longa. Como não se solidarizar com o terror de seus contemporâneos, quando se sabe que as tropas mongóis podiam, com um intervalo de poucos meses, devastar Bagdá, Damasco, Cracóvia, na Polônia, e a província chinesa de Sichuan?

A fortaleza dos Assassinos escolheu se render, mesmo tendo resistido a tantos invasores ao longo de 166 anos. O príncipe Hulagu, neto de Gêngis Khan, foi admirar pessoalmente aquele prodígio de construção militar; diz a lenda que ele encontrou, intactas, provisões conservadas desde a época de Hassan Sabbah.

Depois de ter inspecionado o lugar com seus oficiais, ordenou aos soldados que destruíssem tudo, que não deixassem pedra sobre pedra. Nem mesmo a biblioteca. No entanto, antes de pôr fogo, autorizou um historiador de trinta anos, um certo Djuvayni, a entrar ali. Este estava escrevendo, a pedido de Hulagu, uma *História do conquistador do mundo*, até hoje nossa mais preciosa fonte de conhecimento sobre as invasões mongóis. Ele pôde, então, entrar nesse lugar misterioso, onde dezenas de milhares de manuscritos eram mantidos, empilhados ou enrolados; do lado de fora, esperava-o um oficial mongol e um soldado munido de um carrinho de mão. O que pudesse ser posto ali seria salvo; o resto seria entregue às chamas. Não era o caso de ler os textos nem de inventariar os títulos.

Sunita fervoroso, Djuvayni disse a si mesmo que seu primeiro dever seria salvar do fogo a Palavra de Deus. Pôs-se então apressadamente a recolher os exemplares do Corão, reconhecíveis por sua grossa encadernação e agrupados em um mesmo lugar. Havia bem uns vinte; transportou-os em três viagens até o carrinho de mão, que ficou quase cheio. E agora, o que escolher? Indo em direção a uma parede na qual os volumes pareciam mais bem-arrumados do que os outros, descobriu ali incontáveis obras escritas por Hassan Sabbah durante seus trinta anos de reclusão voluntária. Escolheu salvar uma só, uma autobiografia, da qual citará alguns fragmentos em sua própria obra. Encontrou também uma crônica sobre Alamut, recente e aparentemente bem documentada, que relatava em detalhe a história do Redentor. Apressou-se em levá-la, pois esse episódio era desconhecido fora das comunidades ismaelitas.

O historiador sabia da existência do *Manuscrito de Samarcanda*? Não parece. Teria procurado o livro se já tivesse ouvido falar dele e, tendo-o folheado, o teria salvado? Não se sabe. O que se conta é que ele parou diante de um conjunto de obras consagradas às ciências ocultas e mergulhou nelas, esquecendo a hora. O oficial mongol que foi chamá-lo tinha o corpo recoberto por uma espessa armadura com bordas vermelhas, a cabeça protegida por um capacete que se alargava na direção da nuca como uma cabeleira alongada. Na mão carregava uma tocha. Para mostrar que tinha pressa, aproximou o fogo de vários rolos empoeirados. O historiador não insistiu, carregou sob os braços e nas mãos tudo o que conseguiu levar, sem prender-se a nenhuma ordem, e quando o manuscrito intitulado *Segredos eternos dos astros e dos números* lhe escapou das mãos, nem se abaixou para pegá-lo.

Foi assim que a biblioteca dos Assassinos queimou por sete dias e sete noites, que inúmeras obras foram perdidas, das quais nem uma cópia restou. Imagina-se que contivessem os segredos mais bem guardados do universo.

Por muito tempo se pensou que o *Manuscrito de Samarcanda* também fora consumido nas chamas de Alamut.

LIVRO TRÊS

O fim do milênio

Levante-se, temos a eternidade para dormir!

OMAR KHAYYAM

25

Até esta página, falei pouco de mim. Queria expor, o mais fielmente possível, o que o *Manuscrito de Samarcanda* revela sobre Khayyam, sobre aqueles que conheceu e sobre os acontecimentos que viveu. Resta contar de que modo essa obra perdida no tempo dos mongóis reapareceu no coração de nossa época, por meio de que aventuras me apossei dela e, para começar, por que divertido acaso soube de sua existência.

Já disse meu nome, Benjamin O. Lesage. Apesar do sobrenome francês, herança de um antepassado huguenote emigrado no século de Luís XIV, sou cidadão americano, nativo de Annapolis, no estado de Maryland, na baía de Chesapeake, modesto braço do Atlântico. Minhas relações com a França, entretanto, não se limitam a essa distante ascendência; meu pai dedicou-se a renová-las. Ele sempre demonstrou uma doce obsessão por suas origens. Anotara em seu caderno escolar: "Minha árvore genealógica teria sido derrubada para construir uma embarcação para fugitivos!" e começou a estudar francês. Depois, com emoção e solenidade, atravessou o Atlântico no sentido inverso ao dos ponteiros do relógio.

Muito mal ou muito bem escolhido foi seu ano de peregrinação. Deixou Nova York em 9 de julho de 1870 a bordo do Scotia; chegou a Cherbourg no dia 18 e estava em Paris na noite de 19 — a guerra havia sido declarada ao meio-dia. Recuo, desastre, invasão, fome, Comuna, massacres, nunca meu pai viveria um ano tão intenso, essa seria sua melhor lembrança. Por que negar? Há uma alegria perversa em estar numa cidade sitiada, as barreiras caem quando se erguem as barricadas, homens e mulheres reencontram as alegrias do clã primitivo. Quantas vezes, em Annapolis, em volta do inevitável peru de festas, pai e mãe evocavam com emoção o pedaço da tromba de elefante que haviam compartilhado na noite do Ano-Novo parisiense, comprado por quarenta francos a libra no Roos, o açougueiro inglês do Boulevard Haussmann!

Acabavam de ficar noivos, deveriam se casar um ano depois, a guerra apadrinhou a felicidade deles. "Desde minha chegada a Paris", lembrava-se meu pai, "criei o hábito de ir ao Café Riche todas as manhãs, no Boulevard des Italiens. Com uma pilha de jornais, *Le Temps*, *Le Gaulois*, *Le Figaro*, *La Presse*, eu me sentava a uma mesa, lendo cada linha, anotando discretamente numa caderneta as palavras que não conseguia entender, 'polaina' ou 'moblot', de forma a poder, de volta ao hotel, perguntar ao erudito porteiro. No terceiro dia, um homem de bigode grisalho sentou-se à mesa vizinha. Tinha sua própria pilha de jornais, mas logo a abandonou para me observar; havia uma pergunta na ponta de sua língua. Não aguentando mais, me interpelou, a voz rouca, uma das mãos fechada sobre o cabo de sua bengala, a outra batucando nervosamente com os dedos no mármore molhado. Queria se assegurar de que aquele jovem, aparentemente saudável, tinha boas razões para não estar no fronte defendendo a pátria. O tom era polido, ainda que bastante desconfiado e acompanhado de olhares oblíquos na direção da caderneta em que me viu escrevendo às escondidas. Não precisei argumentar, meu sotaque foi minha defesa eloquente. O homem desculpou-se sem hesitação, convidou-me à sua mesa, invocou La Fayette, Benjamin Franklin, Tocqueville e Pierre L'Enfant, depois me explicou demoradamente o que eu acabara de ler nos jornais, a saber, que esta guerra 'será para nossas tropas apenas um passeio até Berlim'."

Meu pai teve vontade de contradizê-lo. Mesmo nada sabendo sobre a comparação de força entre franceses e prussianos, acabara de participar da Guerra de Secessão, fora ferido no cerco de Atlanta.

"Eu podia testemunhar que nenhuma guerra é um passeio", contava. "Mas as nações são tão esquecidas, a pólvora é tão inebriante, que resolvi não polemizar. A hora não era para debates, o homem não perguntava minha opinião. De quando em quando, dizia um 'não é mesmo' bem pouco interrogativo; eu respondia concordando com a cabeça. Ele era amável. Desde então, nos encontrávamos todas as manhãs. Eu falava sempre muito pouco, ele se dizia feliz com o fato de que um americano compartilhasse de todos os seus pontos de vista. No fim do quarto monólogo entusiasmado, o venerável cavalheiro convidou-me para almoçar em sua casa; estava tão seguro de mais uma vez obter minha concordância que chamou um cocheiro antes mesmo que eu pudesse responder. Devo admitir que nunca me arrependi. Chamava-se Charles-Hubert de Luçay, morava numa mansão no Boulevard Poissonnière. Era viúvo, seus dois filhos estavam no exército, a filha dele se tornaria sua mãe."

Ela tinha dezoito anos, meu pai dez anos a mais. Observaram-se demoradamente em silêncio num cenário de inspiração patriótica. Depois do dia 7 de agosto, quando, após três derrotas sucessivas, ficou claro que a guerra estava perdida, que o território nacional estava ameaçado, meu avô tornou-se mais lacônico. Sua filha e seu futuro genro dedicavam-se a atenuar sua melancolia, e uma cumplicidade se estabeleceu entre eles. Desde então, um olhar bastava para decidir quem deveria intervir, e com qual argumento.

"Na primeira vez em que nos encontramos sozinhos, ela e eu, na grande sala, houve um silêncio de morte. Seguido de uma gargalhada. Acabáramos de descobrir que depois de tantas refeições comuns nunca havíamos dirigido a palavra um ao outro diretamente. Foi um riso puro, cúmplice, largado, mas que seria impróprio prolongar. Eu deveria dizer alguma coisa. Sua mãe segurava um livro contra o peito, perguntei o que estava lendo."

Nesse exato instante, Omar Khayyam entrou em minha vida. Deveria dizer até que me deu à luz. Minha mãe acabara de adquirir *Les Quatrains de Khèyam, traduits du persan par J. B. Nicolas, ex-premier drogman de l'Ambassade française en Perse*, publicadas em 1867 pela Imprimerie Imperial. Meu pai tinha na bagagem *The Rubaiyat of Omar Khayyam*, de Edward FitzGerald, edição de 1868.

"A alegria de sua mãe não foi fácil de esconder, assim como a minha. Estávamos certos um e outro de que nossas linhas da vida acabavam de se unir, em nenhum momento achamos que poderia se tratar apenas de uma banal coincidência de leituras. Omar apareceu para nós naquele momento como uma senha do destino, ignorá-lo teria sido quase um sacrilégio. Claro que não dissemos nada do que se passava dentro de nós, a conversa girou em torno dos poemas. Ela me contou que o próprio Napoleão III havia ordenado a publicação da obra."

Nesse período, a Europa acabara de descobrir Omar. Alguns especialistas, é verdade, já haviam falado dele naquele século, sua álgebra fora publicada em Paris em 1851, publicaram-se artigos em revistas especializadas. Mas o público ocidental ainda o ignorava, e, mesmo no Oriente, o que restava de Khayyam? Um nome, duas ou três lendas, quadras de fatura incerta, uma nebulosa reputação de astrólogo.

E quando um obscuro poeta britânico, FitzGerald, decidiu publicar, em 1859, uma tradução de 75 quadras, a reação foi de indiferença. O livro teve tiragem de 250 exemplares, o autor deu alguns a amigos, o restante se eternizou na livraria Bernard Quaritch. "Poor old Omar", esse velho Omar parece não interessar a ninguém, escreveu FitzGerald a seu professor de persa. Depois de dois anos, o editor decidiu liquidar o estoque: com preço inicial de cinco xelins, *The Rubaiyat* passou a custar um penny, sessenta vezes menos. E mesmo com esse preço vendeu pouco. Até o momento em que dois críticos literários o descobriram. Leram. Maravilharam-se. Voltaram no dia seguinte. Compraram seis exemplares para dar a amigos. Sentindo que um interesse estava nascendo, o editor aumentou o preço, que passou a dois pence.

E dizer que em minha última passagem pela Inglaterra tive que pagar na mesma Quaritch, agora elegantemente instalada em Piccadily, quatrocentas libras esterlinas por um exemplar que ela mantinha dessa primeira edição!

O sucesso, porém, não foi imediato em Londres. Foi preciso que o livro passasse antes por Paris, onde M. Nicolas publica sua tradução e Théophile Gautier lança, nas páginas do *Monitor Universal*, um vibrante "Vocês leram as quadras de Kéyam?", saudando "a liberdade absoluta de pensamento que os mais originais pensadores modernos mal conseguem igualar", e que Ernest Renan reforçasse: "Khayyam talvez seja o homem mais curioso a ser estudado para entender o que pôde se tornar o espírito livre da Pérsia sob a pressão do dogmatismo muçulmano", para que, no mundo anglo-saxão, FitzGerald e seu "poor old Omar" saíssem enfim do anonimato. O despertar, então, foi violento. Da noite para o dia, todas as imagens do Oriente reuniram-se em torno do nome de Khayyam, traduções se sucederam, edições se multiplicaram na Inglaterra e, depois, em várias cidades americanas; sociedades "omarianas" se formaram.

Em 1870, vamos repetir, a moda Khayyam estava no começo, o círculo de admiradores de Omar crescia a cada dia, mas sem ainda ultrapassar os limites da classe intelectual. Tendo a leitura comum aproximado meu pai e minha mãe, eles puseram-se a recitar as quadras de Omar, a discutir seu significado: o vinho e a taverna eram, sob a pluma de Khayyam, puros símbolos místicos, como afirmava Nicolas? Eram, ao contrário, a expressão de uma vida de prazeres, até de devassidão, como sustentavam FitzGerald e Renan? Os debates ganhavam um novo sabor em seus lábios. Quando meu pai evocava Omar acariciando os cabelos perfumados de sua amada, minha mãe enrubescia. E foi entre duas quadras amorosas que deram seu primeiro beijo. No dia em que falaram em casamento, prometeram dar o nome de Omar a seu primeiro filho.

Durante os anos 1890, centenas de pequenos americanos ganharam esse nome; quando nasci, em 1º de março de 1873, ainda era inusitado. Não querendo me trazer embaraço com esse nome exótico, meus pais deixaram-no em segundo lugar, a fim de que eu pudesse, se assim desejasse, substituí-lo por um discreto O.; na escola, meus colegas supunham que era Oliver, Oswald, Osborne ou Orville, e eu não desmentia ninguém.

A hereditariedade que me era assim devolvida só podia despertar minha curiosidade por esse longínquo padrinho. Com quinze anos, comecei a ler tudo que se relacionava a ele. Meu projeto era estudar língua e literatura da Pérsia, visitar com calma esse país. No entanto, depois de uma fase de entusiasmo me acalmei. Se na opinião de todos os críticos os versos de FitzGerald constituíam uma obra-prima da poesia inglesa, eles tinham, contudo, apenas uma relação distante com o que teria composto Khayyam. Tratando das quadras, alguns autores citavam cerca de mil, Nicolas havia traduzido mais de quatrocentas, e especialistas rigorosos reconheciam apenas uma centena como "provavelmente autênticas". Eminentes orientalistas chegavam a dizer que não existia nem mesmo uma que pudesse ser atribuída com certeza a Omar.

Supunha-se que o livro original pudesse ter existido, o que teria permitido distinguir de uma vez por todas o falso do verdadeiro. Porém nada levava a crer que tal manuscrito pudesse ser encontrado.

Finalmente me desliguei do personagem e da obra, aprendi a ver no meu "O." central apenas o resíduo indelével de uma infantilidade de meus pais. Até que um encontro me levasse a meus primeiros amores e conduzisse minha vida, de forma decisiva, nos passos de Khayyam.

26

Foi em 1895, no fim do verão, que embarquei para o velho continente. Meu avô acabara de fazer 76 anos e escrevera, para mim e para minha mãe, cartas chorosas. Queria me ver, mesmo que uma única vez, antes de morrer. Fui correndo, deixei os estudos e, no navio, me preparei para o papel que devia desempenhar, ajoelhar-me à sua cabeceira, segurar corajosamente sua mão fria, ouvindo-o murmurar suas últimas recomendações.

Tudo perfeitamente inútil. Meu avô me esperava em Cherbourg. Ainda o vejo, no cais de Caligny, mais ereto que sua bengala, bigode perfumado, jeito alegre, a cartola levantando-se a cada dama que passava. Quando nos sentamos a uma das mesas do restaurante Almirantado, me pegou firme pelo braço. "Meu amigo", disse, deliberadamente teatral, "um jovem acaba de renascer em mim e precisa de um companheiro."

Errei ao levar na brincadeira o que ele disse, nosso passeio foi um turbilhão. Mal tínhamos acabado de jantar no Brébant, no Foyot ou no Père Lathuile, devíamos correr até a Cigale, onde se apresentava Eugénie Buffet; ao Mirliton, onde reinava Aristide Bruant; ao Scala, onde Yvette Guilbert cantava *As Virgens*, o *Feto* e a *Carruagem*. Éramos dois irmãos, bigode branco, bigode castanho, mesma postura, mesmo chapéu, e as mulheres olhavam primeiro para ele. A cada rolha de champanhe que saltava, eu observava seus gestos, seu jeito, nenhuma vez o vi titubear. Levantava-se de um pulo, andava tão rápido quanto eu, sua bengala transformara-se num enfeite. Queria colher cada rosa daquela primavera tardia. Fico feliz em dizer que ele viveria até os 93 anos. Dezessete anos ainda, uma nova juventude inteira.

Uma noite, levou-me para jantar no Durand, na Place de la Madeleine. Numa das alas do restaurante, em volta de várias mesas agrupadas, havia um grupo de atores e atrizes, jornalistas e políticos, que meu avô nomeou um a um em voz alta. Entre as celebridades, uma cadeira estava vazia, mas logo chegou um homem e entendi que o lugar estava reservado para ele. Rapidamente foi cercado, adulado, todas as suas palavras provocavam exclamações ou risos. Meu avô levantou-se e fez sinal para que o seguisse.

— Venha, preciso apresentá-lo a meu primo Henri.

Dizendo isso, me levou até ele.

Os dois primos se abraçaram, depois se viraram para mim.

— Meu neto americano. Ele adoraria encontrá-lo.

Eu não conseguia esconder minha surpresa. O homem me observou com um olhar cético. Em seguida falou:

— Que venha me ver no domingo de manhã, após o meu passeio de triciclo.

Só depois, quando voltei ao meu lugar, entendi a quem havia sido apresentado. Meu avô queria muito que o conhecesse, havia falado dele com frequência e com um irritante orgulho de clã.

É verdade que o tal primo, pouco conhecido do meu lado do Atlântico, era, na França, mais célebre que Sarah Bernhardt, pois se tratava de Victor-Henri de Rochefort-Luçay, democraticamente Henri Rochefort, marquês e membro da Comuna, ex-deputado, ex-ministro, ex-condenado. Deportado para a Nova Caledônia pelos versalheses, executou uma fuga rocambolesca em 1874, que inflamou a imaginação de seus contemporâneos; o próprio Édouard Manet pintou *L'Évasion de Rochefort*. Em 1889, contudo, partiu novamente para o exílio, por ter feito um complô contra a República com o general Boulanger, e foi de Londres que dirigiu seu influente jornal, *L'Intransigeant*. De volta em fevereiro de 1895, beneficiado por uma anistia, foi recebido por 200 mil parisienses em delírio. Blanquista e boulangista, revolucionário de esquerda e de direita, idealista e demagogo, tornou-se porta-voz de cem causas contraditórias. Tudo isso eu sabia, mas ainda ignorava o essencial.

No dia marcado, fui à sua mansão na Rue Pergolèse, ainda sem saber que essa visita ao primo preferido de meu avô seria o primeiro passo de meu interminável périplo no universo oriental.

— Então — ele me abordou —, o senhor é o filho da doce Geneviève. Foi o senhor que ela chamou de Omar?

— Sim. Benjamin Omar.

— Você sabia que já o carreguei nos braços?

Diante dessa circunstância, a intimidade entre nós estava estabelecida. Só ele, no entanto, mudou o tratamento.

— Minha mãe de fato me contou que depois de sua fuga o senhor desembarcou em San Francisco e tomou um trem para a Costa Leste. Estávamos em Nova York para acolhê-lo. Eu tinha dois anos.

— Lembro-me perfeitamente. Falamos de você, de Khayyam, da Pérsia, até previ para você um destino de grande orientalista.

Comecei a desenhar uma expressão embaraçada no rosto para preveni-lo de que havia me afastado de suas previsões, que meus interesses estavam agora em outros assuntos, que havia me orientado mais na direção dos estudos financeiros, com o objetivo de retomar um dia a empresa de construção marítima criada por meu pai. Mostrando-se sinceramente decepcionado com minha escolha, Rochefort começou um longo apelo em que se misturavam as *Lettres persanes* de Montesquieu e seu célebre "Como se pode ser persa?", a aventura da jogadora Marie Petit, que foi recebida pelo xá da Pérsia fazendo-se passar pela embaixadora de Luís XIV, a história do primo de Jean-Jacques Rousseau que terminou a vida como relojoeiro em Isfahan. Eu não conseguia escutar nem a metade. Observava principalmente, sua cabeça volumosa, desproporcional, sua testa protuberante encimada por um tufo de cabelos espessos e ondulados. Falava com fervor, mas sem ênfase, sem as gesticulações que se podia esperar dele, conhecendo seus escritos inflamados.

— Sou apaixonado pela Pérsia, mesmo nunca tendo posto meus pés lá — explicou Rochefort. — Não tenho a alma de um viajante. Se não tivesse sido banido ou deportado, jamais teria deixado a França. Mas os tempos mudam, os acontecimentos que agitam o outro lado do planeta afetam nossa vida. Se eu tivesse vinte anos agora, em vez de sessenta, estaria fortemente tentado a uma aventura no Oriente. Principalmente se me chamasse Omar!

Senti-me obrigado a justificar por que havia me desinteressado de Khayyam. E, para fazer isso, evoquei as dúvidas que cercavam os *Rubaiyat*, a ausência de uma obra que pudesse certificar de uma vez por todas sua autenticidade. À medida que eu falava, aparecia em seus olhos um brilho intenso, transbordante, e incompreensível para mim. Nada do que dizia seria capaz de provocar tamanha excitação. Intrigado e irritado, acabei abreviando, e depois me calei de forma abrupta. Rochefort me perguntou com fervor:

— Se você tivesse certeza de que esse manuscrito existe, seu interesse por Omar Khayyam renasceria?

— Sem dúvida — garanti.

— E se eu dissesse que vi o *Manuscrito* de Khayyam com meus próprios olhos, aqui em Paris, e que o folheei?

27

Dizer que essa revelação transformou minha vida imediatamente seria mentira. Creio não ter tido a reação que Rochefort previa. Fiquei muito surpreso, intrigado, mas também cético. O homem não me inspirava total confiança. Como poderia saber que o manuscrito que havia folheado era a obra autêntica de Khayyam? Ele não sabia persa, podia ter sido enganado. Por que estranha razão o livro estaria em Paris sem que nenhum orientalista relatasse esse fato? Limitei-me então a emitir um "Incrível!" educado e sincero, pois refletia ao mesmo tempo o entusiasmo de meu interlocutor e minhas próprias dúvidas. Ainda esperava para crer.

Rochefort continuou:

— Tive a sorte de encontrar uma figura extraordinária, um desses seres que atravessam a História com vontade de deixar sua marca nas gerações seguintes. O sultão da Turquia o teme e o corteja, o xá da Pérsia treme a cada menção a seu nome. Descendente de Muhammad, foi, entretanto, expulso de Constantinopla por ter dito numa conferência pública, na presença dos maiores dignitários religiosos, que o trabalho de filósofo era tão indispensável à humanidade quanto o de profeta. Chama-se Djamaluddin. Você o conhece?

Só pude confessar minha completa ignorância.

— Quando o Egito se rebelou contra os ingleses — prosseguiu Rochefort —, foi por causa do chamado desse homem. Todos os intelectuais do vale do Nilo remetem-se a ele, chamam-no "Mestre" e reverenciam seu nome. No entanto, não é do Egito e passou apenas uma curta temporada nesse país. Exilado nas Índias, conseguiu suscitar ali também um formidável movimento de opinião pública. Sob sua influência, jornais foram criados, associações se formaram. O vice-rei ficou assustado, mandou expulsar Djamaluddin, que então escolheu se instalar na Europa, onde continuou com sua incrível atividade, primeiro em Londres e depois em Paris. Colaborava regularmente com *L'Intransigeant*, nos encontrávamos com frequência. Apresentou-me seus discípulos, muçulmanos das Índias, judeus do Egito, maronitas da Síria. Creio que fui seu mais próximo amigo francês, mas com certeza não o único. Ernest Renan e Georges Clemenceau o conheceram bem e, na Inglaterra, gente como lorde Salisbury, Randolph Churchill ou Wilfrid Blunt. Victor Hugo, pouco antes de morrer, encontrou-o também. Hoje mesmo, pela manhã, eu estava revendo algumas anotações sobre ele que pretendo incluir em minhas memórias.

Rochefort tirou de uma gaveta algumas folhas escritas com uma letra minúscula e leu: "Apresentaram-me um proscrito, célebre em todo o islã, como reformador e revolucionário, o xeique Djamaluddin, um homem com cabeça de apóstolo. Seus belos olhos negros, inundados de doçura e de fogo, sua barba de um ruivo muito escuro que escorria até o peito, imprimiam-lhe uma majestade singular. Representava o tipo dominador de multidões. Mal compreendia o francês e falava com dificuldade, mas sua inteligência sempre desperta suplantava facilmente sua ignorância de nossa língua. Sob a aparência tranquila e serena, sua atividade era ardente. Logo ficamos amigos, pois tenho a alma instintivamente revolucionária e todo libertador me atrai...".

Em seguida, arrumou as folhas antes de prosseguir:

— Djamaluddin alugou um quartinho no último andar de um hotel, na Rue de Sèze, perto da Madeleine. Esse local modesto bastava para editar um jornal, que partia em grandes pacotes para as Índias ou para a Arábia. Só entrei uma vez em seu antro, estava curioso para ver como era. Eu havia convidado Djamaluddin para jantar no Durand e prometi passar para pegá-lo. Subi direto para seu quarto. Foi difícil entrar por causa dos jornais e livros empilhados, alguns sobre a cama, e até o teto. Reinava ali um sufocante cheiro de charuto.

Apesar de sua admiração por esse personagem, Rochefort acompanhou a última frase com uma expressão de repugnância, levando-me a apagar imediatamente meu charuto, um elegante havana que acabara de acender. Ele me agradeceu com um sorriso e continuou:

— Depois de se desculpar pela bagunça em que me recebia e que disse não ser digna da minha posição, Djamaluddin me mostrou alguns livros de que gostava. O de Khayyam em especial, enfeitado com miniaturas sublimes. Explicou que a obra era chamada de *Manuscrito de Samarcanda*, que continha quadras escritas a mão pelo poeta, à margem das quais fora acrescentada uma crônica. E me contou por que vias tortas o *Manuscrito* havia chegado a suas mãos.

— *Good Lord!*

Minha piedosa interjeição inglesa provocou no primo Henri uma risada triunfal; era a prova de que meu frio ceticismo havia desaparecido e que eu tinha sido irremediavelmente fisgado por suas palavras. Apressou-se em tirar vantagem.

— Entenda, não me lembro de grande coisa do que me disse Djamaluddin — ele acrescentou com crueldade. — Nessa noite, falamos principalmente do Sudão. Depois não revi mais esse *Manuscrito*. Posso testemunhar que existiu, mas temo que hoje esteja perdido. Tudo o que meu amigo possuía foi queimado, destruído ou se dispersou.

— Até mesmo o *Manuscrito* de Khayyam?

Como resposta, Rochefort me gratificou com uma expressão desencorajadora. Depois se lançou em uma explicação apaixonada, referindo-se a suas notas:

— Quando o xá veio à Europa para ver a Exposição Universal de 1889, propôs a Djamaluddin que voltasse para a Pérsia, "em vez de passar o resto da vida entre infiéis", fazendo-o entender que o nomearia para uma importante função. O exilado impôs condições: que uma Constituição fosse promulgada, que fossem organizadas eleições, que fosse reconhecida a igualdade de todos perante a lei "como nos países civilizados" e que, por fim, fossem abolidas as concessões exageradas feitas às potências estrangeiras. É preciso dizer a esse respeito que a situação da Pérsia foi, por muitos anos, a alegria de nossos cartunistas: os russos, que já detinham o monopólio da construção de estradas, acabavam de se encarregar da formação militar. Criaram uma brigada de cossacos, a mais bem equipada do Exército persa, diretamente comandada pelos oficiais do tsar; em compensação, os ingleses haviam obtido, por umas migalhas, o direito de explorar todos os recursos minerais e florestais do país, assim como gerir seu sistema bancário; os austríacos, por sua vez, tinham em mãos o correio. Ao exigir que o monarca pusesse fim ao absolutismo real e às concessões estrangeiras, Djamaluddin estava certo de receber um não. Mas, para sua grande surpresa, o xá aceitou suas condições e prometeu trabalhar pela modernização do país. Djamaluddin, então, foi viver na Pérsia, junto ao círculo próximo do soberano, que, nos primeiros tempos, mostrou ter por ele muita consideração e até o apresentou com grande pompa às mulheres de seu harém. Mas as reformas não aconteciam. Uma Constituição? Chefes religiosos persuadiram o xá de que ela seria contrária à Lei de Deus. Eleições? Cortesãos o preveniram de que, se aceitasse o questionamento de sua autoridade absoluta, terminaria como Luís XVI. Concessões estrangeiras? Sem ter abolido as existentes, o monarca, constantemente sem dinheiro, contratava novas: a uma empresa inglesa confiou, pela módica soma de 15 mil libras esterlinas, o monopólio do tabaco persa. Não apenas a exportação, mas também o consumo interno. Num país em que todo homem, toda mulher e um bom número de crianças são adictos do prazer do cigarro ou do cachimbo de água, esse comércio era dos mais lucrativos. Antes que a notícia dessa última entrega fosse anunciada em Teerã, panfletos foram secretamente distribuídos, aconselhando o xá a voltar atrás em sua decisão. Um exemplar foi colocado até mesmo no quarto do monarca, que suspeitou ser Djamaluddin o autor. Inquieto, o reformador decidiu ficar em estado de rebelião passiva. É um costume na Pérsia: quando uma personalidade teme por sua liberdade ou por sua vida, retira-se para um velho santuário no entorno de Teerã, fecha-se ali e recebe visitantes a quem expõe suas queixas. Ninguém pode atravessar a grade para se aproximar dele. Foi o que fez Djamaluddin, o que provocou um gigantesco movimento da multidão. Milhares de homens afluíram de todos os cantos da Pérsia para ouvi-lo. Irritado, o xá ordenou que o desalojassem. Dizem que hesitou muito antes de cometer essa traição, mas seu vizir, educado na Europa, convenceu-o de que Djamaluddin não tinha direito à imunidade do santuário por ser apenas um filósofo, notoriamente descrente. Os soldados, então, penetraram armados nesse lugar de culto, abriram caminho entre os muitos visitantes e pegaram Djamaluddin, de quem tiraram tudo o que possuía antes de arrastá-lo quase nu até a fronteira. Nesse dia, no santuário, o *Manuscrito de Samarcanda* perdeu-se sob as botas dos soldados do xá.

Sem se interromper, Rochefort levantou-se, encostou na parede, cruzou os braços, numa pose que costumava fazer.

— Djamaluddin estava vivo, mas doente, e principalmente escandalizado pelo fato de que tantos visitantes, que o escutavam com entusiasmo, tenham assistido à sua humilhação pública sem reagir. Tirou curiosas conclusões do episódio: ele, que havia passado a vida a fustigar o obscurantismo de alguns religiosos, que havia frequentado as lojas maçônicas do Egito, da França e da Turquia, escolheu utilizar a última arma que lhe restava para dobrar o xá. Quaisquer que fossem as consequências. Escreveu então uma longa carta ao chefe supremo dos religiosos persas, pedindo que usasse de sua autoridade para impedir o monarca de vender aos infiéis os bens dos muçulmanos. O que aconteceu, você leu nos jornais.

A imprensa americana, lembro-me, havia realmente noticiado que o grande pontífice dos xiitas divulgara uma surpreendente proclamação: "Todos aqueles que consumirem tabaco se colocarão em estado de rebelião contra o imã do Tempo, que Deus apresse sua vinda". Da noite para o dia, nenhum persa acendeu mais um cigarro.

Os cachimbos d'água, os famosos *kalyans*, foram guardados ou quebrados, os vendedores de tabaco fecharam suas lojas. Até entre as esposas do xá, a proibição foi estritamente observada. O monarca entrou em pânico, numa carta acusou de irresponsabilidade o chefe religioso, "já que não se preocupava com as consequências graves que a privação do tabaco podia ter na saúde dos muçulmanos". Mas o boicote endureceu e foi acompanhado por manifestações turbulentas em Teerã, em Tabriz, em Isfahan. E a concessão teve que ser anulada.

— Nesse meio-tempo — retomou Rochefort —, Djamaluddin embarcou para a Inglaterra. Fui encontrá-lo, discutimos muito; ele me parecia desamparado, ficava repetindo: "É preciso derrubar o xá". Era um homem machucado, humilhado, só pensava em se vingar. Ainda mais depois que o monarca, perseguindo-o com ódio, escreveu ao lorde Salisbury uma carta irritada: "Expulsamos esse homem por agir contra os interesses da Inglaterra, e onde ele vai se refugiar? Em Londres". Oficialmente a resposta ao xá dizia que a Grã-Bretanha era um país livre e que nenhuma lei poderia ser invocada para impedir um homem de se expressar. Em particular, os ingleses prometeram buscar meios legais para restringir a atividade de Djamaluddin, que foi instado a encurtar sua estadia. Por isso, tristíssimo, decidiu partir para Constantinopla.

— É lá que está agora?

— Sim. Dizem que anda muito melancólico. O sultão cedeu-lhe uma bela casa, onde pode receber amigos e discípulos, mas está proibido de deixar o país e vive constantemente sob estrita vigilância.

28

Suntuosa prisão com grandes portas abertas: um palácio de madeira e de mármore na colina de Yildiz, perto da residência do grão-vizir; as refeições chegavam quentes das cozinhas do sultão; os visitantes vinham um atrás do outro, atravessavam a grade para percorrer a aleia e depois deixar seu sapato na soleira. No andar de cima, a voz do Mestre tonitruava, sílabas duras e vogais fechadas; ouviam-no fustigar a Pérsia e o xá, anunciar as desgraças futuras.

Eu me sentia pequenininho, o estrangeiro da América, com meu chapeuzinho de estrangeiro, meus passinhos de estrangeiro, minhas preocupações de estrangeiro, que fizera o trajeto de Paris a Constantinopla, setenta horas de trem atravessando três impérios, para perguntar sobre um manuscrito, um velho livro de poesia, um ridículo pedaço de papel no Oriente dos tumultos.

Um criado me recebeu. Uma reverência otomana, duas palavras de boas-vindas em francês, mas nenhuma pergunta. Todos aqui vinham pela mesma razão, encontrar o Mestre, ouvir o Mestre, espionar o Mestre. Fui convidado a aguardar num enorme salão.

Assim que entrei, notei a presença de uma silhueta feminina, o que me levou a baixar os olhos; haviam me falado demais sobre os costumes do país para que eu avançasse de mão estendida, rosto alegre e olhar sorridente. Apenas uma gaguejada, meu chapéu que se agita. Já havia reparado, no lado oposto de onde ela estava sentada, uma poltrona bem inglesa na qual eu poderia me afundar. Mas então meu olhar passa pelo tapete, se choca com os sapatos da visitante, eleva-se por seu vestido azul e dourado, até seu joelho, seu busto, seu pescoço, até seu véu. Estranhamente, no entanto, não é a barreira de um véu que encontro, mas um rosto descoberto, e olhos que cruzam com os meus. E um sorriso. Meu olhar foge para o chão, flutua uma vez mais no tapete, passa por um trecho azulejado e depois sobe de novo para ela, inexoravelmente, como uma rolha de cortiça para a superfície da água. Ela usava sobre os cabelos um *mindil* de seda fina, pronto para cair sobre o rosto quando surgisse um estrangeiro. No entanto, o estrangeiro estava lá, e o véu continuava levantado.

Dessa vez seu olhar estava longe, me oferecia seu perfil para contemplar, a pele lisa e bronzeada. Se a doçura tivesse uma pele, seria a sua. Meu rosto ficou suado; as mãos, frias. A felicidade bateu em minha porta. Deus, como era linda minha primeira imagem do Oriente! Uma mulher como só os poetas do deserto saberiam descrever: seu rosto, o sol, teriam dito, seus cabelos, a sombra protetora, seus olhos, fontes de água fresca, seu corpo, a mais esbelta palmeira, seu sorriso, uma miragem.

Falar com ela? Assim? Do outro lado do aposento, as mãos como megafone? Ficar de pé? Andar até ela? Sentar numa poltrona mais próxima, correr o risco de ver desaparecer seu sorriso e seu véu cair como um cutelo? De novo nossos olhares se cruzaram por acaso, depois fugiram como num jogo. Que o criado veio interromper. Uma primeira vez, para me oferecer chá e cigarros. Pouco depois, inclinando-se até o chão para dirigir-se a ela em turco. Vi então que ela se levantou, cobriu o rosto, deu uma mochila de couro para que ele carregasse. O criado apressou-se em direção à saída. Ela o seguiu.

Ao chegar à porta do salão, no entanto, ela desacelerou, deixando o homem se distanciar, virou-se para mim e disse em voz alta e num francês mais puro que o meu:

— Nunca se sabe, nossos caminhos podem se cruzar!

Educação ou promessa, suas palavras foram acompanhadas de um sorriso malicioso no qual enxerguei tanto um desafio como uma doce reprimenda. Em seguida, enquanto eu tentava sair do meu assento, totalmente desajeitado, e enquanto me enredava e desenredava, procurando me equilibrar, e também alguma dignidade, ela continuou imóvel, seu olhar me envolvendo com uma benevolência divertida. Nenhuma palavra encontrou caminho até meus lábios. Ela desapareceu.

Eu ainda estava em pé na frente da janela, tentando distinguir entre as árvores a carruagem que a levava, quando uma voz me arrancou de meus sonhos.

— Desculpe-me fazê-lo esperar.

Era Djamaluddin. Sua mão esquerda apertava um charuto apagado; estendeu a direita para apertar a minha de maneira franca, leve, mas vigorosa.

— Meu nome é Benjamin Lesage, venho por parte de Henri Rochefort.

Entreguei-lhe a carta de apresentação, mas enfiou-a no bolso sem olhar, abriu os braços, me deu um abraço e um beijo na testa.

— Os amigos de Rochefort são meus amigos, recebo-os de peito aberto.

Pegando-me pelo ombro, me encaminhou para uma escada de madeira que levava ao andar de cima.

— Meu amigo Henri passa bem, espero, soube que sua volta do exílio foi um verdadeiro triunfo. Tantos parisienses que desfilaram gritando seu nome, que alegria deve ter sentido! Li a reportagem no *L'Intransigeant*. Ele me envia o jornal regularmente, mas o recebo com atraso. Sua leitura traz de volta a meus ouvidos os sons de Paris.

Djamaluddin falava com dificuldade um francês correto, às vezes soprava uma palavra que parecia procurar. Quando acertava, me agradecia, senão continuava a varrer a memória com uma leve contorção nos lábios e no queixo. Continuou:

— Vivi em Paris em um quarto escuro, mas que se abria para o vasto mundo. Era cem vezes menor que esta casa, mas menos apertado. Eu estava a milhares de quilômetros de meu povo, mas trabalhava pelo progresso dos meus de maneira mais eficaz do que posso fazer aqui ou na Pérsia. Minha voz era ouvida de Argel a

Cabul; hoje só podem me ouvir os que me honram com sua visita. Claro que são sempre bem-vindos, principalmente se vêm de Paris.

— Não vivo em Paris. Minha mãe é francesa, meu nome soa francês, mas sou americano. Moro em Maryland.

Isso pareceu diverti-lo.

— Quando fui expulso das Índias em 1882, passei pelos Estados Unidos. Acredita que pensei até em pedir a nacionalidade americana? Você sorri. Muitos de meus correligionários ficariam escandalizados! Sayyid Djamaluddin, apóstolo do renascimento islâmico, descendente do Profeta, adotar a nacionalidade de um país cristão? Não tenho nenhuma vergonha, até contei a meu amigo Wilfrid Blunt e o autorizei a citar o fato em suas *Memórias*. Minha justificativa é simples: nas terras do islã, não há um só canto em que eu possa viver protegido da tirania. Na Pérsia, quis me refugiar em um santuário tradicionalmente beneficiado por total imunidade, os soldados do monarca entraram, me arrancaram dali diante das centenas de visitantes que me escutavam, ninguém se mexeu nem ousou protestar. Nenhum lugar de culto, nenhuma universidade, nenhuma cabana onde seja possível se proteger da arbitrariedade!

Com a mão agitada, acariciou um globo terrestre de madeira pintada que estava em cima de uma mesa baixa, depois acrescentou:

— Na Turquia é pior. Não sou o convidado oficial de Abdel-Hamid, sultão e califa? Não me enviou carta atrás de carta me criticando, como havia feito o xá, por passar minha vida entre os infiéis? Teria feito bem em apenas responder a ele: se não tivessem transformado nossos belos países em prisões, não teríamos necessidade de encontrar refúgio com os europeus! Mas fraquejei, deixei-me enganar. Vim a Constantinopla, e você vê o resultado. Desprezando as regras de hospitalidade, esse meio louco me mantém como prisioneiro. Ultimamente, fiz chegar a ele uma mensagem que dizia: "Sou seu convidado? Dê-me a permissão de partir! Sou seu prisioneiro? Ponha correntes nos meus pés, jogue-me numa masmorra!". Mas ele nem se dignou a responder. Se eu tivesse nacionalidade americana, francesa, austro-húngara, isso sem falar na russa ou na inglesa, meu cônsul entraria sem bater no escritório do grão-vizir e conseguiria minha liberdade em meia hora. Digo a você, nós, os muçulmanos deste século, estamos órfãos.

Estava sem fôlego, fez um esforço para acrescentar:

— Você pode escrever tudo o que acabo de dizer, menos que chamei o sultão Abdel-Hamid de meio louco. Não quero perder toda a possibilidade de sair um dia desta gaiola. Além do mais, seria uma mentira, pois esse indivíduo é louco por inteiro e um criminoso perigoso, doentiamente desconfiado, inteiramente entregue à dominação de seu astrólogo de Alepo.

— Não é preciso temer, não escreverei nada sobre isso.

Aproveitei sua fala para desfazer um mal-entendido.

— Devo lhe dizer que não sou jornalista. Rochefort, que é primo de meu avô, recomendou que viesse vê-lo, mas o objetivo de minha visita não é escrever um artigo sobre a Pérsia nem sobre o senhor.

Revelei a ele meu interesse pelo *Manuscrito* de Khayyam, meu desejo intenso de folheá-lo um dia, de ver de perto seu conteúdo. Ouviu-me prestando atenção e com uma alegria evidente.

— Fico agradecido por você me arrancar por alguns instantes de minhas sofríveis preocupações. O assunto que traz sempre me apaixonou. Você leu na introdução de M. Nicolas ao *Rubaiyat* a história dos três amigos, Nizam Al-Mulk, Hassan Sabbah e Omar Khayyam? São três personagens muito diferentes, mas cada um representa um aspecto eterno da alma persa. Tenho às vezes a impressão de ser os três ao mesmo tempo. Como Nizam Al-Mulk, aspiro criar um grande Estado muçulmano, mesmo que dirigido por um insuportável sultão turco. Como Hassan Sabbah, semeio a subversão por todas as terras do islã, tenho discípulos que me seguiriam até a morte...

Interrompeu-se, preocupado, mas mudou de ideia, sorriu e continuou:

— Como Khayyam, observo as raras alegrias do momento presente e componho versos sobre o vinho, sobre quem o serve, sobre a taverna, sobre a bem-amada; como ele, desconfio dos falsos devotos. Quando, em algumas quadras, Omar fala de si mesmo, chego a pensar que é a mim que descreve: "Sobre a Terra colorida caminha um homem, nem rico nem pobre, nem crente nem infiel, não corteja nenhuma verdade, não venera nenhuma lei... Sobre a Terra colorida, quem é esse homem corajoso e triste?".

Dizendo isso, reacendeu seu charuto, pensativo. Uma minúscula brasa caiu em sua barba, ele a afastou com um gesto natural. E retomou:

— Desde criança, tenho imensa admiração por Khayyam, o poeta, mas principalmente o filósofo, o livre-pensador. Fico maravilhado com sua conquista tardia da Europa e da América. Pode imaginar, então, qual não foi minha alegria quando tive entre as mãos o livro original dos *Rubaiyat*, escrito pela própria mão de Khayyam.

— Quando isso aconteceu?

— Ele me foi oferecido há catorze anos, nas Índias, por um jovem persa que fizera a viagem apenas para me encontrar. Apresentou-se nestes termos: "Mirza Reza, nativo de Kerman, antigo comerciante no mercado de Teerã, seu criado obediente". Sorri, perguntei o que ele queria dizer com "antigo comerciante", e foi isso que o levou a me contar sua história. Acabara de abrir uma loja de roupas usadas; um dos filhos do xá foi ali e escolheu mercadorias, xales e peles, no valor de 1100 tomans — cerca de mil dólares. Quando, no dia seguinte, Mirza Reza se apresentou na casa do príncipe para ser pago, foi insultado e surrado, e até ameaçado de morte se decidisse reclamar o que lhe era devido. Então decidiu ir me ver. Eu dava aulas em Calcutá. "Acabo de compreender", disse ele, "que não se pode ganhar honestamente a vida num país entregue à arbitrariedade. Não é você que escreve que são necessários uma Constituição e um Parlamento para a Pérsia? Pode me considerar a partir de hoje como o seu mais dedicado discípulo. Fechei meu comércio, deixei minha mulher para segui-lo. Pode dar as ordens, que obedecerei!"

Lembrando-se do homem, Djamaluddin parecia sofrer.

— Fiquei emocionado, mas sem jeito. Sou um filósofo errante, não tenho casa nem pátria, evitei me casar para não ter ninguém a meu encargo, não queria que esse homem me seguisse como se eu fosse o Messias ou o Redentor, o imã do Tempo. Para dissuadi-lo, eu lhe disse: "Será que vale mesmo a pena deixar tudo, seu comércio, sua família, por uma vil questão de dinheiro?". Ele fechou a cara, não disse nada e foi embora. Voltou seis meses depois. De um bolso interno, tirou uma caixinha de ouro, coberta de pedrarias, que me mostrou aberta.

— Veja este manuscrito. Quanto acha que pode valer?

Folheei o livro e descobri seu conteúdo tremendo de emoção.

— O texto autêntico de Khayyam; essas pinturas, esses ornamentos, seu valor é inestimável!

— Mais do que 1100 tomans?

— Infinitamente mais!

— Dou a você, pode ficar com ele. Vai lembrá-lo de que Mirza Reza não veio encontrá-lo para recuperar seu dinheiro, mas para recuperar sua dignidade.

Foi assim, continuou Djamaluddin, que o *Manuscrito* caiu em minhas mãos, e dele nunca mais me separei. Acompanhou-me aos Estados Unidos, à Inglaterra, à França, à Alemanha, à Rússia, e à Pérsia. Estava comigo quando me refugiei no santuário de Chah Abdul-Azim. Foi ali que o perdi.

— Não sabe onde poderia estar agora?

— Eu lhe disse: quando fui preso, o único homem que ousou se opor aos soldados do xá foi Mirza Reza. Ele se levantou, gritou, chorou, chamou de covardes os soldados e a assistência. Foi preso e torturado, passou mais de quatro anos na prisão. Quando foi libertado, veio a Constantinopla me ver. Estava tão mal que o levei ao hospital francês da cidade, onde ficou até novembro passado. Procurei segurá-lo por mais tempo, com medo de que fosse preso quando voltasse. Mas se recusou. Queria, disse, recuperar o *Manuscrito* de Khayyam, mais nada lhe interessava. Existem pessoas assim, que pulam de obsessão em obsessão.

— Qual é sua impressão? O *Manuscrito* ainda existe?

— Só Mirza Reza poderá informar. Ele achava que conseguiria encontrar o soldado que o roubou quando fui preso, esperava pegá-lo de volta. Estava decidido a ir encontrá-lo, falava de recomprar o manuscrito, Deus sabe com que dinheiro.

— Se for para recuperar o *Manuscrito*, dinheiro não será problema!

Falei com entusiasmo. Djamaluddin me encarou, franziu o cenho, inclinou-se sobre mim como se fosse me auscultar.

— Tenho a impressão de que você é tão obcecado por esse *Manuscrito* quanto o infeliz Mirza. Nesse caso, você só tem um caminho a seguir: vá a Teerã! Não garanto que encontre o livro, mas, se souber enxergar, talvez descubra outras pistas de Khayyam.

Minha resposta, espontânea, pareceu confirmar seu diagnóstico:

— Se eu conseguir um visto, estou pronto para partir amanhã.

— Isso não é obstáculo. Darei uma carta para você levar ao cônsul da Pérsia em Baku, ele se encarregará das formalidades necessárias e até assegurará seu transporte para Enzeli.

A expressão de meu rosto devia revelar inquietude. Djamaluddin achou graça.

— Sem dúvida, você deve estar pensando: como um proscrito poderá me recomendar a um representante do governo persa? Saiba que tenho discípulos por toda parte, em todas as cidades, em todos os meios sociais, até entre o círculo mais próximo do monarca. Há quatro anos, quando eu estava em Londres, publicava com um amigo armênio um jornal que seguia em pacotinhos discretos para a Pérsia. O xá ficou preocupado, convocou o ministro dos Correios e ordenou-lhe acabar, custasse o que custasse, com a circulação desse jornal. O ministro pediu aos oficiais da alfândega que interceptassem nas fronteiras todos os pacotes subversivos e os enviassem à sua casa.

Deu uma tragada no charuto, a fumaça dispersou-se com sua gargalhada.

— O xá ignorava — continuou Djamaluddin — que seu ministro dos Correios era um dos meus discípulos mais fiéis e que eu o havia incumbido exatamente dessa boa difusão do jornal!

O riso de Djamaluddin ainda ecoava quando chegaram três visitantes, todos com fez de feltro vermelho-sangue na cabeça. Ele se levantou, saudou-os, abraçou-os, convidou-os a se sentar, trocando com eles algumas palavras em árabe. Eu intuía que Djamaluddin explicava a eles quem eu era, pedindo-lhes que aguardassem alguns minutos. Voltou-se para mim.

— Se está decidido a partir para Teerã, vou lhe dar algumas cartas de apresentação. Volte amanhã, estarão prontas. E não tenha medo de nada, ninguém vai pensar em revistar um americano.

No dia seguinte, três envelopes pardos me esperavam, que ele mesmo me deu, abertos. A primeira carta era para o cônsul de Baku, a segunda para Mirza Reza. Ao me estender esta última, fez um comentário:

— Devo preveni-lo de que esse homem é um desequilibrado e um obcecado; frequente-o apenas o mínimo necessário. Gosto muito dele, é o mais sincero e o mais fiel, sem dúvida o mais puro também de todos os meus discípulos, mas é capaz das maiores loucuras.

Suspirou, enfiou a mão no bolso da larga calça acinzentada que usava sob a túnica branca:

— Aqui tem dez libras de ouro, dê a ele de minha parte; ele não possui mais nada, talvez até passe fome, mas é muito orgulhoso para mendigar.

— Onde poderei encontrá-lo?

— Não faço a menor ideia. Ele não tem mais casa nem família, nunca está no mesmo lugar. Por isso lhe dou a terceira carta, endereçada a outro jovem bem diferente. É o filho do comerciante mais rico de Teerã e, mesmo com apenas vinte anos, compartilha das mesmas ânsias que todos nós, está sempre com o mesmo humor, pronto para desvendar as ideias mais revolucionárias com um sorriso de criança satisfeita. Critico-o às vezes por não ser muito oriental. Você vai ver, sob uma roupa persa, uma frieza inglesa, ideias francesas e a cabeça mais anticlerical do que a de Clemenceau. Chama-se Fazel. Vai levá-lo até Mirza Reza. Encarreguei-o de vigiá-lo, tanto quanto possível. Não acho que ele poderá impedi-lo de fazer suas loucuras, mas saberá onde encontrá-lo.

Levantei-me para sair. Ele me cumprimentou calorosamente e segurou minha mão na sua:

— Rochefort me disse em sua carta que você se chama Benjamin Omar. Na Pérsia, use apenas Benjamin, nunca pronuncie o nome Omar.

— No entanto, é o nome de Khayyam!

— Desde o século XVI, desde que a Pérsia se converteu ao xiismo, esse prenome foi banido e poderia lhe causar as piores dificuldades. Acreditamos identificar-nos com o Oriente e acabamos envolvidos em seus conflitos.

Uma expressão de arrependimento, de consolo, um gesto de impotência. Agradeci seu conselho, virei-me para sair, mas ele me reteve:

— Uma última coisa. Ontem você cruzou com uma jovem quando estava saindo. Falou com ela?

— Não, não tive a oportunidade.

— É a neta do xá, a princesa Chirine. Se, por algum motivo, todas as portas se fecharem à sua frente, faça chegar uma mensagem a ela lembrando-lhe que a viu em minha casa. Uma palavra dela, e muitos obstáculos desaparecem.

29

No veleiro até Trabzon, o mar Negro está calmo, muito calmo, o vento sopra pouco, contempla-se por horas o mesmo ponto da costa, o mesmo rochedo, o mesmo bosquezinho anatólio. Não posso me queixar, precisava desse tempo calmo, considerando a tarefa árdua que teria para realizar: memorizar um livro inteiro de diálogos persas-franceses escrito por M. Nicolas, o tradutor de Khayyam. Eu havia prometido a mim mesmo falar com meus anfitriões em sua própria língua. Sabia que na Pérsia, como na Turquia, muitos intelectuais, comerciantes ou altos funcionários falam francês. Alguns até sabem inglês. Se a ideia, porém, é ultrapassar o círculo restrito dos palácios e das embaixadas, viajar fora das grandes cidades ou em suas periferias, é preciso apelar ao persa.

O desafio me estimulava e divertia, deleitava-me com as afinidades que descobria entre o persa e minha própria língua, e com várias línguas latinas. Pai, mãe, irmão, filha, "father", "mother", "brother", "daughter" são "pedar", "madar", "baradar", "dokhtar", o parentesco indo-europeu pode dificilmente ser mais bem ilustrado. Até para nomear Deus, os muçulmanos da Pérsia dizem "Khoda", termo bem mais próximo do inglês God ou do alemão Gott do que de Allah. Apesar desse exemplo, a influência predominante é do árabe, exercida de modo curioso: muitas palavras persas podem ser substituídas, arbitrariamente, por seu equivalente árabe; é um tipo de esnobismo cultural, muito apreciado por intelectuais, rechear seus discursos com termos ou frases inteiras em árabe. Djamaluddin, em particular, gostava muito dessa prática.

Prometi me dedicar ao árabe depois. Por enquanto, tinha muito que fazer para gravar os textos de M. Nicolas, que me forneciam, além do conhecimento do persa, informações úteis sobre o país. Encontrava-se esse tipo de diálogo:

"— Que produtos podem ser exportados da Pérsia?

— Os xales de Kerman, as pérolas finas, as turquesas, os tapetes, o tabaco de Chiraz, as sedas do Mazandaran, as sanguessugas e os cachimbos de cerejeira.

— É preciso levar um cozinheiro nas viagens?

— Sim, na Pérsia não se pode dar um passo sem seu cozinheiro, sua cama, seus tapetes e seus criados.

— Que moedas estrangeiras valem na Pérsia?

— Os imperiais russos, os carbovans e os ducats da Holanda. As moedas francesas e inglesas são muito raras.

— Como se chama o rei atual?

— Nassereddine.

— Dizem que é um excelente rei.

— Sim, é excessivamente benevolente com os estrangeiros e muito generoso. É muito instruído, conhece história, geografia, desenho; fala francês e sabe bem as línguas orientais: árabe, turco e persa."

Chegando a Trabzon, me instalei no Hotel da Itália, o único da cidade, confortável se pudermos esquecer as nuvens de moscas que transformavam cada refeição em uma gesticulação ininterrupta, exasperante. Resignei-me a imitar os outros visitantes, contratando, por alguns trocados, um jovem adolescente que se ocuparia de me abanar e afastar os insetos. O mais difícil foi convencê-lo a fazer com que se distanciassem de minha mesa sem esmagá-los diante de meus olhos entre dolmas e kebabs. Ele me obedecia por algum tempo, mas, quando via uma mosca ao alcance de seu formidável instrumento, a tentação era forte demais e ele batia.

No quarto dia, consegui um lugar a bordo de um navio da Messageries Maritimes que fazia a linha Marselha-Constantinopla-Trabzon, até Batum, o porto russo a leste do mar Negro, onde peguei o trem transcaucasiano. Para Baku, no mar Cáspio. A acolhida do cônsul da Pérsia ali foi tão amável que hesitei em mostrar-lhe a carta de Djamaluddin. Não seria melhor continuar como um viajante anônimo para não despertar suspeitas? Fui tomado de escrúpulos, contudo. Talvez houvesse na carta uma mensagem diferente que não me dissesse respeito, não tinha o direito de guardá-la comigo. Bruscamente, decidi dizer num tom enigmático:

— Acho que temos um amigo em comum.

E mostrei o envelope. O cônsul o abriu com cuidado; pegou sobre a escrivaninha seus óculos com armação de prata e começou a ler, quando, de repente, vi tremer seus dedos. Levantou-se, trancou a porta do aposento, pôs os lábios sobre o papel e ficou assim por alguns segundos, recolhido. Depois, veio até mim e me abraçou como se eu fosse um irmão resgatado de um naufrágio.

Quando conseguiu se recompor, chamou seus criados, ordenou que levassem minha mala para sua casa, que me instalassem no mais belo quarto e que preparassem um festim para a noite. Segurou-me assim em sua casa por dois dias, negligenciando seu trabalho para ficar comigo e me interrogar continuamente sobre o Mestre, sua saúde, seu humor e, sobretudo, a respeito do que dizia sobre a situação na Pérsia. Quando chegou o momento de minha partida, alugou para mim uma cabine num navio russo das linhas Cáucaso-e-Mercúrio. Depois me emprestou seu cocheiro, a quem deu a missão de me acompanhar até Kazvin e de ficar a meu lado enquanto precisasse de seus serviços.

O cocheiro logo se mostrou bastante hábil e, muitas vezes, insubstituível. Eu não saberia fazer escorregar algumas moedas na mão daquele guarda da alfândega, de bigode altivo, para que deixasse de lado por um instante o canudo de seu *kalyan* e viesse dar um visto em minha volumosa Welseley. Foi ele também que negociou na administração da Estrada a obtenção imediata de um veículo de quatro cavalos, enquanto o funcionário nos convidava imperiosamente a voltar no dia seguinte e um taberneiro sórdido, evidentemente seu cúmplice, já nos oferecia seus serviços.

Conformava-me com todas as dificuldades da estrada, imaginando o calvário dos viajantes que haviam me precedido. Treze anos antes, só se podia chegar à Pérsia pela antiga estrada dos camelos, que, saindo de Trabzon, levava até Tabriz, passando por Erzurum, uma quarentena em etapas, seis semanas cansativas e custosas, às vezes até muito perigosas por causa das constantes guerras tribais. O Transcaucasiano mudou tudo, abriu a Pérsia para o mundo, agora era possível chegar ao império sem risco e sem maiores inconveniências, de navio de Baku até o porto de Enzeli, e depois com mais uma semana na estrada carroçável até Teerã.

No Ocidente, o canhão é instrumento de guerras ou de desfiles; na Pérsia, é também instrumento de tortura. Digo isso porque, ao chegar aos arredores de Teerã, fui confrontado com o espetáculo de um canhão que servia ao uso mais atroz: haviam colocado dentro do longo tubo um homem amarrado de quem só se via a cabeça raspada para fora. Devia ficar lá, sob o sol, sem comida nem água, até a morte; e mesmo depois, me explicaram, havia o costume de deixar o corpo exposto, de modo que servisse como castigo exemplar, para inspirar o silêncio e o medo em todos que atravessassem as portas da cidade.

Terá sido por causa dessa primeira imagem que a capital persa me impressionou tão pouco? Nas cidades do Oriente, procuram-se as cores do presente e as sombras do passado. Em Teerã, não encontrei nada disso. O que vi ali? Artérias enormes para ligar os ricos dos bairros do norte com os pobres dos bairros do sul; um mercado cheio de camelos, mulas e tecidos coloridos, que não se comparava, porém, com os mercados do Cairo, de Constantinopla, de Isfahan ou de Tabriz. E, por todo lado para onde se olhava, inúmeros prédios cinzentos.

Muito nova, Teerã, muito pouca história! Por muito tempo foi apenas um obscuro anexo de Ray, a prestigiada cidade dos cientistas destruída na época dos mongóis. Só no fim do século XVIII uma tribo turcomena, a dos kadjars, se apossou do lugar. Tendo conseguido subjugar toda a Pérsia pela espada, a dinastia elevou seu modesto covil à categoria de capital. Até esse momento, o centro político do país ficava mais ao sul, em Isfahan, Kerman ou Chiraz. Vale dizer que os habitantes dessas cidades desejam a morte aos "rudes nortistas" que os governam e ignoram até sua língua. O xá reinante teve necessidade, quando ascendeu ao poder, de um tradutor para se dirigir a esses súditos. Parece, entretanto, que com o tempo adquiriu um conhecimento melhor do persa.

É preciso dizer que não lhe faltou tempo. Na minha chegada a Teerã, em abril de 1896, o monarca se preparava para festejar seu jubileu, seu cinquentenário no poder. Em sua homenagem, a cidade estava toda enfeitada com o emblema nacional, que tinha o símbolo do leão e do sol, as autoridades vinham de todas as províncias, inúmeras delegações estrangeiras também chegavam e, mesmo com a maioria dos convidados oficiais hospedada em mansões, os dois hotéis para europeus, o Albert e o Prévost, estavam anormalmente cheios. Foi neste último que encontrei enfim um quarto.

Eu havia pensado em ir diretamente à casa de Fazel, entregar-lhe a carta, perguntar-lhe como encontrar Mirza Reza, mas soube reprimir minha impaciência. Conhecendo os costumes orientais, sabia que o discípulo de Djamaluddin me convidaria para ficar em sua casa; eu não queria nem ofendê-lo com uma recusa nem correr o risco de me misturar à sua atividade política, ainda menos à de seu Mestre.

Instalei-me então no hotel Prévost, mantido por um genebrino. De manhã, aluguei uma égua velha para fazer uma cortesia útil, ir à embaixada americana, no bulevar dos Embaixadores. E, depois, à casa do discípulo preferido de Djamaluddin. Bigode fino, túnica branca longa, porte majestoso, ligeiramente frio, Fazel correspondia, de maneira geral, à imagem que o exilado de Constantinopla havia composto.

Iríamos nos tornar os melhores amigos do mundo. O primeiro contato, contudo, foi distante, sua linguagem direta me incomodou e me inquietou. Por exemplo, quando falamos de Mirza Reza.

— Farei o que puder para ajudá-lo, mas não quero ter nada a ver com esse maluco. É um mártir vivo, me disse o Mestre. Respondi: teria sido melhor se tivesse morrido! Não me olhe assim, não sou um monstro, mas esse homem sofreu tanto que ficou com as ideias prejudicadas; toda vez que abre a boca presta um desserviço à nossa causa.

— Onde ele está hoje?

— Há semanas vive no mausoléu de Chah Abdul-Azim, vagando pelos jardins ou nos corredores entre os prédios, falando com as pessoas sobre a prisão de Djamaluddin, exortando-as a derrubar o monarca, contando seus próprios infortúnios, gritando e gesticulando. Não para de repetir que Sayyid Djamaluddin é o imã do Tempo, apesar de ele mesmo já o ter proibido de difundir ideias tão insensatas. Não quero realmente ser visto em sua companhia.

— É a única pessoa que pode me informar sobre o *Manuscrito*.

— Sei disso, conduzirei você até ele, mas não ficarei um só instante com vocês.

Nessa noite, o pai de Fazel, um dos homens mais ricos de Teerã, ofereceu um jantar em minha homenagem. Amigo próximo de Djamaluddin, apesar de manter distância de qualquer ação política, ele homenageava o Mestre por meu intermédio; convidara cerca de cem pessoas. A conversa girou em torno de Khayyam. Quadras e anedotas brotavam de todas as bocas, as discussões se animavam, com frequência tendendo para o lado da política; todos pareciam manejar habilmente o persa, o árabe e o francês, e a maioria dos convidados tinha noções de turco, russo e inglês. Eu me sentia ignorante, ainda mais por me tomarem como um grande orientalista e um especialista nos *Rubaiyat*, avaliação exagerada, eu diria até excessiva, mas que logo desisti de desmentir, posto que meus protestos pareciam uma manifestação de humildade, o que é, todos sabem, a marca dos verdadeiros sábios.

A noitada começou ao pôr do sol, mas meu anfitrião insistiu para que eu chegasse mais cedo; queria me mostrar as cores de seu jardim. Mesmo sendo dono de um palácio, como era o caso do pai de Fazel, um persa raramente leva alguém para visitá-lo; privilegia o jardim, seu único orgulho.

À medida que chegavam, os convidados pegavam suas taças e iam para perto dos riachos, naturais ou artificiais, que serpenteavam entre os choupos. Se preferissem se sentar em um tapete ou almofada, os criados corriam para levá-los ao local escolhido, mas alguns se sentavam em pedras ou na terra nua mesmo; os jardins da Pérsia não conheciam a grama, o que aos olhos de um americano dava a eles uma aparência um pouco desnuda.

Bebeu-se consideravelmente naquela noite. Os mais devotos mantinham-se no chá. Um gigantesco samovar circulava, conduzido por três criados, dois para segurá-lo, um terceiro para servir. Muitos preferiam o áraque, vodca ou vinho, mas não notei nenhuma atitude descortês; os mais embriagados contentavam-se em acompanhar quietos os músicos contratados, um tocador de *târ*, um virtuoso do *zarb*, um flautista. Mais tarde, chegaram os dançarinos, homens jovens na maioria. Nenhuma mulher apareceu durante toda a recepção.

O jantar foi servido por volta da meia-noite. Antes disso, todos se contentaram com pistaches, amêndoas, grãos salgados e doces, o jantar foi apenas o ponto-final do cerimonial. O anfitrião tinha o dever de atrasá-lo o máximo possível, pois quando chega o prato principal, nessa noite um *djavaher polow*, "arroz com joias", todos os convidados o engolem em dez minutos, lavam as mãos e vão embora. Cocheiros e carregadores de lanternas amontoavam-se na porta quando saímos, cada um deles para apanhar seu patrão.

No dia seguinte ao amanhecer, Fazel me acompanhou numa carruagem até a porta do santuário de Chah Abdul-Azim. Entrou sozinho e voltou acompanhado de um homem com aparência inquietante: grande, doentiamente magro, tinha a barba hirsuta, suas mãos tremiam sem parar. Coberto com uma longa roupa branca, apertada e remendada, segurava uma bolsa sem cor e sem forma que continha tudo o que ainda possuía na vida. Em seus olhos, podia-se ver todo o sofrimento do Oriente.

Quando soube que eu vinha em nome de Djamaluddin, caiu de joelhos, segurou minha mão, cobriu-a de beijos. Fazel, pouco à vontade, deu uma desculpa e se afastou.

Estendi a carta do Mestre para Mirza Reza. Ele praticamente a arrancou de minhas mãos e, apesar de ela ter muitas páginas, leu-a inteira, sem se apressar, esquecendo totalmente minha presença.

Esperei que terminasse para falar do que me interessava. Então me disse numa mistura de persa e francês que tive dificuldade de entender:

— O livro está com um soldado originário de Kerman, que também é minha cidade. Prometeu vir me ver aqui depois de amanhã, sexta-feira. Será preciso dar-lhe algum dinheiro. Não para comprar o livro, mas para lhe agradecer por tê-lo devolvido. Infelizmente, não tenho um tostão.

Sem hesitar, tirei do bolso o ouro que Djamaluddin lhe enviara; acrescentei uma quantia equivalente; pareceu satisfeito.

— Volte no sábado. Se Deus quiser, terei o *Manuscrito* e o confiarei a você, que o levará para o Mestre em Constantinopla.

30

Da cidade sonolenta subiam barulhos preguiçosos, a poeira estava quente, brilhando ao sol; era um lânguido dia persa, uma refeição de frango com damasco, um vinho gelado de Chiraz, um cochilo no terraço do meu quarto no hotel sob um guarda-sol desbotado, o rosto coberto com um guardanapo úmido.

Nesse 1º de maio de 1896, porém, uma vida terminaria no crepúsculo, outra começaria a partir daí.

Batidas repetidas e furiosas na minha porta. Acabei ouvindo, me espreguicei, pulei, corri descalço, cabelos grudados, bigode achatado, vestido com uma túnica larga comprada na véspera. Meus dedos enrugados tiveram dificuldade para girar o trinco. Fazel empurrou a porta, me afastou para fechá-la, me sacudiu pelos ombros.

— Acorde, em quinze minutos você será um homem morto!

O que Fazel me contou em algumas frases entrecortadas, o mundo inteiro saberia no dia seguinte pela mágica do telégrafo.

O monarca fora, ao meio-dia, ao santuário de Chah Abdul-Azim para a prece de sexta-feira. Estava vestido com a roupa de gala confeccionada para seu jubileu, fios de ouro, detalhes de turquesas e esmeraldas, chapéu de plumas. Na grande sala do santuário, escolheu seu lugar para rezar, estenderam um tapete a seus pés. Antes de se ajoelhar, procurou suas mulheres com os olhos, fez sinal para que ficassem atrás dele, cofiou seu longo bigode branco com reflexos azulados, enquanto a multidão se apertava, fiéis e mulás que os guardas se esforçavam para conter. Do pátio externo ainda chegavam aclamações. As esposas reais avançaram. Um homem se esgueirou entre elas. Vestido com uma roupa de lã como os dervixes, segurava um papel, que estendeu ao monarca. O xá colocou os óculos para lê-lo. De repente, um tiro. A pistola estava escondida pela folha. O soberano foi atingido no coração. Ainda conseguiu dizer: "Segurem-me!" antes de cair.

No tumulto geral, o grão-vizir foi o primeiro a recuperar a calma e gritar: "Não foi nada, o ferimento é superficial!". Mandou evacuar a sala e levar o xá ao carro real. E até Teerã abanou o cadáver sentado no banco de trás, como se ainda respirasse. Nesse meio-tempo, mandou chamar o príncipe herdeiro de Tabriz, de onde era governador.

No santuário, o assassino foi atacado pelas esposas do xá, que o insultaram e o agrediram, a multidão arrancou suas roupas, ia ser despedaçado quando o coronel Kassakovsky, chefe da brigada cossaca, interveio para salvá-lo. Ou melhor, para submetê-lo a um primeiro interrogatório. Curiosamente, a arma do crime desapareceu. Disseram que uma mulher a pegara e a escondera sob seu véu, não a encontrarão jamais. Por outro lado, a folha de papel que serviu para esconder a pistola foi recuperada.

Claro que Fazel não contou todos esses detalhes; sua síntese foi lapidar:

— O maluco do Mirza Reza matou o xá. Encontraram com ele a carta de Djamaluddin. Seu nome é mencionado ali. Mantenha sua roupa persa, pegue seu dinheiro e seu passaporte. Mais nada. E corra para se refugiar na embaixada americana.

Meu primeiro pensamento foi para o *Manuscrito*. Mirza Reza o teria recuperado nessa manhã? Verdade que eu ainda não conseguia avaliar a gravidade de minha situação: cumplicidade no assassinato de um chefe de Estado, justo eu, que tinha vindo para o Oriente dos poetas! Entretanto, as evidências estavam contra mim, enganosas, mentirosas, absurdas, mas pesadas. Que juiz, que comissário não desconfiaria de mim?

Fazel espiava do terraço; de repente abaixou-se e gritou com uma voz rouca:

— Os cossacos já estão aqui, levantaram barreiras em torno do hotel!

Descemos correndo as escadas. Quando chegamos ao hall de entrada, assumimos um andar mais digno, menos suspeito. Um oficial, barba loura, chapéu enfiado na cabeça, olhos varrendo os cantos do aposento, acabara de entrar. Fazel teve tempo apenas de me cochichar: "À embaixada!". Depois se separou de mim e dirigiu-se ao oficial, entendi que dizia *Palkovnik*! — Coronel! — e vi que trocavam um cerimonioso aperto de mãos e algumas palavras de condolências. Kassakovsky jantava com frequência na casa do pai de meu amigo, o que me garantiu alguns segundos de trégua. Aproveitei para apertar o passo em direção à saída, enrolado no meu *aba*, e cheguei ao jardim que os cossacos estavam transformando num campo entrincheirado. Não me incomodaram. Como eu havia saído de dentro do hotel, supuseram que seu chefe havia me deixado passar. Atravessei então a grade, dirigindo-me à ruela que, à minha direita, levava ao bulevar dos Embaixadores e, em dez minutos, à minha embaixada.

Três soldados estavam postados na entrada da ruela. Passaria na frente deles? À esquerda, percebi outra ruela. Achei que seria melhor ir por ali, pensando em depois virar à direita. Então avancei, evitando olhar na direção dos soldados. Mais alguns passos e não os veria mais, eles não me veriam mais.

— Alto!

O que fazer? Parar? Na primeira pergunta, descobririam que eu mal falava persa, pediriam meus documentos e me prenderiam. Fugir? Não teriam dificuldade em me pegar, teria agido como culpado, não poderia sequer defender minha boa-fé. Eu tinha apenas uma fração de segundo para decidir.

Resolvi seguir meu caminho sem me apressar, como se não tivesse ouvido. Mas logo veio um segundo grito, carabinas se armaram, passos. Não pensei mais, saí correndo pelas ruelas, não olhei para trás, me enfiei nas passagens mais estreitas, mais escuras, o sol já tinha se posto, em meia hora seria noite.

Na minha cabeça, procurava uma oração para recitar; só conseguia repetir: "Deus! Deus! Deus!", súplica insistente, como se já estivesse morto e batesse à porta do paraíso.

E a porta se abriu. A porta do paraíso. Uma pequena porta dissimulada num muro sujo de lama. Na esquina de uma rua ela se abriu, uma mão tocou a minha, segurei forte, ela me puxou em sua direção, fechou a porta atrás de mim. Fiquei de olhos fechados, com medo, sem ar, sem acreditar, feliz. Lá fora, a confusão continuava.

Três pares de olhos risonhos me contemplavam, três mulheres com cabelos cobertos pelo véu, mas de rosto descoberto, me encaravam como se eu fosse um recém-nascido. A mais velha, de uns quarenta anos, fez sinal para que a seguisse. No fundo do jardim em que aterrissei, havia uma pequena cabana, onde ela me instalou em uma cadeira de vime, prometendo-me com um gesto que voltaria para me libertar. Tranquilizou-me com uma expressão e uma palavra mágica: *andarun*, "casa interior". Os soldados não viriam vasculhar ali onde as mulheres vivem.

De fato, os barulhos dos soldados ficaram mais próximos e depois mais distantes, antes de desaparecer. Como iriam saber em qual das ruelas eu teria evaporado? O bairro era uma confusão de dezenas de passagens, centenas de casas e de jardins. E era quase noite.

Depois de uma hora, trouxeram-me chá preto, enrolaram cigarros, uma conversa teve início. Com algumas frases lentas em persa e algumas palavras em francês, me explicaram a que se devia minha salvação. Havia corrido no bairro a notícia de que um cúmplice do assassino do xá estaria no hotel dos estrangeiros. Vendo-me fugir, entenderam que era eu o heroico culpado, quiseram me proteger. A razão dessa atitude? O marido e pai delas fora executado quinze anos antes, injustamente acusado de pertencer a uma seita dissidente, os *babis*, que pregavam a abolição da poligamia, a igualdade absoluta entre homens e mulheres e o estabelecimento de um regime democrático. Comandada pelo xá e pelos religiosos, a repressão fora sangrenta e, além dos milhares de *babis*, muitos inocentes haviam sido massacrados depois de uma simples denúncia de vizinhos. Desde então, sozinha com duas filhas pequenas, minha benfeitora esperava a hora da vingança. As três mulheres diziam-se honradas pelo fato de o heroico vingador ter aterrissado em seu humilde jardim.

Quando nos enxergamos como herói nos olhos das mulheres, temos realmente vontade de desfazer o mal-entendido? Achei que seria impróprio, até mesmo imprudente, decepcioná-las. Em meu difícil combate pela sobrevivência, precisava dessas aliadas, de seu entusiasmo e de sua coragem, de sua admiração injustificada. Refugiei-me então em um silêncio enigmático que fez com que suas últimas dúvidas desaparecessem.

Três mulheres, um jardim, um erro providencial, eu poderia multiplicar ao infinito os quarenta dias irreais daquela tórrida primavera persa. Difícil ser mais estrangeiro, ainda mais estando no universo das mulheres orientais, em que eu nunca teria lugar. Minha benfeitora não ignorava as dificuldades nas quais estava se metendo. Tenho certeza de que durante a primeira noite, enquanto eu dormia na cabana no fundo do jardim, estendido sobre três esteiras empilhadas, ela tenha tido uma insônia terrível, pois ao amanhecer mandou me chamar, fez com que me sentasse à sua frente, instalou suas duas filhas à sua esquerda e nos fez um discurso meticulosamente preparado.

Começou por elogiar minha coragem e reafirmou sua alegria em ter me acolhido. Depois, tendo guardado alguns momentos de silêncio, pôs-se de repente a abrir seu corpete diante de meus olhos pasmos. Corei, desviei os olhos, mas ela me puxou em sua direção. Seus ombros estavam nus, os seios também. Pela palavra e pelo gesto, me convidava a mamar. As duas filhas soltaram risinhos, mas a mãe manteve a seriedade dos rituais de sacrifício. Pousando meus lábios, o mais pudicamente possível, em um bico de seio e depois no outro, fiz o que ela mandava. Depois ela se cobriu, sem pressa, dizendo em tom solene:

— Com esse gesto, você se tornou meu filho, como se tivesse nascido de mim.

E, virando-se para as filhas, que tinham parado de rir, anunciou que a partir de agora elas deviam agir comigo como se eu fosse seu irmão.

Na hora, a cerimônia me pareceu emocionante mas grotesca. Repensando, entretanto, descobri ali toda a sutileza do Oriente. Para aquela mulher, na verdade, minha situação era delicada. Não hesitou em me prestar socorro, mesmo pondo em risco sua vida, e me ofereceu hospitalidade incondicional. Ao mesmo tempo, a presença de um estrangeiro, um homem jovem, convivendo com suas filhas noite e dia, poderia provocar a qualquer momento um incidente. Que melhor maneira de afastar uma dificuldade senão com um gesto de adoção simbólica? Dali em diante eu poderia circular livremente pela casa, dormir no mesmo quarto, dar um beijo na testa de minhas "irmãs", estávamos todos protegidos, e poderosamente sustentados, pela adoção fictícia.

Outros poderiam se sentir enganados com essa encenação. Eu, ao contrário, me senti reconfortado. Tendo aterrissado num planeta de mulheres, poderia arrumar, por ociosidade ou promiscuidade, uma relação apressada com uma das três anfitriãs; teria que começar, pouco a pouco, a evitar as outras duas, a enganar a vigilância delas, a excluí-las; provocar invariavelmente sua hostilidade; me sentir excluído, acanhado, arrependido por ter envergonhado, entristecido ou decepcionado mulheres que haviam sido absolutamente providenciais. Todo esse desenrolar teria muito pouca correspondência com meu temperamento. Dito isso, não saberia jamais elaborar, com minha mente ocidental, o que essa mulher soube encontrar no inesgotável arsenal de prescrições de sua fé.

Como por milagre, tudo se tornou simples, límpido e puro. Dizer que o desejo estava morto seria mentir, tudo em nossas relações era eminentemente carnal e, no entanto, repito, eminentemente puro. Assim vivi na intimidade dessas mulheres, sem véus e pudores excessivos, no coração de uma cidade onde provavelmente eu era o homem mais procurado, momentos de uma paz despreocupada.

Olhando para o passado, vejo minha temporada entre essas mulheres como um momento privilegiado, sem o qual minha adesão ao Oriente teria ficado truncada ou superficial. Devo a elas os imensos progressos que fiz da compreensão e utilização do persa usual. Mesmo minhas anfitriãs tendo feito, no primeiro dia, o louvável esforço de juntar algumas palavras em francês, todas as nossas conversas depois disso se desenrolariam em persa. Conversas animadas ou desinteressadas, sutis ou concretas, com frequência até maliciosas, pois na minha condição de filho mais velho, contanto que ficasse fora dos limites do incesto, eu podia me permitir qualquer coisa. Tudo o que era brincadeira era lícito, aí compreendidas as mais teatrais demonstrações de afeição.

A experiência teria mantido seu encanto se tivesse durado mais tempo? Jamais saberei. Nem desejo saber. Um acontecimento, infelizmente muito previsível, acabaria com tudo. Uma visita, banal, dos avós.

Normalmente, eu me mantinha longe das portas de entrada, a do *birouni*, que leva à casa dos homens e que é a porta principal, e da do jardim, por onde eu havia entrado. Ao primeiro alerta, me eclipsava. Dessa vez, por inconsciência ou excesso de confiança, não ouvi o velho casal chegar. Estava sentado no chão no quarto das mulheres, tinha fumado tranquilamente, havia boas duas horas, um *kalyan* preparado por minhas "irmãs" e tinha cochilado ali, com a piteira na boca, a cabeça encostada na parede, quando uma tosse de homem me acordou num sobressalto.

31

Para minha mãe adotiva, que chegou segundos depois, a presença de um homem europeu no coração de seus apartamentos devia ser prontamente explicada. Em vez de preservar sua reputação, ou a de suas filhas, ela escolheu dizer a verdade, no tom mais patriótico e triunfante que encontrou. Quem era esse estrangeiro? Ninguém menos que o *farangui* que toda a polícia procurava, o cúmplice daquele que havia abatido o tirano e vingado assim seu marido mártir!

Uma pausa de um minuto, e veio o veredicto. Congratularam-me, louvaram minha coragem, bem como a de minha protetora. Verdade que, diante de uma situação tão inconveniente, a explicação dela era a única plausível. Mesmo que minha postura relaxada, em pleno coração do *andaroun*, fosse comprometedora, podia facilmente ser explicada pela necessidade de me manter longe dos olhares.

A honra estava salva, mas desde então ficou claro que eu devia partir. Dois caminhos se ofereciam a mim. O mais evidente era sair disfarçado de mulher e caminhar até a embaixada americana; seguir, em suma, o caminho interrompido semanas antes. "Minha mãe", no entanto, me dissuadiu. Fez uma excursão de reconhecimento e se deu conta de que todas as ruelas que levavam à embaixada estavam sob vigilância. Além do mais, sendo muito alto, um metro e oitenta e três, meu disfarce de mulher persa não enganaria nenhum soldado, por mais distraído que fosse.

Outra solução seria enviar, seguindo os conselhos de Djamaluddin, um pedido de socorro à princesa Chirine. Falei com minha "mãe", que aprovou; ela ouvira falar da neta do xá assassinado, diziam que era sensível ao sofrimento dos pobres, propôs levar-lhe uma carta minha. O problema era encontrar as palavras que eu poderia lhe endereçar, palavras que, mesmo sendo suficientemente explícitas, não me traíssem caso fossem parar em outras mãos. Não poderia mencionar meu nome nem o do Mestre. Contentei-me então em escrever, em uma folha de papel, a única frase que ela me dissera: "Nunca se sabe, nossos caminhos podem se cruzar".

Minha "mãe" decidiu se aproximar da princesa durante as cerimônias do quadragésimo dia do velho xá, última etapa das cerimônias fúnebres. Na inevitável confusão geral de curiosos e de carpideiras pintadas com cinzas, ela não teve nenhuma dificuldade em passar o papel de uma mão a outra; a princesa leu e procurou com os olhos, assustada, o homem que havia escrito o bilhete; a mensageira cochichou em seu ouvido: "Está em minha casa!". Na mesma hora, Chirine deixou a cerimônia, chamou seu cocheiro e instalou minha "mãe" a seu lado. Para não despertar suspeitas, a carruagem com as insígnias reais parou na frente do hotel Prévost, de onde as duas mulheres, totalmente cobertas pelos véus, anônimas, seguiram caminho a pé.

Nosso reencontro revelou-se pouca coisa mais loquaz do que o primeiro encontro. A princesa me avaliou com o olhar, um sorriso no canto dos lábios. Subitamente ordenou:

— Amanhã meu cocheiro virá buscá-lo ao amanhecer. Esteja pronto, cubra-se com um véu e ande de cabeça baixa!

Estava convencido de que ela me conduziria à minha embaixada. Foi só no momento em que a carruagem atravessava a porta da cidade que percebi meu engano. Ela explicou:

— Eu poderia de fato tê-lo conduzido até o ministro americano, você estaria protegido, mas não seria difícil descobrir como chegara ali. Mesmo tendo alguma influência por pertencer à família *kadjar*, não posso usar essa prerrogativa para proteger o aparente cúmplice do assassino do xá. Eu teria problemas, a partir de mim chegariam às bravas mulheres que o acolheram. E sua embaixada não ficaria nem um pouco encantada em proteger um homem acusado de tal crime. Acredite, é melhor para todo mundo que você deixe a Pérsia. Vou levá-lo à casa de um de meus tios maternos, um dos chefes dos bakhtiaris. Ele veio com os guerreiros de sua tribo para as cerimônias do quadragésimo dia. Revelei a ele sua identidade e provei sua inocência, mas seus homens não devem saber de nada. Irá escoltá-lo até a fronteira otomana por estradas que as caravanas desconhecem. Ele nos espera na aldeia de Chah Abdul-Azim. Você tem dinheiro?

— Sim. Dei duzentos tomans para minhas salvadoras, mas ainda guardei cerca de quatrocentos.

— Não é suficiente. Precisará distribuir metade do que tem a seus acompanhantes e guardar uma boa quantia para o resto da viagem. Aqui estão algumas moedas turcas, nunca é demais. Tenho aqui também um texto que gostaria de fazer chegar ao Mestre. Você passará por Constantinopla?

Era difícil dizer não a ela. Enfiando os papéis dobrados nas fendas de minha túnica, ela continuou:

— É o processo verbal do primeiro interrogatório de Mirza Reza, passei a noite copiando. Pode lê-lo, deve mesmo lê-lo, vai lhe ensinar muitas coisas. Além do mais, o manterá ocupado em sua longa travessia. Mas que ninguém mais o veja.

Já chegávamos aos arredores da cidade, a polícia estava por toda parte, revistava até as cargas das mulas, mas quem ousaria parar uma carruagem real? Seguimos caminho até o pátio de uma grande construção cor de açafrão. No centro, reinava um imenso carvalho centenário, em volta do qual agitavam-se guerreiros cingidos por duas cartucheiras cruzadas. A princesa dedicou um olhar de desprezo àqueles viris ornamentos, que faziam par com os espessos bigodes.

— Deixo-o em boas mãos, como pode ver; eles o protegerão melhor que as frágeis mulheres que se encarregaram disso até aqui.

— Duvido.

Meus olhos seguiam, inquietos, os canos de fuzil que apontavam para todas as direções.

— Também duvido — ela disse, rindo. — Mas ainda assim eles o levarão até a Turquia.

No momento da despedida, uma ideia me ocorreu:

— Sei que não é um momento muito propício para falar disso, mas por acaso você saberia me dizer se encontraram na bagagem de Mirza Reza um velho manuscrito?

Seus olhos se desviaram dos meus, seu tom ficou estridente.

— O momento de fato é mal escolhido. Não pronuncie mais o nome desse maluco até chegar a Constantinopla!

— É um manuscrito de Khayyam!

Eu tinha razão de insistir. Afinal, havia sido por causa desse livro que eu entrara em minha aventura persa. Mas Chirine soltou um suspiro impaciente.

— Não sei de nada. Vou me informar. Deixe-me seu endereço, escreverei para você. Mas, por favor, evite me responder.

Enquanto eu rabiscava "Annapolis, Maryland", tive a impressão de já estar longe, e logo me veio a tristeza por minha incursão pela Pérsia ter sido tão breve e, desde o início, tão mal planejada. Estendi o papel à princesa. Quando ela ia pegá-lo, segurei sua mão. Gesto rápido, mas sustentado; ela, por sua vez, cravou uma unha em minha palma, sem me machucar, mas deixando, por alguns minutos, uma marca bem traçada. Dois sorrisos brotaram em nossos lábios, pronunciamos a frase ao mesmo tempo:

— Nunca se sabe. Nossos caminhos podem se cruzar!

Por dois meses, não vi nada que se parecesse com o que normalmente costumo chamar de estrada. Deixando Chah Abdul-Azim, seguimos na direção sudoeste, rumo ao território tribal dos bakhtiaris. Depois de contornarmos o lago salgado de Kom, percorremos o rio de mesmo nome, sem entrar na cidade. Meus acompanhantes, fuzis constantemente em riste como se estivessem numa batalha, tomavam o cuidado de evitar todas as aglomerações, e o tio de Chirine, mesmo tendo o cuidado de me informar com frequência "estamos em Amuk, em Vertcha, em Khomein", usava apenas uma figura de linguagem, querendo dizer que estávamos na altura dessas localidades, cujos minaretes avistávamos ao longe e cujos contornos eu me contentava em adivinhar.

Nas montanhas do Luristão, além das nascentes do rio Kom, meus acompanhantes relaxaram a vigilância, estávamos em território bakhtiari. Foi organizada uma festa em minha homenagem, deram-me um cachimbo de ópio para fumar e dormi imediatamente para a hilaridade geral. Precisei, então, esperar dois dias para voltar à estrada, que ainda era longa: Chouster, Ahvaz, enfim a perigosa travessia dos pântanos até Bassora, cidade do Iraque otomano à beira do Chatt Al-Arab.

Enfim fora da Pérsia, e salvo! Faltava um longo mês no mar, para ir de veleiro de Al-Faw a Bahrein, percorrer a costa dos piratas até Aden, subir pelo mar Vermelho e o canal de Suez até Alexandria, e depois finalmente atravessar o Mediterrâneo em um velho navio turco até Constantinopla.

Ao longo dessa interminável fuga, cansativa mas sem contratempos, tive como lazer apenas a leitura e a releitura das dez páginas manuscritas que constituíam o interrogatório de Mirza Reza. Sem dúvida teria me cansado se eu tivesse outras distrações, mas esse enfrentamento forçado com um condenado à morte exercia sobre mim uma fascinação inegável, sobretudo porque podia imaginá-lo facilmente, com seus membros delgados, seus olhos de supliciado, sua roupa de devoto improvável. Às vezes me parecia até ouvir sua voz torturada.

"— Que razões o levaram a matar nosso bem-amado xá?

— Aqueles que têm olhos para observar não terão dificuldade de notar que o xá foi morto no mesmo lugar onde Sayyid Djamaluddin foi maltratado. O que fizera esse santo homem, verdadeiro descendente do Profeta, para que o arrastassem para fora do santuário?

— Quem o levou a matar o xá? Quem são seus cúmplices?

— Juro por Deus, Todo-Poderoso, que criou Sayyid Djamaluddin e todos os outros humanos, que ninguém, além de mim e do *sayyid*, estava a par do meu projeto de matar o xá. O *sayyid* está em Constantinopla, tente pegá-lo!

— Que ordens Djamaluddin deu a você?

— Quando fui a Constantinopla, contei a ele sobre as torturas que o filho do xá me infligira. O *sayyid* me impôs o silêncio dizendo: 'Chega de se lamentar como se animasse uma cerimônia fúnebre! Só sabe chorar? Se o filho do xá o torturou, mate-o!'.

— Por que matar o xá em vez de seu filho, visto que foi este que fez mal a você e que Djamaluddin o aconselhou a se vingar do filho?

— Eu disse a mim mesmo: 'Se eu matar o filho, o xá, com seu formidável poder, vai matar milhares de pessoas em represália'. Em vez de cortar um galho, preferi desenraizar a árvore da tirania, esperando que outra árvore pudesse crescer em seu lugar. Além do mais, o sultão da Turquia disse em particular a Sayyid Djamaluddin que seria preciso se livrar desse xá para realizar a união de todos os muçulmanos.

— Como você sabe o que o sultão disse em particular a Djamaluddin?

— O próprio Djamaluddin me contou. Ele confia em mim, não me esconde nada. Quando eu estava em Constantinopla, me tratou como se fosse seu filho.

— Se você era tão bem tratado lá, por que voltou para a Pérsia, onde temia ser preso e torturado?

— Sou daqueles que acreditam que nenhuma folha cai de uma árvore se não estiver escrito, desde sempre, no Livro do Destino. Estava escrito que eu voltaria para a Pérsia e seria instrumento do ato que acaba de ser consumado."

32

Os homens que vagavam pela colina de Yildiz, em volta da casa de Djamaluddin, se escrevessem "espião do sultão" em seu fez, não revelariam nada além do que o mais ingênuo visitante constataria ao primeiro olhar. Talvez essa fosse a verdadeira razão da presença deles: desencorajar os visitantes. Com efeito, essa casa que antes ficava cheia de discípulos, correspondentes estrangeiros, personalidades de passagem, encontrava-se, naquele dia pesado de setembro, totalmente deserta. Só o criado estava lá, sempre muito discreto. Conduziu-me ao primeiro andar, onde encontrei o Mestre pensativo, distante, enfiado em uma poltrona de cretone e veludo.

Vendo-me chegar, sua face se iluminou. Caminhou a passos largos na minha direção, me abraçou, desculpando-se pelo mal que havia me causado, dizendo-se feliz por eu ter escapado. Contei-lhe em detalhe minha fuga e a intervenção da princesa, em seguida falei da minha curta temporada e de meu encontro com Fazel. Depois Mirza Reza. A simples menção a seu nome irritou Djamaluddin.

— Acabaram de me dizer que ele foi enforcado no mês passado. Deus o perdoe! Claro que ele conhecia seu destino, só o que surpreende é o tempo que levou para acontecer. Mais de cem dias depois da morte do xá! Devem tê-lo torturado, sem dúvida, para conseguir uma confissão.

Djamaluddin falava devagar. Pareceu-me enfraquecido, mais magro; seu rosto, normalmente tão sereno, estava atravessado por tiques que em alguns momentos o desfiguravam sem, contudo, tirar seu magnetismo. Dava a impressão de sofrer, principalmente quando evocava Mirza Reza.

— Ainda não acredito que esse pobre rapaz de quem cuidei aqui mesmo, em Constantinopla, cuja mão tremia sem parar e parecia incapaz de levantar uma xícara de chá, tenha conseguido segurar uma pistola, atirar no xá e matá-lo com apenas um tiro. Você não acha que podem ter aproveitado sua loucura para imputar a ele o crime de outra pessoa?

Como resposta, apresentei-lhe o depoimento copiado pela princesa. Colocando seus óculos, leu, releu, com fervor, ou terror, e às vezes até, me pareceu, com um tipo de alegria interior. Depois, dobrou as folhas, enfiou-as no bolso e pôs-se a andar pelo aposento. Passaram-se dez minutos de silêncio até que dissesse esta curiosa prece:

— Mirza Reza, filho perdido da Pérsia! Se pudesse ser apenas louco, se pudesse ser apenas sábio! Se pudesse se contentar em me trair ou em ser fiel a mim! Se pudesse inspirar apenas ternura ou repulsa! Como amar você, como odiá-lo? E Deus, o que fará com você? Vai levá-lo ao paraíso das vítimas ou o relegará ao inferno dos carrascos?

Voltou a se sentar, esgotado, o rosto entre as mãos. Eu continuava em silêncio, me esforçava até para não fazer barulho ao respirar. Djamaluddin reergueu-se. Sua voz parecia mais serena, a mente mais clara.

— As palavras que li são mesmo de Mirza Reza. Até agora, ainda tinha dúvidas. Não tenho mais, é ele mesmo o assassino. E provavelmente agiu para me vingar. Talvez pensasse que me obedecia. Mas, ao contrário do que afirma, nunca dei a ele nenhuma ordem de assassinato. Quando veio a Constantinopla me contar como havia sido torturado pelo filho do xá e seus seguidores, suas lágrimas escorriam. Querendo sacudi-lo, disse-lhe: "Pare de se lamentar! Vão dizer que tudo o que procura é que tenham pena de você! Estaria pronto a se mutilar até para ter certeza de que teriam pena de você!". Contei a ele uma antiga lenda: quando os exércitos de Dario enfrentaram os de Alexandre, o Grande, os conselheiros do grego teriam chamado sua atenção para o fato de as tropas persas serem muito mais numerosas. Alexandre, seguro de si, teria dado de ombros. "Meus homens", teria dito, "lutam para vencer; os homens de Dario lutam para morrer!"

Djamaluddin parecia revirar suas lembranças.

— Foi então que eu disse a Mirza Reza: "Se o filho do xá persegue você, destrua-o, em vez de destruir a si mesmo!". É realmente um chamado ao assassinato? Acredita de fato, você, que conhece Mirza Reza, que eu poderia confiar uma missão como essa a um maluco que mil pessoas puderam encontrar aqui mesmo, em minha casa?

Eu quis parecer sincero.

— Você não é culpado pelo crime que lhe atribuem, mas sua responsabilidade moral não pode ser negada.

Minha franqueza o tocou.

— É isso, eu admito. Assim como admito ter desejado todos os dias a morte do xá. Mas por que me defender? Já fui condenado.

Dirigiu-se até um pequeno cofre e retirou dali uma folha cuidadosamente caligrafada.

— Nesta manhã, escrevi meu testamento.

Depositou entre minhas mãos o texto, que li com emoção:

"Não sofro por ser mantido prisioneiro, não temo a morte próxima. Meu único motivo de tristeza é constatar que não vi florescer as sementes que plantei. A tirania continua esmagando os povos do Oriente, e o obscurantismo sufoca seu grito de liberdade. Talvez meu êxito fosse maior se tivesse lançado minhas sementes na terra fértil do povo e não nas terras áridas dos palácios reais. E tu, ó povo da Pérsia, em quem depositei minhas maiores esperanças, não creias que eliminando um homem pode ganhar sua liberdade. É do peso das tradições seculares que deves ousar te libertar."

— Pegue uma cópia, traduza para Henri Rochefort, *L'Intransigeant* é o único jornal que ainda clama minha inocência, os outros me chamam de assassino. Todos desejam minha morte. Que fiquem tranquilos, tenho câncer, câncer na mandíbula.

Como todas as vezes que cometia a fraqueza de se queixar, recuperou-se depressa, com uma risada falsamente despreocupada e uma piada.

— Câncer, câncer, câncer — repetiu como uma imprecação. — Os médicos de antigamente atribuíam todas as doenças às conjunções astrais. Só o câncer guardou, em todas as línguas, seu nome astrológico. O medo se mantém.

Depois de alguns instantes pensativo e melancólico, logo recomeçou, em tom alegre, afetado, e ainda mais comovente:

— Amaldiçoo este câncer. No entanto, nada garante que vá me matar. O xá pede minha extradição: o sultão não pode me entregar, pois ainda sou seu convidado, também não pode deixar um regicídio impune. Mesmo detestando o xá e sua dinastia, conspirando todos os dias contra ele, uma solidariedade continua ligando a confraria dos grandes deste mundo diante de um importuno como Djamaluddin. A solução? O sultão mandará me matar aqui mesmo e o novo xá ficará satisfeito, pois, apesar dos insistentes pedidos de extradição, não tem nenhuma vontade de sujar as mãos com meu sangue no início de seu reinado. Quem me matará? O câncer? O xá? O sultão? Talvez eu nem tenha tempo de saber. Mas você, meu jovem amigo, saberá.

E teve a audácia de rir!

Na verdade, eu nunca soube. As circunstâncias da morte do grande reformador do Oriente continuam um mistério. Soube da notícia alguns meses depois de meu regresso a Annapolis. Uma nota no *L'Intransigeant* de 12 de março de 1897 informava sua morte, ocorrida três dias antes. Foi somente no fim do verão, quando a famosa carta prometida por Chirine chegou, que eu conheci a versão que circulava entre os discípulos de Djamaluddin sobre sua morte. "Ele sofria", ela escreveu, "havia alguns meses violentas dores de dentes ligadas sem dúvida a seu câncer. Naquele dia, como a dor ultrapassasse os limites do suportável, mandou seu criado na casa do sultão, que lhe enviou seu próprio dentista. Este o auscultou, tirou de sua maleta uma seringa já pronta e aplicou-a em sua gengiva, explicando que a dor logo passaria. Em poucos segundos, a mandíbula do Mestre inchou. Vendo-o sufocar, seu criado correu atrás do dentista, que ainda não havia saído da casa, mas, em vez de voltar, o homem se pôs a correr rapidamente na direção da charrete que o esperava. Sayyid Djamaluddin morreu minutos depois. À noite, agentes do sultão vieram buscar seu corpo, que foi lavado e enterrado às escondidas." O relato da princesa acabava, sem transição, com as palavras de Khayyam, traduzidas por ela mesma: "Aqueles que acumularam tantos conhecimentos, que nos conduziram ao saber, não ficam afogados em dúvidas? Contam uma história e depois vão dormir".

Sobre o destino do *Manuscrito*, que era o objetivo da carta, Chirine me informava laconicamente: "Encontrava-se de fato entre as coisas do assassino. Está aqui comigo. Poderá consultá-lo quando quiser assim que voltar à Pérsia".

Voltar à Pérsia, onde pesavam tantas suspeitas sobre mim?

33

De minha aventura persa guardei apenas desejos. Um mês para chegar a Teerã, três meses para sair, e em suas ruas alguns breves dias sonolentos, somente o tempo de sentir o cheiro, tocar de leve ou entrever. Muitas imagens ainda me chamavam para a terra proibida: minha orgulhosa preguiça de fumante de *kalyan*, reinando nos vapores de carvão e metal; minha mão se fechando sobre a de Chirine, o tempo de uma promessa; meus lábios sobre os seios, oferecidos castamente por minha mãe postiça; e acima de tudo o *Manuscrito* que me esperava, páginas abertas, nos braços de sua guardiã.

Àqueles que nunca contraíram a obsessão pelo Oriente, conto apenas que num sábado ao anoitecer, pantufas nos pés, vestido com minha túnica persa, na cabeça minha *kulah* de pele de carneiro, fui passear na praia de Annapolis, num canto que sempre ficava deserto. E ficava mesmo, mas na volta, mergulhado em pensamentos, esquecendo meu traje, desviei para a rua Compromise, que, por sua vez, não estava nada deserta. "Boa noite, sr. Lesage", "Bom passeio, sr. Lesage", "Boa noite, sra. Baymaster, srta. High-church", as saudações pipocavam. "Boa noite, reverendo!" Foi a expressão surpresa do pastor que me fez acordar. Parei imediatamente para contemplar, contrito, meu corpo inteiro, pôr a mão em meu chapéu e apressar o passo. Acho até que corri, enrolado em meu *aba*, como se quisesse esconder minha nudez. Chegando em casa, me desfiz da parafernália, enrolei as roupas, determinado, depois as joguei com raiva no fundo de um armário de ferramentas.

Fiquei atento para não fazer isso de novo, mas esse único passeio deixou grudada em mim, por toda a vida, uma tenaz etiqueta de extravagante. Na Inglaterra, os excêntricos sempre foram vistos com benevolência, até com admiração, desde que fossem ricos. A América dessa época prestava-se mal a tais ousadias, avistava-se a virada do século com circunspecção puritana. Talvez não em Nova York ou em San Francisco, mas em minha cidade com certeza. Uma mãe francesa e uma touca persa era muito exotismo para Annapolis.

Essa foi a parte ruim. A boa foi que minha mania me valeu, imediatamente, a fama desmerecida de grande explorador do Oriente. O diretor do jornal local, Matthias Webb, que ouvira falar de meu passeio, sugeriu-me escrever um artigo sobre minha experiência persa.

A última vez em que o nome da Pérsia havia sido impresso nas páginas do *Annapolis Gazette and Herald* remontava, creio, ao ano de 1856, quando um transatlântico, orgulho da Cunard's, primeiro barco com rodas dotado de uma carcaça metálica, se chocara com um iceberg. Sete marinheiros de nosso condado morreram. O infortunado navio chama-se Pérsia.

As pessoas do mar não brincam com os sinais do destino. Julguei necessário chamar a atenção também, na introdução de meu artigo, que "Pérsia" era um termo inadequado, que os próprios persas chamavam seu país de "Irã", abreviatura de uma expressão muito antiga, "Airania Vaedja", que significa "Terra dos arianos".

Na sequência, evoquei Omar Khayyam, único persa de que a maioria de meus leitores já ouvira falar, citando uma quadra marcada por profundo ceticismo, "Paraíso, Inferno, alguém teria visitado esses países singulares?". Útil preâmbulo antes de me estender, em alguns parágrafos bem compactos, sobre as muitas religiões que desde sempre prosperaram na terra persa, o zoroastrismo, o maniqueísmo, o islã sunita e o xiita, a variante ismaelita de Hassan Sabbah e, mais contemporâneos, os *babis*, os *cheikis*, os *bahais*.

Contei também que o nosso "paraíso" tinha como origem uma velha palavra persa, "paradaeza", que significa "jardim".

Matthias Webb felicitou-me por minha aparente erudição, mas quando, encorajado por seu elogio, propus uma colaboração mais regular, pareceu incomodado e irritado:

— Gostaria de contratá-lo, mas você precisa perder essa mania irritante de salpicar seu texto com palavras bárbaras!

Minha expressão revelava surpresa e incredulidade; Webb tinha suas razões:

— A *Gazette* não tem recursos para pagar, de forma permanente, um especialista em Pérsia. Mas, se você consentir em se encarregar da seção de notícias internacionais, e se for capaz de aproximar esses lugares distantes de nossos compatriotas, terá lugar neste jornal. O que seus artigos perderão em profundidade ganharão em alcance.

Recuperamos nossos sorrisos; ele me ofereceu o charuto da paz, depois prosseguiu:

— Ainda ontem, o estrangeiro não existia para nós, o Oriente acabava em Cape Cod. De repente, sob pretexto de que um século termina e outro começa, nossa pacífica cidade é assaltada pelas turbulências do mundo.

É preciso assinalar que nosso encontro aconteceu em 1899, pouco depois da guerra hispano-americana, que levou nossas tropas a Cuba, a Porto Rico, e até as Filipinas. Nunca antes os Estados Unidos haviam exercido sua autoridade tão longe de seu litoral. Nossa vitória sobre o vetusto império espanhol custara-nos apenas 2400 mortos, mas em Annapolis, sede da Academia Naval, as perdas podiam representar um parente, um amigo, um noivo, um pretendente; os mais conservadores entre meus concidadãos viam o presidente McKinley como um aventureiro perigoso.

Essa não era a opinião de Webb, mas ele precisava respeitar as fobias de seus leitores. Para me fazer entender isso, esse pai de família sério e grisalho levantou-se, soltou um rugido, fez uma careta engraçada, curvou os dedos como se fossem as garras de um monstro.

— O mundo feroz aproxima-se a grandes passos de Annapolis, e você, Benjamin Lesage, tem a missão de tranquilizar seus compatriotas.

Pesada responsabilidade que desempenhei sem brilho. Minhas fontes de informação eram os artigos de meus colegas de Paris, de Londres e também, claro, de Nova York, Washington e Baltimore. De tudo o que escrevi sobre a Guerra dos Bôeres, sobre o conflito de 1904-5 entre o tsar e o imperador do Japão, ou sobre as desordens na Rússia, nenhuma linha, temo, merece figurar nos anais.

Minha carreira de jornalista só pode ser evocada quando o assunto é a Pérsia. Fico orgulhoso de dizer que a *Gazette* foi o primeiro jornal americano a prever a explosão que se produziria e cujas notícias ocupariam, nos últimos meses de 1906, grande espaço em todos os jornais do mundo. Pela primeira e, provavelmente, pela última vez, os artigos do *Annapolis Gazette and Herald* foram citados, e até mesmo reproduzidos integralmente, em mais de sessenta jornais do sul e da Costa Leste.

Minha cidade e seu jornal me devem isso. Eu devo isso a Chirine. Foi graças a ela, e não à minha frágil experiência persa, que pude compreender a dimensão dos eventos que iriam ocorrer.

Não recebia nada de minha princesa havia mais de sete anos. Será que ainda me devia uma resposta sobre o *Manuscrito*? Já me dera uma, frustrante, mas exata; não esperava mais nenhuma palavra dela. O que não quer dizer que não desejasse. Toda vez que chegava o correio, a ideia me animava, eu procurava nos envelopes uma caligrafia, um selo com letras árabes, um número cinco em forma de coração. Eu não sentia medo da minha decepção cotidiana, vivia-a como uma homenagem aos sonhos que me assombravam.

Devo dizer que nessa época minha família tinha deixado Annapolis para instalar-se em Baltimore, onde agora se concentravam as principais atividades de meu pai e onde, com seus dois irmãos mais novos, ele pretendia fundar seu próprio banco. Escolhi permanecer em minha casa natal, com nossa velha cozinheira meio surda, numa cidade onde eu tinha bem poucos amigos próximos. E estou certo de que minha solidão conferia à minha espera um fervor maior.

Então, um dia, Chirine me escreveu. Sobre o *Manuscrito de Samarcanda*, nenhuma palavra; nada de pessoal na longa carta, a não ser, talvez, por começar dizendo “Querido amigo distante”.

Na sequência, o relato, dia após dia, dos acontecimentos que se desenvolviam à sua volta. O relato era minucioso, detalhado, nada havia de supérfluo, mesmo quando davam essa impressão a meus olhos profanos. Estava apaixonado por sua bela inteligência e lisonjeado por ela ter me escolhido, dentre todos os homens, para dirigir o fruto de seus pensamentos.

Vivi a partir de então no ritmo de seus envios, um por mês, uma crônica palpitante que eu teria publicado na íntegra, se minha correspondente não tivesse exigido a mais completa discrição. Autorizava-me generosamente a plagiá-la, o que eu fazia sem me envergonhar, copiando trechos de suas cartas, traduzindo às vezes, sem aspas nem itálicos, passagens inteiras.

Meu jeito de apresentar os fatos a meus leitores era, no entanto, muito diferente do dela. Nunca, por exemplo, a princesa sonharia em escrever:

"A revolução persa começou quando um ministro belga teve a desastrosa ideia de se fantasiar de mulá."

No entanto, foi mais ou menos isso que aconteceu, ainda que para Chirine as premissas da revolta fossem detectáveis desde a cura do xá em Contrexeville, em 1900. Querendo reencontrar sua comitiva, o monarca precisava de dinheiro. Seu Tesouro estava vazio, como de costume, então ele pediu um empréstimo ao tsar, que lhe deu 22,5 milhões de rublos.

Raras vezes um presente chegou tão envenenado. Para se assegurarem de que o vizinho do sul, sempre perto da falência, reembolsaria aquela quantia, as autoridades de São Petersburgo exigiram, e obtiveram, o controle das alfândegas persas, recebendo diretamente o pagamento das receitas. Por 75 anos! Consciente da enormidade desse privilégio e temendo que outras potências europeias se ofendessem com seu domínio do comércio exterior da Pérsia, o tsar evitou confiar a alfândega a seus próprios súditos e preferiu pedir ao rei Leopoldo II que se encarregasse disso como quisesse. Foi assim que cerca de trinta funcionários belgas foram parar no palácio do xá, e a influência deles atingiria enorme dimensão. O mais eminente deles, um certo sr. Naus, conseguiu alcançar as mais altas esferas do poder. Nas vésperas da Revolução, era membro do conselho supremo do reino, ministro dos Correios e Telégrafos, tesoureiro-geral da Pérsia, chefe do departamento de passaportes, diretor-geral das Alfândegas. Ocupava-se, ainda, de reorganizar o sistema fiscal, e foi a ele que se atribuiu a imposição de uma nova taxa sobre os carregamentos de mulas.

Nem é preciso dizer que o sr. Naus se transformou no homem mais odiado da Pérsia, símbolo da dominação estrangeira. De tempos em tempos, uma voz se erguia para pedir sua expulsão, que parecia muito justificada, uma vez que ele não tinha a reputação de incorruptível nem o álibi da competência. Contudo ele continuava no posto, mantido pelo tsar, ou melhor, pela temível camarilha retrógrada que o cercava e cujos objetivos políticos eram expressos em voz alta pela imprensa oficial de São Petersburgo: exercer sobre a Pérsia e o Golfo Pérsico uma tutela total.

A posição do sr. Naus parecia inabalável; e assim se manteve até o momento em que seu protetor foi abalado. Isso aconteceu mais rápido do que poderiam esperar os persas mais sonhadores. Em dois tempos. Primeiro a guerra com o Japão, que, para surpresa de todo o universo, terminou com a derrota do tsar e a destruição de sua frota. Depois, como fruto da raiva dos russos, provocada pela humilhação que lhes fora imposta por erros de dirigentes incompetentes: a rebelião dos marinheiros do Potenkim, o motim de Kronstadt, a insurreição de Sebastopol, os acontecimentos de Moscou. Não me estenderei sobre esses fatos que ninguém pode esquecer, contentando-me em insistir no efeito devastador que produziram sobre a Pérsia, principalmente quando, em abril de 1906, Nicolau II foi obrigado a convocar um Parlamento, a Duma.

Foi nesse contexto que se deu o mais banal dos acontecimentos: um baile de máscaras na casa de um alto funcionário belga, ao qual o sr. Naus teve a ideia de ir fantasiado de mulá. Risos, risadinhas, aplausos, o ministro foi cercado, felicitado, posou para uma fotografia. Dias depois, centenas de cópias dessa imagem foram distribuídas no mercado de Teerã.

34

Chirine enviou-me uma reprodução desse documento. Tenho-o até hoje, de vez em quando dou uma olhada nele, entre nostálgico e divertido. Veem-se, sentados em um tapete estendido entre as árvores de um jardim, cerca de quarenta homens e mulheres vestidos à moda turca, japonesa ou austríaca; no centro, em primeiro plano, o sr. Naus, tão bem disfarçado com sua barba branca e seu bigode grisalho, que poderia facilmente ser confundido com um piedoso patriarca. Comentário de Chirine no verso da fotografia: "Impune por tantos crimes, castigado por um pecadilho".

Certamente, zombar dos religiosos não foi a intenção de Naus. Era possível criticá-lo na ocasião apenas pela inconsciência condenável, pela falta de tato, pelo mau gosto. Seu maior erro, desde que atuava como cavalo de Troia do tsar, fora não entender que, por algum tempo, devia se fazer esquecer.

Aglomerações nervosas formaram-se em torno da imagem divulgada, alguns incidentes, o mercado fechou as portas. Primeiro, pediram a saída de Naus, depois do conjunto do governo. Distribuíram-se folhetos reclamando a instalação de um Parlamento, como na Rússia. Havia anos, sociedades secretas agiam junto à população, invocavam Djamaluddin, às vezes até Mirza Reza, erigido pelas circunstâncias em símbolo da luta contra o absolutismo.

Os cossacos fecharam os bairros do centro. Rumores, propagados pelas autoridades, anunciavam que uma repressão sem precedentes se abateria sobre aqueles que protestavam, que o mercado seria aberto pelo exército, abandonado à pilhagem da tropa, uma ameaça que aterroriza os comerciantes há milênios.

Por esse motivo, em 19 de julho de 1906, uma delegação de comerciantes e cambistas do mercado procurou o encarregado de negócios britânico para resolver uma questão urgente: se as pessoas que corriam o risco de ser presas fossem se refugiar na embaixada seriam protegidas? A resposta foi positiva. Os visitantes se retiraram com agradecimentos e dignas reverências.

Nessa noite, meu amigo Fazel apresentou-se à embaixada com um grupo de amigos, foi recebido calorosamente. Mesmo tendo apenas trinta anos, era herdeiro de seu pai, um dos comerciantes mais ricos do mercado. Sua vasta cultura elevava ainda mais seu nível, e sua influência era grande entre seus pares. Para um homem de sua condição, os diplomatas britânicos só poderiam dispor de um dos quartos reservados aos visitantes ilustres. No entanto, ele declinou o oferecimento e, invocando o calor, exprimiu seu desejo de se instalar nos grandes jardins da embaixada. Havia trazido para isso, disse, uma tenda, um pequeno tapete, alguns livros. Com os lábios cerrados e as sobrancelhas trêmulas, seus anfitriões observaram-no desempacotar sua bagagem.

No dia seguinte, trinta outros comerciantes também foram aproveitar o direito de asilo. Três dias depois, em 23 de julho, havia 860. No dia 26, eram 5 mil. Chegavam a 12 mil em 1º de agosto.

Era um estranho espetáculo essa cidade persa plantada em um jardim inglês. Tendas por todo lado agrupadas por corporações. A vida rapidamente se organizou, uma cozinha foi instalada atrás do pavilhão dos guardas, caldeirões enormes circulavam entre os diferentes "bairros", cada serviço durava três horas.

Nenhuma desordem, pouco barulho, buscavam refúgio, buscavam *bast*, como dizem os persas, em outras palavras dedicavam-se a uma resistência estritamente passiva num santuário protegido. Havia muitos santuários na região de Teerã: o mausoléu de Chah

Abdul-Azim, os estábulos reais e, o menor *bast* de todos, o canhão sobre rodas da praça Tupkhaneh: se um fugitivo chegasse a esses lugares, as forças da ordem não teriam mais o direito de tocá-lo. A experiência de Djamaluddin, contudo, mostrara que o poder não tolerava por muito tempo esse tipo de protesto. A única imunidade que reconhecia era a das embaixadas estrangeiras.

Para a embaixada inglesa, todos os refugiados levaram seu *kalyan* e seus sonhos. De uma tenda para outra, um oceano de diferença. Em torno de Fazel, a elite modernista; não eram apenas um punhado, mas centenas, jovens ou idosos, organizados em *anjuman*, sociedades mais ou menos secretas. Suas discussões sempre se voltavam para o Japão, a Rússia e, principalmente, para a França, cuja língua falavam, cujos jornais e livros liam com assiduidade, a França de Saint-Simon, de Robespierre, de Rousseau e de Waldeck-Rousseau. Fazel havia recortado cuidadosamente o texto da lei sobre a separação entre Igreja e Estado votado um ano antes em Paris, traduziu-o e distribuiu a seus amigos, que o debatiam com ardor. Em voz baixa, no entanto, pois ali perto havia uma assembleia de mulás.

O clero estava dividido. Uma parte rejeitava tudo o que vinha da Europa, até a ideia de democracia, de Parlamento e de modernidade. "Por que", diziam eles, "precisaríamos de uma Constituição se temos o Corão?" É porque, os modernistas respondiam, o Livro havia deixado para os homens o cuidado de se governarem democraticamente, já que estava escrito: "Que seus negócios se regulem por acordos entre vocês". Habilmente, acrescentavam que se os muçulmanos tivessem arrumado uma Constituição organizando as instituições de seu Estado nascente quando morreu o Profeta, não teriam conhecido as lutas sangrentas de sucessão que conduziram à expulsão do imã Ali.

Para além do debate sobre a doutrina, a maioria dos mulás aceitava, contudo, a ideia de Constituição para acabar com o arbítrio real. Vindos às centenas para buscar *bast*, agradava-lhes comparar seu ato à emigração do Profeta para Medina, e o sofrimento do povo ao de Hussein, filho do imã Ali, cuja paixão é o equivalente muçulmano mais próximo da Paixão de Cristo. Nos jardins da embaixada, carpideiros profissionais, os *rozé-khwan*, contavam para suas plateias os sofrimentos de Hussein. Choravam, se flagelavam ou se lamentavam incessantemente por Hussein, por si mesmos, pela Pérsia, perdida num mundo hostil, precipitada, século após século, numa decadência sem fim.

Os amigos de Fazel mantinham distância dessas manifestações, Djamaluddin os ensinara a desconfiar dos *rozé-khwan*. Escutavam-nos apenas com uma condescendência inquieta.

Fui tocado por uma fria reflexão de Chirine em uma de suas cartas: "A Pérsia está doente", escreveu. "Há muitos médicos à sua cabeceira, modernos, tradicionais, cada um propõe seus remédios, o futuro será daquele que conseguir curá-la. Se a revolução triunfar, os mulás deverão se transformar em democratas; se fracassar, os democratas deverão se transformar em mulás."

Por ora, estavam todos na mesma trincheira, no mesmo jardim. No dia 7 de agosto, a embaixada abrigava 16 mil *bastis*, as ruas da cidade estavam vazias, todos os comerciantes com alguma notoriedade haviam "emigrado". O xá teve que ceder. Em 15 de agosto, menos de um mês depois do início do *bast*, anunciou que seriam organizadas eleições para eleger, por sufrágio direto em Teerã e indireto nas províncias, uma assembleia nacional consultiva.

O primeiro Parlamento da história da Pérsia reuniu-se a partir de 7 de outubro. Para fazer o discurso do trono, o xá enviou judiciosamente um opositor de primeira hora, o príncipe Malkam Khan, um armênio de Isfahan, companheiro de Djamaluddin, aquele mesmo que o hospedara em sua última temporada em Londres. Magnífico ancião de ar britânico, sonhara durante toda a sua vida postar-se no Parlamento e ler para os representantes do povo o discurso de um soberano constitucional.

Para aqueles que queiram se debruçar sobre essa página da História, não procurem por Malkam Khan nos documentos da época. Hoje, como nos tempos de Khayyam, a Pérsia não conhece seus dirigentes pelo nome, mas pelos títulos, "Sol da realeza", "Pilar da religião", "Sombra do sultão". Ao homem que teve a honra de inaugurar a era da democracia foi dado o título mais prestigioso de todos: Nizam Al-Mulk. Desconcertante Pérsia, tão imutável em suas convulsões, tão igual ao passar por tantas metamorfoses!

35

Era um privilégio assistir ao despertar do Oriente; foi um momento intenso de emoção, entusiasmo e dúvidas. Que ideias radiosas ou monstruosas poderiam ter germinado em seu cérebro adormecido? O que faria ao se levantar? Lançar-se, cego, sobre aqueles que o haviam sacudido? Eu recebia cartas de leitores que me perguntavam isso angustiados, pedindo-me que adivinhasse. Tendo ainda na memória a revolta dos boxers chineses em Pequim em 1900, o sequestro de diplomatas estrangeiros, as dificuldades do corpo expedicionário confrontado com a velha imperatriz, temível filha do Céu, eles tinham medo da Ásia. A Pérsia seria diferente? Eu respondia, resoluto, que sim, confiando na democracia nascente. Uma Constituição acabara de ser promulgada, assim como uma carta de direitos do cidadão. Criavam-se associações todos os dias, e jornais, noventa diários e semanários em alguns meses. Intitulavam-se *Civilização*, *Igualdade*, *Liberdade* ou, mais pomposamente, *Trombetas da Ressurreição*. Eram com frequência citados na imprensa britânica ou nos jornais russos de oposição, o *Ryech*, liberal, e o *Sovremenny Mir*, ligado aos sociais-democratas. Um jornal satírico de Teerã, desde seu primeiro número, teve um sucesso-relâmpago, os traços de seus desenhistas tinham como alvos preferenciais os cortesãos suspeitos, os agentes do tsar e, acima de tudo, os falsos devotos.

Chirine regozijava-se: "Sexta-feira passada", escreveu, "alguns jovens mulás tentaram fazer uma manifestação no mercado, classificavam a Constituição como uma inovação herética e queriam incitar a multidão a marchar sobre o Baharistan, sede do Parlamento. Sem sucesso. Mesmo se esgoelando, os cidadãos continuaram indiferentes. De quando em quando, alguém parava, escutava um pouco a arenga deles, depois se afastava dando de ombros. Chegaram enfim três ulemás, entre os mais venerados da cidade, que, sem cerimônia, convidaram os pregadores a voltar para casa pelo caminho mais curto, e sem elevar seu olhar além dos joelhos. Começo a acreditar que o fanatismo está morto na Pérsia".

Usei esta última frase como título de meu mais belo artigo. Eu estava tão impregnado do entusiasmo da princesa, que meu texto foi um verdadeiro ato de fé. O diretor da *Gazette* recomendou-me um pouco mais de ponderação, mas, a julgar pelo número crescente de cartas que recebi, os leitores aprovaram meu ardor.

Uma delas trazia a assinatura de um certo Howard C. Baskerville, estudante da Universidade Princeton, em Nova Jersey. Acabara de obter seu diploma de bacharel em artes e desejava ir à Pérsia observar de perto os acontecimentos que eu descrevia. Uma frase sua me perturbou: "Tenho a profunda convicção, neste início de século, que, se o Oriente não conseguir acordar, logo o Ocidente não poderá mais dormir". Em minha resposta, encorajei-o a fazer a viagem, prometendo lhe fornecer, assim que sua decisão fosse tomada, o nome de alguns amigos que poderiam acolhê-lo.

Algumas semanas depois, Baskerville veio a Annapolis me anunciar, de viva voz, que havia conseguido um posto de professor na Escola Memorial Boys de Tabriz, dirigida pela missão presbiteriana americana; iria ensinar inglês e ciências aos jovens persas. Partiria imediatamente, pedia conselhos e recomendações. Apressei-me em felicitá-lo, prometendo, sem muito refletir, passar para vê-lo, se fosse à Pérsia.

Eu não pensava em ir tão cedo. Não era falta de vontade, mas ainda hesitava em fazer a viagem por causa das acusações falaciosas que pesavam contra mim. Não era cúmplice da morte de um rei?

Apesar das mudanças rápidas ocorridas em Teerã, temia, em virtude de algum mandato poeirento, ser preso nas fronteiras e não conseguir avisar meus amigos ou minha embaixada.

A partida de Baskerville me levou, contudo, a tomar algumas medidas para regularizar minha situação. Para Chirine, eu prometera nunca escrever. Não querendo correr o risco de vê-la interromper sua correspondência, eu me dirigi a Fazel, cuja influência, sabia, aumentava a cada dia. Na Assembleia nacional, onde as grandes decisões eram tomadas, era o mais ouvido entre os deputados.

Sua resposta chegou três meses depois, gentil, calorosa e, principalmente, acompanhada de um documento oficial com o selo do Ministério da Justiça dizendo que eu estava livre de qualquer suspeita de cumplicidade no assassinato do velho xá; por essa razão, estava autorizado a circular livremente por todas as províncias da Pérsia.

Sem esperar nem um minuto, embarquei para Marselha e de lá para Salônica, Constantinopla e Trabzon; depois, montado numa mula, contornei o monte Ararat até Tabriz.

Cheguei num dia quente de junho. Instalei-me no caravançará do bairro armênio, e logo o sol já começava a cair. Queria ver Baskerville o mais rápido possível e, com essa intenção, fui à missão presbiteriana, prédio baixo e comprido, recém-pintado de branco-brilhante numa floresta de damasqueiros. Duas cruzes discretas sobre a cerca e, no telhado, acima da porta de entrada, um estandarte estrelado.

Um jardineiro persa veio a meu encontro para me conduzir ao escritório do pastor, um homenzarrão barbudo e ruivo com ares de marinheiro e aperto de mão firme e hospitaleiro. Antes mesmo de me convidar a sentar, ofereceu-me uma cama para dormir durante minha temporada.

— Temos um quarto sempre arrumado para os compatriotas que nos dão a honra e a surpresa de nos visitar. Você não está recebendo nenhum tratamento especial; contento-me em seguir o costume estabelecido desde a fundação desta missão.

Apresentei minhas sinceras desculpas.

— Já deixei minha mala no caravançará e pretendo seguir caminho para Teerã depois de amanhã.

— Tabriz merece mais do que um dia apressado. Como pode vir até aqui e não perder um ou dois dias nos labirintos do maior mercado do Oriente, não contemplar as ruínas da mesquita Azul, mencionada em *As mil e uma noites*? Atualmente os viajantes são apressados demais, têm pressa de chegar, de chegar a qualquer preço, mas não se chega apenas no fim do caminho. A cada etapa chega-se a algum lugar, a cada passo é possível descobrir uma face escondida de nosso planeta; basta olhar, desejar, acreditar, amar.

Parecia sinceramente decepcionado em ver como eu era um mau viajante. Senti-me obrigado a me justificar.

— Na verdade, tenho um trabalho urgente em Teerã, fiz este desvio para Tabriz apenas para ver um amigo que dá aulas aqui, Howard Baskerville.

À mera menção de seu nome, a atmosfera pesou. Mais nenhuma jovialidade, nenhuma animação, nenhuma repreensão paternal. Apenas uma expressão embaraçada e distante até. Um pesado silêncio, depois:

— Você é amigo de Howard?

— De algum modo, sou responsável por sua vinda à Pérsia.

— Pesada responsabilidade!

Em vão procurei um sorriso em seus lábios. Pareceu-me repentinamente abatido e envelhecido, seus ombros caíram, seu olhar tornou-se quase suplicante.

— Dirijo esta missão há quinze anos, nossa escola é a melhor da cidade, quero crer que nossa obra seja útil e cristã. Aqueles que tomam parte em nossas atividades querem o progresso desta região, senão, acredite, nada os obrigaria a vir de tão longe para enfrentar um meio muitas vezes hostil.

Eu não tinha nenhuma razão para desconfiar, mas a contundência que o homem usava para se defender me deixava incomodado. Estava em seu escritório havia poucos minutos, não o acusara de nada, não pedira nada. Contentava-me então em balançar a cabeça polidamente. Continuou:

— Quando um missionário revela indiferença diante dos infortúnios que oprimem os persas, quando um professor não sente nenhuma alegria diante dos progressos de seus alunos, aconselho-o firmemente a voltar para os Estados Unidos. É comum o entusiasmo diminuir, principalmente entre os mais jovens. É humano.

Terminado o preâmbulo, o reverendo se calou, seus dedos grossos segurando nervosamente o cachimbo. Parecia ter dificuldade em encontrar as palavras. Achei que era meu dever facilitar sua tarefa. Adotei o tom mais indiferente:

— O senhor quer dizer que Howard perdeu o entusiasmo depois de alguns meses, que seu encantamento pelo Oriente se mostrou passageiro?

Sobressaltou-se.

— Meu Deus, não, não Baskerville! Eu tentava explicar o que acontece às vezes com alguns de nossos jovens. Com seu amigo produziu-se o inverso, e estou infinitamente mais preocupado. Por um lado, é o melhor professor que já tivemos, seus alunos fazem progressos prodigiosos, os pais só confiam nele, a missão nunca havia recebido tantos presentes, cordeiros, galos, doces, tudo em honra de Baskerville. O drama, no caso dele, é que se recusa a se comportar como estrangeiro. Se ele se contentasse apenas em se vestir como as pessoas daqui, comer *polow* e me cumprimentar no dialeto do país, eu poderia achar graça. Mas Baskerville não é homem de ficar nas aparências: atirou-se no combate político, elogiou a Constituição na sala de aula, encorajou seus alunos a criticar os russos, os ingleses, o xá e os mulás retrógrados. Desconfio até que seja o que se chama aqui de "Filho de Adão", ou seja, membro das sociedades secretas.

Suspirou.

— Ontem de manhã, houve uma manifestação em frente ao nosso portão, liderada por dois dos mais eminentes chefes religiosos, para pedir a saída de Baskerville ou, se isso não acontecesse, o puro e simples fechamento da missão. Três horas depois, outra manifestação aconteceu, no mesmo lugar, para aclamar Howard e exigir sua permanência. Entende que se um conflito desses se prolongar não poderemos continuar por muito tempo na cidade?

— Suponho que o senhor já tenha falado com Howard.

— Cem vezes e em todos os tons. E ele sempre responde que o despertar do Oriente é mais importante que o destino da missão, que se a revolução constitucional fracassar seremos obrigados a partir de qualquer maneira. Claro que eu poderia encerrar seu contrato, mas um ato desse só despertaria incompreensão e hostilidade na população que sempre nos apoiou. A única solução seria Baskerville acalmar suas paixões. Será que o senhor poderia aconselhá-lo?

Sem me comprometer formalmente a fazer isso, pedi para ver Howard. Um brilho de triunfo iluminou de repente a barba ruiva do reverendo. Levantou-se de um salto.

— Siga-me — disse —, vou mostrar-lhe Baskerville, acho que sei onde ele está. Observe-o em silêncio, vai entender minhas razões e compartilhar meu desânimo.

LIVRO QUATRO

Um poeta no mar

O Céu é o jogador, e nós, apenas peões.
É a realidade, não uma figura de linguagem.
Sobre o tabuleiro do mundo Ele nos põe e dispõe
Então nos deixa, de repente, no poço do nada.

OMAR KHAYYAM

36

No crepúsculo ocre de um jardim murado, uma multidão geme. Como reconhecer Baskerville? Todos os rostos estão escuros demais! Eu me encosto a uma árvore para esperar. E observar. Na entrada de uma cabana iluminada, um teatro improvisado. O *rozé-khwan*, narrador e carpideiro, atiça as lágrimas dos fiéis, seus gritos, seu sangue.

Um homem sai da sombra, voluntário da dor. Pés descalços, torso nu, em volta das mãos duas correntes enroladas; lança-as no ar e as deixa cair em suas costas; os ferros são lisos, a pele se fere, fica marcada, mas resiste, são necessários trinta, cinquenta golpes, para que o primeiro sangue apareça, líquido negro que se espalha em jatos fascinantes. Teatro do sofrimento, jogo milenar da paixão.

A flagelação fica mais vigorosa, é acompanhada de uma respiração ruidosa a que a multidão faz eco, os golpes se repetem, aquele que narra eleva a voz para encobrir seu martelar. Surge então um ator, que com seu sabre ameaça os espectadores, com suas caretas atrai imprecações. Seguem-se algumas saraivadas de pedras. Não fica muito tempo em cena, logo aparece sua vítima. A multidão grita. Eu mesmo não consegui ficar calado. Pois o homem se arrasta no chão, decapitado.

Horrorizado, eu me volto para o reverendo; ele me tranquiliza com um sorriso frio, cochicha:

— É um velho truque, trazem uma criança ou um homem muito baixo, fixam sobre sua cabeça a cabeça cortada de um carneiro, revirada de modo que o pescoço sanguinolento fique para cima, e recobre-se o todo com um pano branco com um furo no lugar certo. Como pode ver, o efeito é impressionante.

Suga seu cachimbo. O decapitado saltita e gira no palco por longos minutos. Antes de ceder o lugar para um estranho personagem que chora.

Baskerville!

De novo, dirijo meu olhar ao reverendo; ele se contenta em devolver um enigmático erguer de sobrancelhas.

O mais extraordinário é Howard estar vestido como um americano, usa até um chapéu que, apesar do ambiente de tragédia, tem um irresistível toque cômico.

A multidão, no entanto, grita, se lamenta e, até onde posso ver, não há nos rostos o menor indício de que estejam se divertindo. Exceto no do pastor, que se digna enfim a esclarecer:

— Nessas cerimônias fúnebres, sempre há um personagem europeu que, curiosamente, faz parte dos "bons". A tradição conta que um embaixador franco na corte omíada se emocionou com a morte de Hussein, mártir supremo dos xiitas, e que manifestou de forma tão ruidosa sua reprovação ao crime que ele mesmo foi morto. Claro que eles não têm um europeu sempre à mão para subir no palco, então pegam um turco, ou um persa de pele mais clara. Desde que Baskerville está em Tabriz, no entanto, é a ele que apelam para desempenhar o papel. Atua maravilhosamente. Chora de verdade!

Nesse momento, o homem do sabre volta, faz movimentos exagerados em torno de Baskerville. Este se imobiliza, com um piparote faz cair seu chapéu, descobrindo seus cabelos louros cuidadosamente divididos do lado por uma risca, depois, com uma lentidão de autômato, cai de joelhos, deita-se no chão, um raio ilumina seu rosto de criança imberbe e suas bochechas cobertas de lágrimas, uma mão próxima joga sobre seu terno preto um punhado de pétalas.

Não ouço mais a multidão, tenho os olhos cravados em meu amigo, espero angustiadamente que se levante. A cerimônia me parece interminável. Estou ansioso para recuperá-lo.

Uma hora depois, encontramo-nos na missão, em torno de uma sopa de romã. O pastor nos deixou sozinhos. Um silêncio incômodo nos fazia companhia. Os olhos de Baskerville ainda estavam vermelhos.

— Recupero lentamente minha alma ocidental — desculpou-se com um sorriso sem graça.

— Leve o tempo que for preciso. O século acaba de começar.

Tossiu, levou a tigela quente aos lábios, perdeu-se outra vez em uma silenciosa contemplação.

Depois disse sofregamente:

— Quando cheguei a este país, não conseguia compreender como homens adultos e barbados choravam e se afligiam por um assassinato ocorrido há 1200 anos. Agora entendi. Se os persas vivem no passado, é porque o passado é sua pátria, porque o presente é para eles uma terra estrangeira em que nada lhes pertence. Tudo que para nós é símbolo de vida moderna, de expansão libertária do homem, para eles é símbolo de dominação estrangeira: as estradas são a Rússia; o trem, o telégrafo, o banco são a Inglaterra; o correio é a Áustria-Hungria...

— ... E o ensino de ciências é Baskerville, da missão presbiteriana americana.

— Exatamente. Que escolha têm as pessoas de Tabriz? Deixar seus filhos na escola tradicional, onde recitarão por dez anos as mesmas frases disformes que seus antepassados já recitavam no século XII; ou então enviá-los às minhas aulas, onde terão um ensino equivalente ao de crianças americanas, mas à sombra de uma cruz e de uma bandeira estrelada. Meus alunos serão os melhores, os mais hábeis, os mais úteis a seu país, mas como impedir os outros de vê-los como renegados? Desde a primeira semana de minha estadia, eu me fiz essa pergunta, e foi numa cerimônia como essa a que você acaba de assistir que encontrei a solução.

Misturei-me com a multidão, em volta de mim aumentavam os gemidos. Observando aqueles rostos cobertos de lágrimas, devastados, vendo aqueles olhos amedrontados, perdidos e suplicantes, toda a miséria da Pérsia se revelou a mim, almas em farrapos assediadas por lutos infindos. E, sem que eu me desse conta, minhas lágrimas começaram a escorrer. Na plateia perceberam isso, me olharam, se emocionaram, me empurraram para o palco, onde me fizeram representar o papel do embaixador franco. No dia seguinte, os pais de meus alunos vieram à minha casa; estavam felizes de poder, a partir de então, responder àqueles que os criticavam por mandar seus filhos para a missão presbiteriana: 'Confiei meu filho ao professor que chorou pelo imã Hussein'. Alguns chefes religiosos ficaram irritados, sua hostilidade comigo explica-se por meu sucesso, preferem que os estrangeiros se pareçam com estrangeiros.

Eu começava a entender melhor seu comportamento, mas meu ceticismo persistia:

— Então, você acha que a solução para os problemas da Pérsia é juntar-se ao grupo de chorões!

— Não disse isso. Chorar não é uma receita. Nem uma habilidade. É apenas um gesto nu, ingênuo, que dá pena. Ninguém deve se forçar a derramar lágrimas. O importante é não desprezar a tragédia dos outros. Quando me viram chorar, quando me viram abandonar a soberana indiferença do estrangeiro, vieram me dizer em tom de confidência que não adianta nada chorar, que a Pérsia não precisa de chorões suplementares e que o melhor que eu poderia fazer era dar aos filhos de Tabriz o ensino adequado.

— Sábias palavras. Ia dizer-lhe a mesma coisa.

— Mas, se eu não tivesse chorado, ninguém teria vindo falar comigo. Se não tivessem me visto chorar, não me deixariam dizer aos alunos que o xá era podre e que os chefes religiosos de Tabriz também não valiam grande coisa.

— Você disse isso na sala de aula?

— Sim, disse, eu, o jovem americano sem barba, eu, o professorzinho da escola da missão presbiteriana, condenei coroa e turbantes, e meus alunos me deram razão, seus pais também. Só o reverendo ficou indignado.

Vendo que eu estava perplexo, completou:

— Também falei aos alunos de Khayyam, contei que milhões de americanos e europeus têm seu *Rubaiyat* como livro de cabeceira, fiz com que aprendessem de cor os versos de FitzGerald. No dia seguinte, um avô veio me ver, emocionado ainda com o que o neto havia contado, e disse: "Nós também respeitamos muito os poetas americanos!". Claro que ele teria muita dificuldade em citar um único, mas não importa, para ele era uma maneira de expressar seu orgulho e reconhecimento. Infelizmente, nem todos os pais reagiram assim, um deles veio se queixar. Na frente do pastor, me disse: "Khayyam era um bêbado e um ímpio!". Respondi: "Dizendo isso, você não insulta Khayyam, mas exalta a bebedeira e a impiedade!". O reverendo só faltou se matar.

Howard riu como criança. Incorrigível e tocante.

— Então você reivindica alegremente tudo de que o acusam. Seria também um Filho de Adão?

— O reverendo também lhe disse isso? Tenho a impressão de que falaram muito sobre mim.

— Só tínhamos esse assunto em comum.

— Não vou esconder nada de você, tenho a consciência tão pura quanto o hálito de um recém-nascido. Há mais ou menos dois meses um homem veio me ver. Gigante bigodudo, mas tímido, perguntou se eu faria uma conferência na sede do *anjuman*, uma associação da qual ele é membro. Sobre que tema? Você nunca vai adivinhar. Sobre a teoria de Darwin! No clima de agitação política que reina no país, achei o pedido divertido e emocionante. Aceitei. Juntei tudo o que tinha sobre o cientista, apresentei as teses de seus detratores, acho que minha fala era aborrecida, mas a sala estava lotada e me ouviram religiosamente. Desde então fui a outras reuniões sobre os mais diversos temas. Há entre esses indivíduos uma imensa sede de saber. São também os mais determinados defensores da Constituição. Vou visitá-los para saber as últimas notícias de Teerã. Deveria conhecê-los, sonham com o mesmo mundo que você e eu.

37

À noite, no mercado de Tabriz, poucas lojas ficam abertas, mas as ruas estão animadas, os homens transformam as esquinas em salas, com cadeiras de vime em círculos, rodas de *kalyan* cuja fumaça apaga pouco a pouco os mil odores do dia. Eu seguia Howard. Ele saía de uma ruela e entrava em outra sem sombra de hesitação; de quando em quando parava para cumprimentar o pai de um aluno, por onde andava os garotos interrompiam suas brincadeiras para deixá-lo passar.

Chegamos enfim diante de um portão carcomido pela ferrugem. Meu companheiro o empurrou, atravessamos um jardinzinho cheio de arbustos até uma casa de barro cuja porta, após sete batidas, se abriu, rangendo, para um grande aposento iluminado por uma fileira de lampiões pendurados no teto, que o vento balançava sem parar. As pessoas presentes deviam estar acostumadas; fiquei logo com a impressão de ter entrado numa barcaça insegura. Não conseguia focar em nenhum ponto, em nenhum rosto, sentia a necessidade de me deitar o mais rápido possível e fechar os olhos por alguns instantes. Mas a recepção se eternizava. No encontro dos Filhos de Adão, Baskerville não era um desconhecido, uma efervescência o acolhia, e por acompanhá-lo tive direito a abraços fraternais, devidamente renovados quando Howard revelou que eu estava na origem de sua vinda para a Pérsia.

Quando achei que chegara a hora de eu me sentar e de enfim me encostar à parede, um homem se levantou, grande, no fundo do aposento. Sobre seus ombros, uma longa capa branca o distinguia, sem a menor dúvida, como o personagem mais importante da assembleia. Deu um passo em minha direção:

— Benjamin!

Levantei-me, dei dois passos, esfreguei os olhos. Fazel! Caímos nos braços um do outro com gritos de surpresa.

Para explicar essa efusividade, que correspondia pouco a seu temperamento, ele disse a seus camaradas:

— O sr. Lesage era amigo de Sayyid Djamaluddin!

Naquele momento, deixei de ser um visitante ilustre para me tornar monumento histórico, ou santa relíquia; começaram a se aproximar de mim com uma veneração embaraçosa.

Apresentei Howard a Fazel — eles só se conheciam de nome; fazia um ano que Fazel não vinha a Tabriz, sua cidade natal. Aliás, sua presença nessa noite, entre essas paredes descascadas, sob as luzes dançantes, tinha algo de insólito e inquietante. Ele não era um dos líderes dos parlamentares democratas, um pilar da revolução constitucional? Seria o momento de se distanciar da capital? Perguntas que lhe fiz. Pareceu incomodado. No entanto, eu tinha falado com ele em francês e em voz baixa. Olhou furtivamente em volta e então, como resposta, me perguntou:

— Onde você está hospedado?

— No caravançará do bairro armênio.

— Irei vê-lo mais tarde.

Perto da meia-noite, éramos seis em meu quarto. Baskerville, eu, Fazel e três companheiros dele, que ele me apresentou apenas por prenomes sumários, para manter suas identidades secretas.

— Você me perguntou na sede do *anjuman* por que eu estava aqui e não em Teerã. Bem, porque a capital já está perdida para a Constituição. Eu não podia anunciar nesses termos para trinta pessoas, iria insuflar o pânico. Mas é a verdade.

Estávamos muito consternados para reagir. Explicou:

— Há duas semanas, um jornalista de São Petersburgo veio me ver, é correspondente do *Ryech*. Chama-se Panoff, mas assina com o pseudônimo "Tané".

Eu já tinha ouvido falar dele, cujos artigos às vezes eram citados na imprensa de Londres.

— É um social-democrata — continuou Fazel —, um inimigo do tsarismo, mas, chegando a Teerã há alguns meses, conseguiu esconder suas convicções, arrumou contatos na embaixada russa e, não sei por que acaso, por que estratagema, conseguiu pôr as mãos em documentos comprometedores: um projeto de golpe de Estado que os cossacos executariam para impor novamente a monarquia absoluta. Tudo estava escrito, preto no branco. Bandidos seriam soltos no mercado para minar a confiança dos comerciantes no novo regime, alguns chefes religiosos iriam endereçar súplicas ao xá, pedindo que abolisse a Constituição, que seria contrária ao islã. Claro, Panoff corria riscos me trazendo esses documentos. Agradeci a ele e na mesma hora pedi uma reunião extraordinária do Parlamento. Expus os fatos detalhadamente, exigi a destituição do monarca, sua substituição por um de seus filhos jovens, a dissolução da brigada dos cossacos, a prisão dos religiosos incriminados. Vários oradores sucederam-se na tribuna para expressar sua indignação e apoiar minhas propostas. De repente, um oficial de Justiça veio nos informar que os ministros plenipotenciários da Rússia e da Inglaterra estavam no prédio e tinham uma nota urgente para nos transmitir. A sessão foi suspensa, o presidente do *Majlis* e o primeiro-ministro saíram; quando voltaram, pareciam cadáveres. Os diplomatas acabavam de avisá-los de que se o xá fosse deposto as duas potências se veriam na lamentável obrigação de intervir militarmente. Preparavam-se para nos estrangular e ainda nos proibiam de nos defendermos!

— Por que essa intransigência? — perguntou Baskerville, chocado.

— O tsar não quer uma democracia em suas fronteiras, a palavra Parlamento o faz tremer de raiva.

— Mas não é o caso dos britânicos!

— Não. Mas se os persas conseguirem governar-se como adultos, isso poderá dar ideias aos indianos! E para a Inglaterra só restaria arrumar as malas. E ainda há o petróleo. Em 1901, um súdito britânico, Knox d'Arcy, obteve, por 20 mil libras esterlinas, o direito de explorar petróleo em todo o império persa. Até agora, a produção foi insignificante, mas, há algumas semanas, reservas imensas foram descobertas na região das tribos bakhtiaris, vocês devem ter ouvido falar. Isso pode representar uma fonte importante de recursos para o país. Pedi então ao Parlamento que revisasse o acordo com Londres, para conseguirmos condições mais equânimes; a maioria dos deputados concordou comigo. Desde então, o ministro da Inglaterra não me convidou mais para ir à sua casa.

— No entanto, foi nos jardins de sua embaixada que aconteceu o *bast* — eu disse, pensativo.

— Na época os ingleses estimavam que a influência russa era muito grande, que não sobraria para eles um bom pedaço do bolo persa; então, nos encorajaram a protestar, abriram seus jardins; dizem até que foram eles que imprimiram a fotografia comprometedora do sr. Naus. Quando nosso movimento triunfou, Londres conseguiu obter do tsar um acordo de partilha: o norte da Pérsia seria zona de influência russa, o sul ficaria reservado para a Inglaterra. Assim que os britânicos conseguiram o que queriam, nossa democracia subitamente deixou de lhes interessar; como o tsar, agora viam apenas os inconvenientes e preferiam vê-la desaparecer.

— Com que direito? — explodiu Baskerville.

Fazel dirigiu a ele um sorriso paternal, em seguida continuou seu relato:

— Depois da visita dos dois diplomatas, os deputados ficaram desanimados. Incapazes de enfrentar tantos inimigos de uma só vez, não acharam nada melhor do que atacar o infeliz Panoff. Vários oradores acusaram-no de falsificador e anarquista, cujo objetivo seria provocar uma guerra entre a Pérsia e a Rússia. O jornalista foi comigo ao Parlamento, deixei-o num escritório perto da porta da tribuna para que pudesse dar seu testemunho caso fosse necessário. Então, os deputados pediram que fosse preso e entregue à embaixada do tsar. Uma moção nesse sentido foi apresentada. Esse homem que nos ajudara contra seu próprio governo seria entregue aos carrascos! Eu, que costumo ser muito calmo, não consegui me controlar, subi numa cadeira, gritei como um demente: "Juro, pela terra onde meu pai está enterrado, que se esse homem for preso chamarei os Filhos de Adão e afundarei este Parlamento em sangue. Nenhum daqueles que votaram por essa moção sairá daqui vivo!". Poderiam ter retirado minha imunidade e me prendido também. Não ousaram. Suspenderam a sessão até o dia seguinte. Naquela noite deixei a capital e vim para minha cidade natal, aonde cheguei hoje. Panoff me acompanhou, está escondido em algum lugar de Tabriz, esperando para seguir para o estrangeiro.

Nossa conversa se prolongou. Logo a aurora nos surpreendeu, os primeiros chamados para as orações ressoaram, a luz se fez mais viva. Discutimos, construímos mil futuros sombrios, e continuamos discutindo, cansados demais para parar. Baskerville espreguiçou-se, interrompeu-se em pleno voo, consultou seu relógio e se levantou como um sonâmbulo, coçando a nuca com dificuldade:

— Seis horas já, meu Deus, uma noite em claro! Com que cara vou enfrentar meus alunos? E o que vai dizer o reverendo me vendo chegar a esta hora?

— Você sempre pode dizer que estava com uma mulher.

Mas Howard não tinha mais humor para rir.

Não quero falar em coincidência, posto que o acaso não tem papel importante nessa história, mas devo assinalar que no momento em que Fazel acabou de descrever, com fé nos documentos subtilizados por Panoff, o que se tramava contra a jovem democracia persa, a execução do golpe de Estado começara.

Na verdade, como eu soube depois, foi por volta das quatro da manhã daquela quarta-feira, 23 de junho de 1908, que um contingente de mil cossacos, comandado pelo coronel Liakhov, se dirigiu ao Baharistan, a sede do Parlamento, no coração de Teerã. O prédio foi cercado, suas saídas controladas. Membros de um *anjuman* local, notando o movimento das tropas, correram para uma escola vizinha onde um telefone havia sido instalado recentemente, para chamar alguns deputados e religiosos democratas, como o aiatolá Behbahani e o aiatolá Tabatabai. Antes do amanhecer, eles foram para lá com o objetivo de afirmar, com sua presença, seu apreço pela Constituição. Curiosamente, os cossacos deixaram-nos passar. Tinham ordens de impedir a saída, não a entrada.

A multidão de manifestantes não parava de aumentar. Ao raiar do dia, eram muitas centenas, entre eles inúmeros Filhos de Adão. Portavam carabinas, mas com pouca munição, cerca de sessenta cartuchos cada um, nada que permitisse sustentar um cerco. E hesitavam em fazer uso das armas e munições. Tomaram posição nos telhados e atrás das janelas, mas não sabiam se deviam atirar primeiro e dar, assim, o sinal para uma inevitável matança, ou se deviam esperar passivamente que os preparativos do golpe de Estado terminassem.

Pois era bem isso que ainda retardava o assalto dos cossacos. Liakhov, cercado por oficiais russos e persas, ocupava-se em distribuir suas tropas, assim como seus canhões, que eram seis nesse dia, o mais mortal instalado na praça Tupkhaneh. Várias vezes o coronel passou, a cavalo, pela linha de mira dos defensores, mas as personalidades presentes impediram os "Filhos de Adão" de abrir fogo, com medo de que o tsar usasse o incidente como pretexto para invadir a Pérsia.

Foi no meio da manhã que a ordem de atacar foi dada. Ainda que desigual, o combate durou seis, sete horas. Com uma série de ajudas audaciosas, os resistentes conseguiram destruir três canhões.

Era apenas o heroísmo do desespero. Ao cair do sol, a bandeira branca da derrota foi içada sobre o primeiro Parlamento da história persa. Minutos depois do último tiro, no entanto, Liakhov ordenou a seus artilheiros que voltassem a atirar. As ordens do tsar eram claras: não bastava abolir o Parlamento, era preciso também destruir o prédio que o abrigara, para que os habitantes de Teerã o vissem em ruínas e que isso servisse para sempre como lição.

38

Os combates ainda não haviam cessado na capital quando os primeiros tiroteios começaram em Tabriz. Eu havia ido buscar Howard na saída das aulas, tínhamos um encontro marcado na sede do *anjuman* para irmos almoçar com Fazel na casa de um de seus parentes. Não estávamos ainda dentro do labirinto do mercado, quando escutamos alguns tiros, aparentemente próximos.

Com uma curiosidade marcada pela inconsciência, nós nos dirigimos ao local de onde os barulhos vinham. Para ver, a uns cem metros, uma multidão vociferante que avançava: poeira, fumaça, uma floresta de porretes, fuzis e tochas incandescentes, gritos que eu não compreendia, pois eram em *azeri*, a língua turca do povo de Tabriz. Baskerville esforçava-se para traduzir: "Morte à Constituição! Morte ao Parlamento! Morte aos ateus! Viva o xá!". Dezenas de cidadãos corriam em todos os sentidos. Um velhote arrastava com uma corda uma cabra assustada. Uma mulher tropeçou; seu filho, de seis anos no máximo, ajudou-a a se levantar e apoiou-a enquanto ela recomeçava a fuga mancando.

Apressamos o passo na direção de nosso ponto de encontro. No caminho, um grupo de jovens levantava uma barricada, dois troncos de árvores sobre os quais se amontoavam, em total desordem, mesas, tijolos, cadeiras, cofres, barris. Reconheceram-nos, nos deixaram passar, aconselhando-nos a andar rápido, pois "eles vêm por aqui", "querem incendiar o bairro", "juraram que vão massacrar todos os Filhos de Adão".

Na sede do *anjuman*, quarenta, cinquenta homens estavam em volta de Fazel, único que não portava um fuzil. Apenas uma pistola, uma Mannlicher austríaca que parecia servir apenas para indicar a cada um o lugar que deveria ocupar. Estava calmo, menos angustiado do que na véspera, calmo como pode ficar um homem de ação quando a insuportável espera termina.

— Vejam — disse num tom imperceptivelmente triunfante. — Tudo o que Panoff anunciou era verdade. O coronel Liakhov deu seu golpe de Estado, se autoproclamou governador militar de Teerã e impôs o toque de recolher. Desde hoje de manhã, a caça aos apoiadores da Constituição foi aberta na capital e em todas as outras cidades. Começando por Tabriz.

— Tudo se espalhou tão depressa! — admirou-se Howard.

— Foi o cônsul da Rússia, que, avisado por telegrama do desencadeamento do golpe de Estado, informou logo cedo os chefes religiosos de Tabriz. Estes chamaram seus apoiadores para se reunir ao meio-dia no Devechi, bairro dos condutores de camelos. Dali, espalharam-se pela cidade. Foram primeiro à casa de um jornalista amigo meu, Ali Mechedi, tiraram-no de casa em meio aos gritos de sua mulher e de sua mãe, cortaram sua garganta e a mão direita, depois o abandonaram numa poça de sangue. Mas não tenham medo, antes desta noite Ali será vingado.

Sua voz o traía, permitiu-se um momento de trégua, respirou profundamente, depois prosseguiu:

— Se vim a Tabriz, foi porque sei que a cidade resistirá. O solo sobre o qual estamos neste instante ainda é regido pela Constituição. A partir de agora aqui é a sede do Parlamento, a sede do governo legítimo. Será uma bela batalha, e acabaremos ganhando. Sigam-me!

Nós o seguimos, assim como uma meia dúzia de apoiadores. Conduziu-nos para o jardim, deu a volta na casa até uma escada de madeira cuja extremidade se perdia em meio a espessas folhagens. Chegamos ao telhado, atravessamos uma passarela, novamente mais alguns degraus, e nos encontramos em um quarto com paredes grossas e janelas pequenas, que pareciam seteiras. Fazel convidou-nos a dar uma olhada: dominávamos a entrada mais vulnerável do bairro, interditada agora por uma barricada. Atrás, cerca de vinte homens, joelho no chão, carabinas apontadas.

— Há outras — explicou Fazel —, igualmente determinadas. Fecham todas as saídas do bairro. Se a malta chegar, será recebida como merece.

A "malta", como ele chamou, não estava longe. Devia ter parado no caminho para incendiar duas ou três casas que pertenciam a Filhos de Adão, mas não se desarmava, clamores e tiros se aproximavam.

De repente, sentimos uma espécie de tremor. Mesmo esperando, mesmo com a proteção de uma parede, o espetáculo de uma multidão desenfreada gritando por morte e vindo diretamente em sua direção é provavelmente a experiência mais assustadora que existe.

Instintivamente, perguntei:

— Quantos são?

— Mil, 1500 no máximo — respondeu Fazel em voz alta e de maneira clara e tranquilizadora.

Depois acrescentou, como uma ordem:

— Agora cabe a nós assustá-los.

Pediu que seus ajudantes nos dessem fuzis. Entre Howard e mim houve uma troca de olhares quase divertidos; sopesávamos aqueles objetos frios com fascinação e repugnância.

— Postem-se nas janelas — ordenou Fazel — e atirem em qualquer um que se aproximar. Preciso deixá-los, tenho uma surpresa para esses bárbaros.

Mal havia saído e a batalha começou. Falar de batalha é sem dúvida exagero. Os desordeiros chegaram, uma horda vociferante e descerebrada, e sua vanguarda atirou-se contra a barricada como numa corrida de obstáculos. Os Filhos de Adão atiraram. Uma salva. Depois outra. Uma dezena de agressores caiu, o resto recuou, um único conseguiu escalar a barricada, para ser espetado por uma baioneta. Um grito horrível de agonia se seguiu; desviei os olhos.

O grosso dos manifestantes mantinha-se prudentemente atrás, contentando-se em repetir com voz esganiçada os mesmos slogans:

"Morte!". Então, um grupo se lançou novamente para atacar a barricada, dessa vez com um pouco mais de método, quer dizer, atirando nos defensores e nas janelas de onde partiam os tiros. Um Filho de Adão alvejado na testa foi a única perda desse lado. Logo a salva de tiros de seus companheiros recomeçava a derrubar as primeiras linhas dos agressores.

A ofensiva perdia fôlego, recuava, eles discutiam ruidosamente. Reagrupavam-se para uma nova tentativa, quando um estrondo sacudiu o bairro. Um obus acabara de aterrissar no meio dos manifestantes, provocando uma carnificina seguida de debandada. Os defensores então levantaram seus fuzis, gritando: "*Machrouté! Machrouté!*" — Constituição! Do outro lado da barricada, viam-se dezenas de corpos estendidos. Howard sussurrou:

— Minha arma continua fria, não atirei nem um cartucho. E você?

— Também não.

— Ter na minha linha de mira a cabeça de um desconhecido e apertar o gatilho para matá-lo...

Fazel chegou pouco depois. Jovial.

— O que acharam da minha surpresa? É um velho canhão francês, um *de Bange* que um oficial do Exército imperial nos vendeu. Está em cima do telhado, venham admirá-lo! Logo vamos instalá-lo no centro da maior praça de Tabriz e escreveremos embaixo: "Este canhão salvou a Constituição!".

Achei sua ideia otimista demais, ainda que não pudesse negar que, em poucos minutos, ele conseguira uma vitória significativa. Seu objetivo era claro: manter uma pequena ilha onde os últimos fiéis da Constituição pudessem se reunir, se proteger, mas principalmente refletir juntos sobre seus atos futuros.

Se nos tivessem dito, nesse turbulento dia de junho, que a partir de algumas ruelas emaranhadas do mercado de Tabriz, com nossas duas braçadas de fuzis Lebel e nosso único canhão *de Bange*, devolveríamos à Pérsia inteira sua liberdade roubada, quem acreditaria?

Foi o que aconteceu, mas não sem que o mais puro de nós pagasse com a vida.

39

Dias sombrios na história do país de Khayyam. Era essa a aurora prometida ao Oriente? De Isfahan a Kazvin, de Chiraz a Hamadan, os mesmos gritos saíam de 100 mil peitos cegos: "Morte! Morte!". Daí em diante, foi preciso esconder-se para falar em liberdade, democracia, justiça. O futuro tornara-se apenas um sonho proibido, os apoiadores da Constituição eram perseguidos pelas ruas, as sedes dos Filhos de Adão, devastadas, seus livros empilhados e queimados. Em nenhum lugar, em toda a extensão da Pérsia, o odioso movimento fora contido.

Em nenhum lugar além de Tabriz. E na heroica cidade, quando se encerrou enfim o interminável dia do golpe de Estado, dos trinta principais bairros apenas um resistia, Amir-Khiz, no extremo noroeste do mercado. Naquela noite, algumas dezenas de jovens apoiadores se revezaram para proteger os acessos, enquanto na sede do *anjuman*, transformada em quartel-general, Fazel traçava flechas ambiciosas em um mapa amassado.

Éramos cerca de uma dúzia seguindo com fervor os movimentos de seu lápis, que amplificavam o tremor dos lampiões. O deputado endireitou-se.

— Os inimigos ainda estão sob o impacto das perdas que lhes infligimos. Acham que somos mais fortes do que somos. Não têm canhões e não sabem quantos temos. Devemos aproveitar para ampliar sem delongas nosso território. O xá não tardará a enviar tropas, estarão em Tabriz em algumas semanas. Daqui até lá, precisamos libertar a cidade inteira. A partir desta noite, vamos atacar.

Ele se inclinou, todas as cabeças se inclinaram, cabeças nuas, cabeças cobertas ou enfaixadas.

— Atravessamos o rio de surpresa — explicou —, avançamos na direção do forte, o atacamos dos dois lados, pelo mercado e pelo cemitério. Antes de anoitecer, será nosso.

O forte só foi tomado dez dias depois. Em todas as ruas os combates eram mortais, mas os resistentes avançavam, levando vantagem em todas as escaramuças. Alguns Filhos de Adão ocuparam no sábado o escritório do Indo-European Telegraph e graças a isso puderam manter ligações com Teerã, com outras cidades do país e com Londres e Bombaim. No mesmo dia, um quartel da polícia aliou-se a eles, trazendo, como dote, uma metralhadora Maxim e trinta caixas de munição. Esses sucessos devolveram confiança à população, jovens e velhos se encorajaram, afluíam às centenas para os bairros libertados, às vezes com suas armas. Em algumas semanas, o inimigo foi empurrado para a periferia. Só permaneceu nas mãos dele, no nordeste da cidade, uma zona pouco povoada que se estendia do bairro dos condutores de camelo ao campo de Sahib-Divan.

No meio de julho, foi constituído um exército de voluntários e uma administração provisória, na qual coube a Howard a responsabilidade pelo reabastecimento. Ele então passava a maior parte do tempo cruzando o mercado para fazer um levantamento das provisões; os comerciantes mostraram-se admiravelmente cooperativos. Ele navegava maravilhosamente pelo sistema persa de pesos e medidas.

— É preciso esquecer — me dizia — litros, quilos, onças e quartilhos. Aqui falamos em *djaw*, *miskal*, *syr* e *kharvar*, que é o carregamento do asno.

Tentava me ensinar:

— A unidade de base é o *djaw*, que é um grão de cevada de tamanho médio com sua película, mas de cujas extremidades foi cortada a pequena barba que as ultrapassa.

— É bem rigoroso — eu gargalhava.

O professor dirigia ao aluno um olhar repreensivo. Para me emendar, me senti obrigado a provar minha aplicação:

— O *djaw* então é a menor unidade de medida.

— Claro que não — indignou-se Howard.

Ele voltava imperturbavelmente a suas anotações:

— O peso de um grão de cevada equivale ao de setenta grãos de mostarda, ou, se preferir, a seis crinas do rabo de uma mula.

Em comparação, minha função era leve. Considerando minha ignorância da língua local, eu tinha como única missão manter contato com cidadãos estrangeiros para tranquilizá-los sobre as intenções de Fazel e para cuidar de sua segurança.

É preciso dizer que Tabriz fora, até a construção da ferrovia transcaucasiana, vinte anos antes, a porta da Pérsia, passagem obrigatória para viajantes, mercadorias e ideias. Várias empresas europeias tinham sucursais ali, como a alemã MM. Mossig e Schünemann, ou a Sociedade Anônima de Comércio Oriental, importante firma austríaca. Havia também consulados, a missão presbiteriana americana e diversas outras instituições, e fico feliz em dizer que em nenhum momento, ao longo dos meses difíceis do cerco, os cidadãos estrangeiros foram considerados alvos.

Melhor ainda, uma emocionante confraternização reinava. Não quero falar de Baskerville, de mim nem de Panoff, que rapidamente se juntou ao movimento. Quero saudar aqui outras pessoas, como o sr. Moore, correspondente do *Manchester Guardian*, que, não hesitando em pegar em armas ao lado de Fazel, foi ferido em combate; ou o capitão Anginieur, que nos ajudou a resolver inúmeros problemas logísticos e que, com seus artigos na *Asie Française*, contribuiu para suscitar em Paris e no mundo inteiro o movimento de solidariedade que salvou Tabriz do destino atroz que a ameaçava. A presença ativa dos estrangeiros foi para alguns religiosos da cidade um argumento contra os defensores da Constituição, "um amontoado" — cito — "de europeus, americanos, *babis*, descrentes de todos os tipos". A população, no entanto, mantinha-se impermeável a essa propaganda e nos cercava de uma grata afeição, cada homem era um irmão para nós, cada mulher uma irmã ou mãe.

Sinto necessidade de ser mais preciso: foram os próprios persas que, desde o primeiro dia, deram à Resistência o apoio mais espontâneo e massivo. Primeiro os habitantes livres de Tabriz, depois os refugiados, que, em razão de suas convicções, tiveram que fugir de suas cidades ou de suas aldeias para encontrar proteção no último bastião da Constituição. Foi esse o caso de centenas de Filhos de Adão, vindos de todos os cantos do império e que queriam apenas portar uma arma. Foi também o caso de vários deputados, ministros e jornalistas de Teerã, que conseguiram escapar da gigantesca rede jogada pelo coronel Liakhov e chegavam em geral em pequenos grupos, extenuados, abatidos, desamparados.

A recruta mais preciosa, no entanto, foi indiscutivelmente Chirine, que desafiou o toque de recolher e saiu de automóvel da capital sem que os cossacos ousassem detê-la. Seu Landaulet foi recebido com encantamento pela população, ainda mais sendo seu motorista de Tabriz um dos poucos persas a dirigir um veículo como aquele.

A princesa instalou-se num palácio abandonado, construído por seu avô, o velho xá assassinado, que pretendia passar ali um mês por ano. Mas desde a primeira noite, diz a lenda, foi dominado por um mal-estar, e seus astrólogos aconselharam-no a nunca mais pôr os pés num lugar com tamanho mau augúrio. Fazia trinta anos que ninguém entrava ali; chamavam-no, não sem temor, o Palácio Vazio.

Chirine não hesitou em desafiar a má sorte, e desde então sua casa tornou-se o coração da cidade. Em seus grandes jardins, ilha de frescor nas noites de verão, os dirigentes da Resistência amavam se reunir. Com frequência eu estava com eles.

A princesa sempre parecia feliz ao me ver, nossa correspondência havia tecido entre nós uma cumplicidade na qual ninguém poderia se insinuar. Claro que nunca ficávamos a sós; havia em cada reunião ou em cada refeição dezenas de companheiros. Debatíamos incansavelmente, brincávamos às vezes, mas sem exageros. A familiaridade não é tolerada na Pérsia, as formas de tratamento são minuciosas e grandiloquentes, com frequência nos nomeamos "o escravo da sombra da grandeza" do indivíduo a quem nos dirigimos e, quando tratamos com altezas, sobretudo altezas mulheres, nos pomos a beijar o chão, se não em atos pelo menos com o uso de fórmulas empoladas.

Então houve aquela perturbadora noite de quinta-feira. Dia 17 de setembro, exatamente. Como esquecer?

Por cem diferentes razões, nossos companheiros todos haviam ido embora, eu mesmo estava saindo junto com os últimos. No momento de atravessar o portão externo da propriedade, eu me dei conta de que havia deixado perto de minha cadeira uma pasta em que guardava papéis importantes. Voltei pelo mesmo caminho, mas sem nenhuma intenção de rever a princesa; estava convencido de que, depois de se despedir de seus visitantes, ela teria se retirado.

Não. Ainda estava sentada, sozinha, entre vinte cadeiras abandonadas. Preocupada, distante. Sem deixar de olhá-la, peguei minha pasta o mais lentamente possível. Chirine continuava imóvel, de perfil, sem notar minha presença. Num silêncio recolhido, sentei-me e passei a contemplá-la. Com a impressão de me encontrar doze anos antes, revia nós dois em Constantinopla, no salão de Djamaluddin. Na época ela estava assim, de perfil, com uma echarpe azul coroando sua cabeleira e descendo até o pé de sua cadeira. Que idade ela tinha? Dezessete anos? Dezoito? Essa que hoje tinha trinta era uma mulher serena, uma mulher madura, soberana. Tão delgada quanto no primeiro dia. Soube evidentemente resistir à tentação das mulheres de seu nível: preguiçosas e gulosas, acomodadas até o fim de seus dias num divã de opulência. Será que se casou, seria divorciada ou viúva? Nunca falamos disso.

Eu queria dizer com uma voz segura: "Amei você desde Constantinopla". Meus lábios tremeram, depois se fecharam sem emitir nenhum som.

Chirine, no entanto, virou-se para mim docemente. Observou-me sem surpresa, como se não tivesse nem partido nem voltado. Seu olhar hesitou, escolheu falar sem formalidade:

— No que você está pensando?

A resposta pulou dos meus lábios:

— Em você. De Constantinopla a Tabriz.

Um sorriso, talvez embaraçado, mas que não representava de modo algum uma barreira, percorreu seu rosto. Não achei nada melhor para dizer do que citar sua frase, que entre nós se tornara um código de reconhecimento:

— Nunca se sabe, nossos caminhos podem se cruzar!

Alguns segundos de lembranças mudas nos invadiram. Depois Chirine disse:

— Não deixei Teerã sem o livro.

— O *Manuscrito de Samarcanda*?

— Está sempre em cima da cômoda, perto de minha cama, nunca me canso de folheá-lo, sei de cor os *Rubaiyat* e a crônica escrita em suas margens.

— Daria dez anos de minha vida por uma noite com esse livro.

— Eu daria uma noite de minha vida.

No instante seguinte, eu estava inclinado sobre o rosto de Chirine, nossos lábios se tocaram, nossos olhos se fecharam, não havia mais nada à nossa volta além da monotonia do canto das cigarras amplificado em nossos ouvidos ensurdecidos. Beijo prolongado, beijo ardente, beijo de anos atravessados e de barreiras derrubadas.

Com medo de que outros visitantes chegassem, de que criados se aproximassem, nos levantamos e eu a segui por um caminho coberto, uma portinha escondida, uma escada com degraus quebrados até o apartamento do antigo xá, de que sua neta havia se apropriado. Duas pesadas portas se fecharam, uma fechadura maciça, e ficamos sozinhos, juntos. Tabriz não era mais uma cidade separada do mundo, era o mundo que definhava longe de Tabriz.

Numa majestosa cama com colunas e tecidos, abracei minha amante real. Com minha mão desfiz cada nó, abri cada botão, redesenhei com meus dedos, com minhas palmas, com meus lábios, cada contorno de seu corpo. Ela se oferecia às minhas carícias, aos meus beijos desajeitados, de seus olhos fechados escapavam lágrimas mornas.

Ao amanhecer, eu ainda não havia aberto o *Manuscrito*. Via-o sobre a cômoda, do outro lado da cama, mas Chirine dormia nua, a cabeça apoiada em meu pescoço, os seios abandonados em minhas costelas, nada no mundo faria com que eu me mexesse. Respirava seu hálito, seus perfumes, sua noite, contemplava seus cílios, desesperadamente procurava adivinhar que sonhos de alegria ou de angústia os faziam tremer. Quando acordou, os primeiros barulhos da cidade já chegavam até nós. Tive que me eclipsar rapidamente, prometendo consagrar ao livro de Khayyam minha próxima noite de amor.

40

Saindo do Palácio Vazio, caminhei com os ombros encolhidos — o amanhecer nunca é quente em Tabriz — e assim avancei na direção do caravançará, sem procurar atalhos. Não tinha pressa de chegar, precisava refletir, a agitação da noite ainda não se apaziguara, eu revivia as imagens, os gestos, as palavras sussurradas, não sabia mais se estava feliz. Sentia uma espécie de plenitude, atravessada pela inevitável culpa ligada aos amores clandestinos. Pensamentos voltavam sem parar, atormentadores como são os pensamentos das noites insones: "Depois que saí, ela teria adormecido com um sorriso? Arrepende-se de alguma coisa? Quando acontecer de revê-la sem que estejamos a sós, ela se comportará com cumplicidade ou distanciamento? Voltarei esta noite, procurarei em seus olhos uma religião".

De repente, um tiro de canhão ecoou. Parei para escutar. Seria o nosso bravo e solitário *de Bange*? Seguiu-se um silêncio, depois um forte tiroteio, enfim a calmaria. Retomei minha caminhada, com o passo menos firme; mantinha os ouvidos atentos. Houve um novo estrondo, logo seguido de um terceiro. Dessa vez fiquei preocupado; um único canhão não poderia atirar nesse ritmo, devia haver dois ou até mais. Dois obuses explodiram a algumas ruas de onde eu estava. Comecei a correr. Em direção ao forte.

Fazel logo confirmou a notícia de que eu já suspeitava: as primeiras forças enviadas pelo xá haviam chegado durante a noite.

Posicionaram-se nos bairros mantidos pelos chefes religiosos. Outras tropas vinham atrás. Convergiam de todos os lados. O cerco a Tabriz acabara de começar.

O discurso feito pelo coronel Liakhov, governador militar de Teerã, artesão do golpe de Estado, antes da partida de suas tropas para Tabriz, desenrolava-se assim:

"Valorosos cossacos,

O xá está em perigo, os habitantes de Tabriz rejeitaram sua autoridade, declararam guerra a ele, querendo obrigá-lo a reconhecer a Constituição. Mas a Constituição quer abolir seus privilégios, dissolver sua brigada. Se ela triunfar, são suas mulheres e seus filhos que terão fome. A Constituição é o pior inimigo de vocês, contra ela devem lutar como leões. Destruindo o Parlamento, vocês provocaram no mundo inteiro enorme admiração. Continuem com sua ação salutar, destruam a cidade revoltada, e prometo a vocês, por parte dos soberanos da Rússia e da Pérsia, dinheiro e honrarias. Todas as riquezas de Tabriz são suas, vocês só precisam se servir!"

Berrada em Teerã e São Petersburgo, sussurrada em Londres, a palavra de ordem era a mesma: é preciso destruir Tabriz, a cidade merece o mais exemplar dos castigos. Vencida, ninguém mais ousará falar em Constituição, Parlamento ou democracia; novamente o Oriente poderá adormecer em sua mais bela morte.

Assim, o mundo inteiro assistiria, nos meses que se seguiram, a uma corrida estranha e pungente: enquanto o exemplo de Tabriz começava a reanimar, em vários pontos da Pérsia, a chama da resistência, a cidade sofria com um cerco cada vez mais rigoroso. Os apoiadores da Constituição teriam tempo de se levantar, se reorganizar e retomar as armas antes que seu bastião caísse?

Em janeiro, obtiveram um grande sucesso: atendendo ao chamado dos chefes bakhtiaris, tios maternos de Chirine, Isfahan, a antiga capital, sublevou-se, afirmando sua adesão à Constituição e solidariedade a Tabriz. Quando a notícia chegou à cidade sitiada, houve imediatamente uma explosão de alegria. Durante toda a noite se falava, sem que ninguém se cansasse: "Tabriz-Isfahan, o país acorda!". Logo no dia seguinte, no entanto, um ataque massivo obrigava os defensores a abandonar várias posições ao sul e a oeste. Apenas uma estrada ainda ligava Tabriz ao mundo externo; era a que levava para o norte, para a fronteira russa.

Três semanas depois, foi a vez de a cidade de Racht se sublevar. Como Isfahan, recusava a tutela do xá, aclamava a Constituição e a resistência de Fazel. Nova explosão de alegria em Tabriz. No mesmo instante, entretanto, veio uma nova retaliação dos sitiantes: a última estrada foi bloqueada, o cerco a Tabriz se fechou. O correio não chegava mais, nem os víveres. Foi preciso organizar um racionamento severo para continuar alimentando os cerca de 200 mil habitantes da cidade.

Em fevereiro e março de 1909, houve novas adesões. O território da Constituição estendia-se agora para Chiraz, Hamadan, Meched, Astarabad, Bandar-Abbas, Buchire. Em Paris, foi formado um comitê para a defesa de Tabriz, liderado pelo sr. Dieulafoy, eminente orientalista; o mesmo movimento aconteceu em Londres, sob o comando de lorde Lamington; mais importante ainda, os principais chefes religiosos xiitas, sediados em Karbala, no Iraque otomano, pronunciaram-se solenemente e sem ambiguidade em favor da Constituição, desaprovando os mulás retrógrados.

Tabriz triunfava.

Mas Tabriz morria.

Incapaz de enfrentar tantas rebeliões, tantas oposições, o xá se agarrou a uma ideia fixa: é preciso derrubar Tabriz, a origem do mal. Quando cair, os outros se dobrarão. Não conseguindo tomá-la de assalto, decidiu matá-la de fome.

Apesar do racionamento, o pão ficava cada vez mais raro. No fim de março, contavam-se muitos mortos, principalmente idosos e crianças pequenas.

A imprensa de Londres, de Paris e de São Petersburgo começava a se indignar e a criticar as potências que, lembrava, ainda tinham na cidade sitiada inúmeros cidadãos cuja vida estava ameaçada. Os ecos dessas tomadas de posição nos chegavam pelo telégrafo.

Fazel me convocou um dia para anunciar:

— Os russos e os ingleses logo vão retirar seus cidadãos, para que Tabriz possa ser derrubada sem que isso provoque muita comoção no resto do mundo. Será um golpe duro para nós, mas quero que você saiba que não me oporei a essa evacuação. Não segurarei ninguém aqui contra sua vontade.

Encarregou-me de informar aos interessados que tudo seria feito para facilitar sua partida.

Então se produziu o mais extraordinário acontecimento. Tendo-o presenciado como testemunha privilegiada, posso fechar os olhos para muitas mesquinharias humanas.

Eu havia começado minha ronda, reservando a primeira visita para a missão presbiteriana, onde temia reencontrar o reverendo diretor e ter de aguentar suas admoestações. Ele, que havia contado comigo para convencer Howard, não iria agora me criticar por ter seguido o mesmo caminho? De fato, sua acolhida foi distante, apenas polida.

No entanto, quando expliquei o motivo de minha visita, respondeu sem hesitar:

— Não partirei. Se for possível organizar um comboio para evacuar os estrangeiros, pode-se muito bem organizar comboios similares para reabastecer a cidade faminta.

Agradeci sua atitude, que me pareceu de acordo com o ideal religioso e humanitário que o animava. Depois fui visitar três lojas instaladas ali perto, onde, para minha grande surpresa, a resposta foi idêntica. Assim como o pastor, os comerciantes não queriam partir. Como me explicou um deles, um italiano:

— Se eu deixasse Tabriz neste momento difícil, teria vergonha de voltar depois para retomar minha atividade. Ficarei então. Pode ser que minha presença contribua para que meu governo tome uma atitude.

Em todos os lugares, como se tivessem combinado, a resposta foi a mesma, imediata, clara, irrevogável. Até Mr. Wratislaw, o cônsul britânico! Até o pessoal do consulado da Rússia, com a notória exceção do cônsul, Pokhitanoff, a resposta foi a mesma: "Não partiremos!". Informaram isso também a seus estupefatos governantes.

Na cidade, a admirável solidariedade dos estrangeiros reconfortou os espíritos. A situação, no entanto, continuava precária. No dia 18 de abril, Wratislaw telegrafou a Londres: "O pão está escasso hoje; amanhã estará ainda mais". No dia 19, outra mensagem: "A situação é desesperadora, fala-se aqui de uma última tentativa de romper o cerco".

De fato, uma reunião acontecia nesse dia no forte. Fazel anunciou ali que as tropas constitucionalistas avançavam de Racht para Teerã, que o poder constituído estava a ponto de desmoronar e que faltava pouco para assistirmos à sua queda. E ao triunfo de nossa causa. Mas Howard pediu a palavra depois dele para lembrar que os mercados agora não tinham mais nenhum produto comestível.

— As pessoas já abateram os animais domésticos e os gatos de rua, famílias inteiras vagam noite e dia nas ruas procurando uma romã atrofiada, um pedaço de pão de Barbari caído na sarjeta. Corremos o risco de em breve ter que recorrer ao canibalismo.

— Duas semanas, precisamos resistir apenas duas semanas!

A voz de Fazel era suplicante. Mas Howard não podia fazer nada:

— Nossas reservas nos permitiram subsistir até aqui. Agora não temos mais nada para distribuir. Mais nada. Em duas semanas, a população terá sido dizimada e Tabriz será uma cidade fantasma. Nestes últimos dias, oitocentas pessoas morreram. De fome e de inúmeras doenças ligadas à fome.

— Duas semanas! Nada além disso! — repetia Fazel. — Mesmo que seja necessário jejuar!

— Estamos jejuando há muitos dias!

— O que fazer então? Capitular? Deixar passar essa formidável onda de apoio que pacientemente alimentamos? Não há nenhum meio de resistir?

Resistir. Resistir. Doze homens abatidos, atordoados pela fome e pelo cansaço, mas também pela embriaguez de uma vitória ao alcance da mão, tinham apenas uma obsessão: resistir.

— Pode haver uma solução — diz Howard. — Talvez...

Todos os olhos se voltaram para Baskerville.

— Tentar uma saída, de surpresa. Se conseguirmos recuperar esta posição — indicava com o dedo um ponto no mapa —, nossas forças vão passar por esta brecha e restabelecer contato com o exterior. Até o inimigo se recuperar, talvez o socorro esteja mais perto.

Imediatamente me declarei contrário à proposta; os chefes militares tinham a mesma opinião; todos, sem exceção, julgavam-na suicida. O inimigo estava em um promontório, a cerca de quinhentos metros de nossas linhas. Tratava-se de atravessar essa distância, em terreno plano, escalar uma imponente muralha de lama seca, desalojar os defensores e instalar na posição tropas suficientes para resistir ao inevitável contra-ataque.

Fazel hesitava. Nem olhava o mapa, pensava no efeito político da operação. Será que ela nos permitiria ganhar alguns dias? A discussão se prolongou, se animou. Baskerville insistia, argumentava, logo apoiado por Moore. O correspondente do *Guardian* recorria a sua própria experiência militar, afirmando que o efeito surpresa poderia mostrar-se decisivo. Fazel acabou decidindo.

— Ainda não estou convencido, mas, posto que não temos em vista nenhuma outra ação, não me oporei a Howard.

Foi no dia seguinte, 20 de abril, que o ataque começou, às três da manhã. Estava combinado que se, às cinco horas, a posição fosse tomada, seriam organizadas operações em vários pontos do fronte para impedir o inimigo de destacar tropas para o contra-ataque. Mas logo nos primeiros minutos a tentativa pareceu comprometida: uma barragem de fogo recebeu a primeira saída, conduzida por Moore, Baskerville e cerca de sessenta voluntários. Visivelmente, o inimigo não estava nada surpreso. Um espião teria informado sobre nossos preparativos? Não se podia afirmar, de qualquer modo o setor estava protegido, Liakhov o havia confiado a um de seus mais hábeis oficiais.

Sensato, Fazel deu ordem para acabar logo com a operação, mandou dar o sinal de recuar, uma espécie de arrulho prolongado; os combatentes voltaram. Muitos, inclusive Moore, estavam feridos.

Apenas um não voltou. Baskerville. Fora atingido logo na primeira salva de tiros.

Durante três dias Tabriz viveria no ritmo das condolências, condolências discretas na missão presbiteriana, condolências barulhentas, fervorosas, indignadas, nos bairros mantidos pelos Filhos de Adão. Com os olhos vermelhos, eu apertava mãos, na maioria desconhecidas, entregava-me a intermináveis abraços.

Na confusão dos visitantes, estava o cônsul da Inglaterra. Ele me chamou de lado.

— Talvez lhe traga algum conforto saber que, seis horas depois da morte de seu amigo, uma mensagem chegou de Londres anunciando que um acordo sobre Tabriz acabara de ser concluído entre as potências. Baskerville não terá morrido em vão. Um corpo expedicionário já se dirige para a cidade a fim de liberá-la e reabastecê-la. E para evacuar a comunidade estrangeira.

— Um corpo expedicionário russo?

— Claro — admitiu Wratislaw. — São os únicos que dispõem de um exército nas proximidades. Mas obtivemos garantias. Os apoiadores da Constituição não serão incomodados e as tropas do tsar se retirarão assim que sua missão estiver cumprida. Conto com você para convencer Fazel a depor as armas.

Por que aceitei? Por abatimento? Por cansaço? Por um sentido persa da fatalidade que havia se insinuado em mim? O fato é que não protestei, deixei-me persuadir que essa execrável missão me era destinada. No entanto, decidi não procurar Fazel imediatamente. Preferi desaparecer por algumas horas. Junto de Chirine.

Desde nossa noite de amor, eu só a havia encontrado em público. O cerco criara em Tabriz uma nova atmosfera. Falava-se constantemente em infiltrações inimigas. Acreditava-se ver por toda parte espiões ou sapadores. Homens armados patrulhavam as ruas, protegiam o acesso aos prédios principais. Na porta do Palácio Vazio, havia sempre cinco ou seis, às vezes mais. Mesmo que costumassem estar prontos a me receber com sorrisos radiantes, a presença deles impedia visitas discretas.

Naquela noite, estando a vigilância relaxada em todos os lugares, consegui me esgueirar até o quarto da princesa. A porta estava entreaberta; empurrei-a sem fazer barulho.

Chirine estava sentada na cama, o *Manuscrito* aberto sobre os joelhos levantados. Escorreguei para o seu lado, ombro com ombro, quadril com quadril. Não estávamos, nem ela nem eu, com disposição para carícias, mas naquela noite nos amamos de outra maneira, mergulhados no mesmo livro. Ela guiava meus olhos e meus lábios, conhecia cada palavra, cada pintura; para mim era a primeira vez.

Muitas vezes ela traduzia para o francês, a seu modo, trechos de poemas de uma sabedoria tão rigorosa, de uma beleza tão atemporal, que era possível esquecer que haviam sido pronunciados pela primeira vez oito séculos antes em algum jardim de Nichapur, de Isfahan ou de Samarcanda.

Os pássaros feridos escondem-se para morrer.

Palavras de desgosto, de consolo, monólogo pungente de um poeta derrotado e grandioso.

Paz ao homem no silêncio escuro do além.

Mas também palavras de alegria, de sublime imprudência:

Vinho! Que seja tão rosado quanto suas faces
E que meus remorsos sejam tão leves quanto seus cachos.

Depois de havermos recitado até a última quadra e admirado demoradamente cada miniatura, voltamos ao começo do livro para percorrer as crônicas da margem. A de Vartan, o Armênio, primeiro, que cobre uma boa metade da obra e graças à qual conheci naquela noite a história de Khayyam, de Djahane e dos três amigos. Vinham em seguida, em cerca de trinta páginas cada uma, as crônicas dos bibliotecários de Alamut, pai, filho e neto, que contavam o extraordinário destino do *Manuscrito* depois de seu sequestro em Merv, sua influência sobre os Assassinos e a história resumida deles até o ataque mongol.

Chirine leu para mim as últimas linhas, cuja letra teve dificuldade de decifrar: "Precisei fugir de Alamut na véspera de sua destruição, para Kerman, minha terra de origem, levando o manuscrito do incomparável Khayyam de Nichapur, que decidi esconder nesse mesmo dia, esperando que só fosse descoberto quando as mãos dos homens fossem dignas de segurá-lo. Para isso, entreguei-me ao Todo-Poderoso, Ele guia quem quer e perde quem quer". Seguia-se uma data correspondente, segundo meu cômputo, a 14 de março de 1257.

Comecei a imaginar.

— O *Manuscrito* cala-se no século XIII — disse. — Djamaluddin recebeu-o de presente no século XIX. O que aconteceu com ele nesse ínterim?

— Um longo sono — disse Chirine. — Uma interminável sesta oriental. Depois um despertar sobressaltado nos braços do louco do Mirza Reza. Ele não é de Kerman, como os bibliotecários de Alamut? Está surpreso de descobrir que ele era um antepassado do Assassino?

Ela se levantou e foi se sentar numa banqueta em frente a seu espelho oval, com um pente na mão. Eu poderia ficar horas observando os movimentos graciosos de seu braço nu, mas ela me devolveu à prosaica realidade:

— Você deve se preparar para partir se não quiser ser surpreendido em minha cama.

De fato, a luz do dia já inundava o quarto, as cortinas estavam muito claras.

— É verdade — eu disse, cansado. — Estava me esquecendo de sua reputação.

Ela se virou para mim, rindo.

— Exatamente por cuidar de minha reputação, não quero que digam em todos os haréns da Pérsia que um belo estrangeiro pôde passar uma noite inteira ao meu lado sem pensar em tirar a roupa. Ninguém mais vai me cobiçar!

Tendo arrumado o *Manuscrito* em sua caixa, dei um beijo nos lábios de minha amante e em seguida, por um corredor e duas portas ocultas, corri para mergulhar novamente nos tumultos da cidade sitiada.

41

Entre todos os que morreram nesses meses de sofrimento, por que escolhi evocar Baskerville? Porque era meu amigo e meu compatriota? Sem dúvida, mas também porque ele não tinha outra ambição senão ver nascer a liberdade e a democracia neste Oriente que lhe era, no entanto, estrangeiro. Teria se sacrificado por nada? Em dez, vinte, cem anos, o Ocidente se lembrará de seu exemplo, a Pérsia recordará seu ato? Evito imaginar, com medo de cair na inevitável melancolia daqueles que vivem em dois mundos, dois mundos igualmente promissores, igualmente decepcionantes.

Se, contudo, eu me limitasse aos acontecimentos que se seguiram logo após a morte de Baskerville, poderia achar que não tivesse sido inútil.

Houve a intervenção estrangeira, o fim do bloqueio, os comboios de abastecimento. Graças a Howard? Talvez a decisão já tivesse sido tomada, mas a morte de meu amigo apressou a salvação da cidade; milhares de cidadãos famintos devem-lhe a vida.

Suspeitávamos que a entrada dos soldados na cidade não agradaria a Fazel. Eu me esforçava em convencê-lo a se resignar:

— A população não tem mais condições de resistir, o único presente que você pode dar a ela é salvá-la da fome, você deve isso às pessoas depois de todo o sofrimento pelo qual passaram.

— Lutar durante dez meses para agora depender do tsar Nicolau, o protetor do xá!

— Os russos não agem sozinhos, têm o apoio de toda a comunidade internacional, nossos amigos no mundo inteiro aplaudem essa operação. Recusá-la, combatê-la, significa perder o benefício do apoio imenso que nos foi dispensado até aqui.

— Submeter-se, depor as armas, quando a vitória está logo ali!

— É a mim que você está respondendo ou está interpelando o destino?

Fazel sobressaltou-se, seu olhar me cobriu com infinitas recriminações.

— Tabriz não merece tamanha humilhação!

— Não posso fazer nada, você não pode fazer nada, há momentos em que não existe decisão boa, é preciso escolher o que se vai lamentar menos!

Ele pareceu se acalmar e passou a refletir intensamente.

— Que sorte está reservada a meus amigos?

— Os britânicos garantem a segurança deles.

— Nossas armas?

— Cada um poderá ficar com seu fuzil, as casas não serão revistadas, com exceção daquelas de onde partirem tiros. Mas as armas pesadas deverão ser entregues.

Não parecia se tranquilizar.

— E quem, amanhã, obrigará o tsar a retirar suas tropas?

— Para isso é preciso recorrer à Providência!

— Estou achando você bem oriental!

Era preciso conhecer Fazel para saber que oriental, em sua boca, quase nunca era um elogio. Principalmente com a expressão desconfiada que acompanhou sua frase. Senti-me obrigado a mudar de tática; levantei-me então com um suspiro bem alto.

— Tem razão, sem dúvida, eu estava errado em argumentar. Vou dizer ao cônsul da Inglaterra que não consegui convencê-lo, depois voltarei e ficarei a seu lado até o fim.

Fazel me segurou pelo braço.

— Não acusei você de nada, nem mesmo recusei sua sugestão.

— Minha sugestão? Apenas transmiti uma proposta inglesa, dizendo a você de quem vinha.

— Acalme-se e me entenda! Sei muito bem que não tenho os meios para impedir a entrada dos russos em Tabriz, sei também que se opuser qualquer resistência o mundo inteiro me condenará, começando por meus compatriotas, que só esperam a libertação, venha de onde vier. Sei ainda que o fim do cerco é uma derrota para o xá.

— Não era esse o objetivo de sua luta?

— Claro que não! Posso execrar o xá, mas não é contra ele que eu luto. Triunfar contra um déspota não pode ser o maior objetivo; luto para que os persas tenham consciência de que são homens livres, Filhos de Adão, como dizemos aqui, que tenham fé neles mesmos, em sua força, que encontrem seu lugar no mundo de hoje. Era isso que queria conseguir aqui. Esta cidade rejeitou a tutela do monarca e dos chefes religiosos, desafiou as potências, suscitou a solidariedade e a admiração dos corajosos por toda parte. Os habitantes de Tabriz estavam a ponto de ganhar, mas não querem deixá-los ganhar, têm muito medo de seu exemplo, querem humilhá-los; essa população orgulhosa deverá prostrar-se diante dos soldados do tsar para obter seu pão. Você, que nasceu num país livre, devia compreender.

Deixei passar alguns longos segundos antes de concluir:

— E o que quer que eu responda ao cônsul da Inglaterra?

Fazel abriu seu sorriso mais falso:

— Diga a ele que ficarei encantado em pedir asilo, mais uma vez, para Sua Graciosa Majestade.

Precisei de tempo para entender como a amargura de Fazel se justificava, pois, num primeiro momento, os acontecimentos pareciam contradizer seus temores. Ele ficou poucos dias no consulado britânico. Logo Wratislaw o conduziu, em seu carro, através das linhas russas, até os arredores de Kazvin. Ali, pôde se juntar às tropas constitucionalistas que, após uma longa espera, se apressavam para avançar na direção de Teerã.

Na verdade, enquanto Tabriz estava ameaçada de estrangulamento, o xá possuía um poderoso meio de dissuasão contra seus inimigos, ainda conseguia assustá-los, contê-los. Desde que acabou o cerco, os amigos de Fazel se sentiram livres para se movimentar, começaram sem perda de tempo sua marcha para a capital, com dois corpos de exército, um vindo de Kazvin, ao norte, e outro de Isfahan, ao sul. Este último, composto essencialmente de membros das tribos bakhtiaris, tomou Kom em 23 de junho. Dias depois, um comunicado comum anglo-russo foi divulgado, exigindo que os apoiadores da Constituição encerrassem sua ofensiva, para fazer um acordo com o xá. Do contrário, as duas potências se veriam obrigadas a intervir. Mas Fazel e seus amigos fingiram não ouvir e apressaram o passo: em 9 de julho, suas tropas se juntavam sob os muros de Teerã; no dia 13, 2 mil homens entravam na capital por uma porta não protegida a noroeste, perto da embaixada francesa, sob os olhos pasmos do correspondente do *Temps*.

Apenas Liakhov tentou resistir. Com trezentos homens, alguns canhões velhos e dois Creusots de tiro rápido, conseguiu manter o controle de vários bairros do centro. Os combates continuaram, violentos, até 16 de julho.

Nesse dia, às oito e meia da manhã, o xá refugiou-se na embaixada russa, cerimoniosamente acompanhado por quinhentos soldados e cortesãos. Seu ato equivalia a uma abdicação.

O comandante dos cossacos nada tinha a fazer além de depor armas. Jurou respeitar a Constituição a partir de então e se colocar a serviço dos vencedores, com a condição de que sua brigada não fosse dissolvida. O que devidamente prometeram a ele.

Um novo xá foi designado, o filho caçula do monarca deposto, de apenas doze anos; segundo Chirine, que o conhecera no berço, era um adolescente doce e sensível, sem nenhuma crueldade ou perversidade. Quando, no dia seguinte aos combates, atravessou a capital para ir ao palácio na companhia de seu tutor, o sr. Smirnoff, foi acolhido com gritos de "Viva o xá". Vindos dos mesmos peitos que, na véspera, haviam gritado: "Morte ao xá!".

42

Em público, o jovem xá fazia uma boa e real figura, sorrindo sem excessos, agitando a mãozinha branca para cumprimentar os súditos. A partir do momento em que entrava no palácio, porém, preocupava muito seu círculo mais próximo. Brutalmente separado dos pais, chorava sem parar. Até tentou fugir, naquele verão, para encontrar o pai e a mãe. Apanhado, tentou se enforcar pendurado no teto do palácio. Quando começou a sufocar, teve medo, pediu ajuda. Conseguiram soltá-lo a tempo. Essa desventura teve efeito benéfico sobre ele: curado desde então de suas angústias, desempenharia com dignidade e bonomia seu papel de soberano constitucional.

O poder verdadeiro estava, entretanto, nas mãos de Fazel e de seus amigos. Inauguraram a nova era com uma rápida depuração: seis apoiadores do antigo regime foram executados, entre eles os dois principais chefes religiosos de Tabriz que comandaram a luta contra os Filhos de Adão, assim como o xeique Fazlullah Nuri. Este era acusado de ter dado aval para os massacres que se seguiram ao golpe de Estado do ano anterior; foi condenado como cúmplice de assassinato, e sua sentença de morte foi ratificada pela hierarquia xiita. Não havia dúvida de que a sentença carregava valor simbólico também: Nuri tinha assumido a responsabilidade de decretar que a Constituição era uma heresia. Foi enforcado em público em

31 de julho de 1909, na praça Tupkhaneh. Antes de morrer, teria dito: "Não sou um reacionário!" e acrescentado rapidamente, para seus apoiadores espalhados na multidão, que a Constituição era contrária à religião e que esta teria a última palavra.

A primeira tarefa dos novos dirigentes era reconstruir o Parlamento: o prédio ergueu-se de suas ruínas e eleições foram organizadas. Em 15 de novembro, o jovem xá inaugurou solenemente o segundo *Majlis* da história persa. Com estas palavras:

"Em nome de Deus, Ele que dá a Liberdade, e sob a proteção oculta de Sua Santidade o imã do tempo, a Assembleia Nacional consultiva está aberta com alegria e sob os melhores auspícios. O progresso intelectual e a evolução das mentalidades tornaram inevitável a mudança, que se produziu por meio de uma penosa prova, mas a Pérsia soube, no correr das eras, sobreviver a muitas crises, e hoje seu povo vê seus desejos realizados. Nós nos alegramos ao constatar que esse novo governo progressista tem o apoio do povo e que devolve ao país tranquilidade e confiança. Para poderem realizar as reformas que se impõem, o governo e o Parlamento devem considerar como prioridade a reorganização do Estado, principalmente das finanças públicas, segundo as normas que convêm às nações civilizadas. Pedimos a Deus que guie os passos dos representantes da nação e garanta à Pérsia honra, independência e felicidade."

Teerã estava eufórica nesse dia, desfilava-se sem parar pelas ruas, cantava-se nas esquinas, declamavam-se poemas improvisados em que todas as palavras, por bem ou por mal, rimavam com "Constituição", "Democracia", "Liberdade". Os comerciantes ofereciam bebidas e doces aos passantes, dezenas de jornais, fechados quando houve o golpe de Estado, anunciavam sua ressureição com edições especiais.

Ao cair da noite, fogos de artifício iluminaram a cidade. Arquibancadas foram montadas nos jardins do Baharistan. Na tribuna de honra instalaram-se o corpo diplomático, os membros do novo governo, os deputados, os chefes religiosos, as corporações do mercado. Como amigo de Baskerville, tive direito às primeiras filas; minha cadeira ficava bem atrás da de Fazel. Explosões e tiros se sucederam, o céu clareava intermitentemente, as cabeças se voltavam para o alto, os rostos se inclinavam e endireitavam com sorrisos de criança satisfeita. Do lado de fora, os Filhos de Adão, incansáveis, repetiam havia horas os mesmos slogans.

Não sei bem que barulho, que grito, trouxe Howard para meus pensamentos. Teria merecido tanto estar nesta festa! No mesmo instante, Fazel virou-se para mim:

— Você parece triste.

— Triste com certeza não! Desde sempre quis ouvir gritarem "Liberdade" nas terras do Oriente. Algumas lembranças, no entanto, me fazem sofrer.

— Deixe-as de lado, sorria, alegre-se, aproveite os últimos momentos de entusiasmo!

Palavras inquietantes que naquela noite me afastaram de qualquer desejo de celebrar. Fazel estaria dando continuidade, depois de sete meses de intervalo, ao penoso debate que nos opusera em Tabriz? Teria novos motivos para se preocupar? Eu estava decidido a ir à sua casa no dia seguinte para esclarecer. Finalmente o procuraria. Durante um ano inteiro evitara encontrá-lo.

Por que razões? Creio que, depois da angustiante aventura que vivi, alimentei dúvidas insistentes sobre a sensatez de meu engajamento em Tabriz. Eu, que viera ao Oriente atrás de um manuscrito, tinha o direito de me envolver a tal ponto num combate que não era meu? E, para começar, que direito eu tinha de haver aconselhado Howard a vir para a Pérsia? Na linguagem de Fazel e de seus amigos, Baskerville era um mártir; aos meus olhos, era um amigo morto, morto em terra estrangeira por uma causa estrangeira, um amigo cujos pais me escreveriam um dia para perguntar, com a mais pungente polidez, por que eu enganara seu filho.

Remorsos, então, por causa de Howard? Eu diria, mais exatamente, alguma preocupação com a decência. Não sei se é a palavra mais adequada, mas quero dizer que depois da vitória de meus amigos eu não tinha nenhuma vontade de desfilar por Teerã, ouvindo elogios por minhas supostas façanhas no cerco de Tabriz. Tive um papel fortuito e marginal, tive principalmente um amigo, um compatriota heroico, minha intenção não era me vestir com suas lembranças para obter privilégios e consideração.

Para admitir tudo, eu experimentava fortemente a necessidade de me eclipsar, de me fazer esquecer, de não frequentar mais políticos, associações e diplomatas. A única pessoa que eu via diariamente, e com um prazer inegável, era Chirine. Convenci-a a se instalar em uma de suas inúmeras residências familiares, nas montanhas de Zarganda, um local de vilegiatura fora da capital. Eu também alugara uma pequena casa nos arredores, mas apenas para manter as aparências, meus dias e noites eu passava junto dela, com a cumplicidade de suas criadas.

Naquele inverno, passávamos semanas inteiras sem sair de seu enorme quarto. Aquecidos por um magnífico braseiro de cobre, líamos o *Manuscrito*, alguns outros livros, atravessávamos longas horas fumando o *kalyan*, bebendo vinho de Chiraz, às vezes até champanhe, quebrando pistaches de Kerman e nogados de Isfahan; minha princesa sabia ser ao mesmo tempo grande dama e criança. Tínhamos um pelo outro uma ternura sem fim.

Quando o calor começou, Zarganda animou-se. Os estrangeiros e os persas mais ricos tinham residências suntuosas ali e iam passar longos meses preguiçosos em meio a uma vegetação luxuriante. Não há dúvida de que, para muitos diplomatas, a proximidade com esse paraíso tornava suportável o tédio cinzento de Teerã. No inverno, no entanto, Zarganda esvaziava-se. Ficavam apenas os jardineiros, alguns guardas e raros sobreviventes de sua população nativa. Chirine e eu precisávamos desse deserto.

A partir de abril, infelizmente, os veranistas recomeçaram sua transumância. Curiosos vagavam na frente de todas as cercas, pessoas andavam por todos os caminhos. Depois de cada noite, de cada sesta, Chirine oferecia chá a suas visitantes, que exibiam olhares indiscretos. Tive que me esconder muitas vezes, fugir pelos corredores. O período de hibernar havia acabado, era hora de partir.

Quando lhe comuniquei isso, minha princesa mostrou-se triste, mas resignada.

— Achei que você estivesse feliz.

— Vivi um raro momento de felicidade, quero suspendê-lo enquanto ainda está intacto, para recuperá-lo intacto. Não me canso de contemplar você, com espanto, com amor. Não quero que a multidão invasora mude meu olhar. Vou me distanciar no verão para reencontrá-la no inverno.

— Verão, inverno, você se distancia, você me reencontra, acredita que pode dispor impunemente das estações, dos anos, de sua vida, da minha. Não aprendeu nada com Khayyam? "De repente, o Céu rouba até o instante que é preciso para umedecer seus lábios."

Seus olhos mergulharam nos meus como para me ler como livro aberto. Compreendeu tudo, suspirou.

— Para onde pretende ir?

Ainda não sabia. Tinha vindo duas vezes para a Pérsia e nas duas vezes eu vivera em cidades sitiadas. Tinha todo o Oriente para descobrir, do Bósforo ao mar da China; a Turquia, que acabava de se rebelar como a Pérsia, que depusera seu sultão-califa e orgulhava-se agora com seus deputados, senadores, associações e jornais de oposição; o orgulhoso Afeganistão, que os britânicos acabaram reduzindo, mas a que custo! E, claro, havia toda a Pérsia para percorrer. Conhecia apenas Tabriz e Teerã. E Isfahan? E Chiraz, Kachan e Kerman? E Nichapur e o túmulo de Khayyam, pedra cinza velada há séculos por incansáveis gerações de pétalas?

Entre todos os caminhos que se ofereciam, qual tomar? Foi o *Manuscrito* que escolheu por mim. Tomei o trem em Krasnovodsk, atravessei Achkabad e a antiga Merv, visitei Bukhara.

Acima de tudo, fui a Samarcanda.

43

Eu estava curioso para ver o que restara da cidade onde floresceu a juventude de Khayyam.

O que teria sido feito do bairro de Asfizar e do belvedere no jardim onde Omar amara Djahane? Existiria ainda algum traço do subúrbio de Maturid, onde, seguindo as velhas receitas chinesas, o papeleiro judeu ainda prensava, no século XI, os galhos da amoreira-branca? Durante semanas, andei a pé e em lombo de mula; fiz perguntas aos comerciantes, aos passantes, aos imãs das mesquitas, mas só vi expressões de ignorância, sorrisos divertidos e generosos convites para sentar-me em seus divãs azul-céu e compartilhar seu chá.

Minha sorte foi estar uma manhã na praça do Reghistan. Uma caravana passava, uma caravana pequena; contava apenas seis, sete camelos de Bactriane, com pelo espesso, cascos grossos. O velho condutor de camelos parou, não muito distante de mim, na frente da loja de um oleiro, segurando junto ao peito um carneiro recém-nascido; propunha uma troca, o artesão discutia; sem tirar as mãos da jarra nem do torno, indicava com o queixo uma pilha de tigelas envernizadas. Eu observava os dois homens, seus gorros de lã preta enrolada, suas roupas listradas, barbas avermelhadas, seus gestos milenares. Haveria um só detalhe nessa cena que não tivesse existido na época de Khayyam?

Uma brisa leve, a areia começa a rodopiar, as roupas se inflam, toda a praça se cobre com um véu irreal. Passeio os olhos. Em volta do Reghistan erguem-se três monumentos, três gigantescos conjuntos, com torres, cúpulas, portões, altos muros ornados com mosaicos cheios de detalhes, arabescos com reflexos de ouro, ametistas e turquesas. E escrituras laboriosas. Tudo ainda é majestoso, mas as torres estão caídas, as cúpulas estão ocas, as fachadas descascadas, carcomidas pelo tempo, pelo vento, por séculos de indiferença; nenhum olhar se volta para esses monumentos, altivos colossos, soberbos, ignorados, teatro grandioso de uma peça ridícula.

Fui andando de costas; pisei num pé, virei-me para me desculpar, dei de cara com um homem vestido como eu, à europeia, desembarcado do mesmo planeta longínquo. Começamos uma conversa. Era um russo, arqueólogo. Também havia chegado com mil perguntas. Já contava, no entanto, com algumas respostas.

— Em Samarcanda, o tempo se desenrola de cataclismo em cataclismo, de tábula rasa em tábula rasa. Quando os mongóis destruíram a cidade, no século XIII, os bairros habitados tornaram-se montanhas de ruínas e cadáveres. Precisaram ser abandonados; os sobreviventes reconstruíram suas casas em outro lugar, mais ao sul. A ponto de toda a cidade velha, a Samarcanda dos seljúcidas, pouco a pouco recoberta por camadas sobrepostas de areia, ter virado um vasto campo elevado. Sob a terra vivem tesouros e segredos; na superfície, pastagens. Um dia, será preciso abrir tudo, desenterrar as casas e as ruas. Liberada, Samarcanda saberá nos contar sua história.

Interrompeu-se.

— Você é arqueólogo?

— Não. A cidade me atrai por outras razões.

— Seria muita indiscrição perguntar quais?

Contei a ele sobre o *Manuscrito*, os poemas, a crônica, as pinturas que evocavam os amantes de Samarcanda.

— Adoraria ver esse livro! Você sabia que tudo o que existiu naquela época foi destruído? Como se fosse uma maldição. As muralhas, os palácios, os pomares, os jardins, os canais, os lugares de culto, os livros, os principais objetos de arte. Os monumentos que admiramos hoje foram construídos depois por Tamerlan e seus descendentes, têm menos de quinhentos anos. Da época de Khayyam restam apenas cacos de cerâmica e, você acaba de me dizer, esse *Manuscrito*, milagroso sobrevivente. É um privilégio para você poder tê-lo em mãos, consultá-lo demoradamente. Um privilégio e uma pesada responsabilidade.

— Pode acreditar que tenho consciência disso. Há anos, desde que soube de sua existência, vivi só para o livro, que me conduziu de aventura em aventura, seu mundo tornou-se o meu, sua guardiã é minha amante.

— Foi para encontrar os lugares que o livro descreve que fez a viagem a Samarcanda?

— Esperava que os habitantes da cidade me indicassem ao menos a localização dos antigos bairros.

— Sinto decepcioná-lo — continuou meu interlocutor —, mas sobre a época pela qual é apaixonado você vai recolher apenas lendas, histórias de *djinns* e de *divs*. A cidade as cultiva com deleite.

— Mais do que outras cidades da Ásia?

— Temo que sim. Pergunto-me se a proximidade com essas ruínas não inflama naturalmente a imaginação de nossos miseráveis contemporâneos. E há essa cidade soterrada. Ao longo dos séculos, quantas crianças caíram nas fendas e nunca mais apareceram, quantos barulhos estranhos foram ouvidos, ou se imagina ter sido ouvidos, saídos aparentemente das entranhas da terra! Assim nasceu a lenda mais célebre de Samarcanda, a que colabora para o mistério que envolve o nome da cidade.

Deixei-o contar.

— Dizem que um rei de Samarcanda queria realizar o sonho de todos os humanos: escapar da morte. Convencido de que ela vinha do céu e desejoso de impedir que o encontrasse, construiu um palácio sob a terra, um imenso palácio de ferro com todos os acessos fechados. Fabulosamente rico, também forjou um sol artificial, que nascia de manhã e se punha à noite, para aquecê-lo e indicar o correr dos dias. Infelizmente, o deus da morte conseguiu enganar a vigilância do monarca e sorrateiramente entrou no interior do palácio para cumprir seu trabalho. Era preciso mostrar a todos os humanos que nenhuma criatura escapa da morte, quaisquer que sejam seu poder ou sua riqueza, sua habilidade ou arrogância. Samarcanda tornou-se, dessa maneira, o símbolo do encontro inelutável do homem com seu destino.

Depois de Samarcanda, aonde ir? Para mim era o extremo fim do Oriente, o lugar de todas as maravilhas e de uma insondável nostalgia. No momento de deixar a cidade, decidi voltar para casa; meu desejo era regressar a Annapolis, passar ali alguns anos sedentários para descansar de minhas viagens. E só depois partir de novo.

Criei, então, o projeto mais louco: voltar à Pérsia, pegar Chirine e o *Manuscrito* de Khayyam, e nos perdermos juntos, anônimos, em alguma metrópole, Paris, Viena ou Nova York. Vivermos ela e eu no Ocidente no ritmo do Oriente — não seria o paraíso?

No caminho de volta, estive constantemente sozinho e ausente, preocupado apenas com os argumentos que apresentaria a Chirine. Partir, partir, ela diria, cansada, você não pode se contentar apenas em ser feliz? Eu acreditava que dissiparia suas dúvidas.

Quando o cabriolé alugado à beira do mar Cáspio me deixou em Zarganda, em frente à porta de casa, havia ali um carro, um Jewel 40, ostentando no capô uma bandeira estrelada. O motorista desceu e perguntou quem eu era. Tive a estúpida impressão de que me esperava desde minha partida. Tranquilizou-me, havia chegado naquela manhã.

— Meu patrão pediu que eu ficasse aqui até que o senhor voltasse.

— Eu poderia voltar em um mês, ou em um ano, ou mesmo nunca.

Meu estupor não o perturbou.

— Mas o senhor está aqui!

Estendeu-me um bilhete escrito por Charles W. Russel, ministro plenipotenciário dos Estados Unidos.

Caro sr. Lesage,

Ficarei honrado se puder vir à embaixada nesta tarde às quatro horas. Trata-se de um caso importante e urgente. Pedi a meu chofer que ficasse à sua disposição.

44

Dois homens me aguardavam na embaixada, com a mesma impaciência contida. Russel, de terno cinza, gravata-borboleta de *moiré* e bigode caído como o de Theodore Roosevelt, mas com contornos cuidadosamente traçados; e Fazel, com sua eterna túnica branca, capa preta, turbante azul. Foi o diplomata quem começou a sessão, num francês hesitante mas correto.

— A reunião que acontece hoje é dessas que modificam o curso da História. Por nosso intermédio, duas nações se reencontram, desafiando distâncias e diferenças: os Estados Unidos, que são uma nação jovem, mas já uma velha democracia, e a Pérsia, que é uma velha nação, muitas vezes milenar, mas uma democracia muito jovem.

Um fio de mistério, um sopro de solenidade, um olhar para Fazel a fim de se assegurar de que a ideia não o incomodava. Antes de prosseguir:

— Fui convidado, há alguns dias, para palestrar na associação democrática de Teerã, falei para o auditório sobre a profunda simpatia que sinto pela Revolução constitucional. Esse sentimento é compartilhado pelo presidente Taft e pelo sr. Knox, nosso secretário de Estado. Devo acrescentar que ele está ciente desta nossa reunião de hoje e aguarda por telégrafo o informe sobre as conclusões a que chegaremos.

Deixou que Fazel me explicasse:

— Lembra-se do dia em que tentou me convencer a não resistir às tropas do tsar?

— Que tarefa terrível!

— Jamais o culpei, você fez o que devia fazer, e de algum modo tinha razão. O que eu temia, porém, infelizmente acabou acontecendo: os russos nunca deixaram Tabriz, a população está sujeita a humilhações diárias, os cossacos arrancam os véus das mulheres nas ruas, os Filhos de Adão são presos por qualquer pretexto. Entretanto, há coisas mais graves ainda. Mais grave que a ocupação de Tabriz, mais grave que o destino de meus companheiros. É o risco que nossa democracia corre de naufragar. Russel chamou-a de "jovem", poderia ter acrescentado "frágil", "ameaçada". Na aparência, tudo vai bem, o povo está mais feliz, o mercado prospera, os religiosos mostram-se conciliadores. No entanto, seria preciso um milagre para evitar que esse edifício desmorone. Por quê? Porque nossos cofres estão vazios, como no passado. O antigo regime tinha um modo curioso de cobrar impostos, alugava cada província para um usurário, que sangrava a população e guardava o dinheiro para si, contentando-se em separar apenas uma parte para comprar proteção na corte. Todos os nossos males vêm daí. O Tesouro estando a zero, emprestava-se dos russos e dos ingleses, que, para ser pagos, obtinham concessões e privilégios. Foi desse modo que o tsar se introduziu nos nossos negócios e todas as nossas riquezas nos foram usurpadas. O novo poder está diante do mesmo dilema dos antigos dirigentes; se não conseguir cobrar os impostos como fazem os países modernos, deverá aceitar a tutela das potências. A primeira urgência, para nós, é sanear as finanças. A modernização da Pérsia passa por aí; a liberdade da Pérsia tem esse preço.

— Se o remédio é tão claro, o que se espera para aplicá-lo?

— Nenhum persa tem hoje condição de se engajar numa tarefa dessas. É triste dizer isto sobre uma nação de 10 milhões de habitantes, mas não se pode subestimar o peso da ignorância. Aqui somos apenas um punhado os que receberam uma educação moderna parecida com a dos altos funcionários de Estado nas nações avançadas. O único domínio em que temos inúmeras competências é o da diplomacia. Para o restante, seja no Exército, nos transportes, ou principalmente nas finanças, somos nada. Se nosso regime pudesse durar vinte anos, trinta anos, sem dúvida formaria uma geração capaz de se encarregar de todos esses setores. Aguardando que isso aconteça, a melhor solução que se oferece a nós é pedir socorro a estrangeiros honestos e competentes. Não é fácil encontrar, eu sei. Tivemos no passado as piores experiências, com Naus, Liakhov e muitos outros. Mas não me desespero. Estou cuidando desse assunto com alguns colegas, no Parlamento, no governo, e achamos que os Estados Unidos poderiam nos ajudar.

— Fico lisonjeado — eu disse espontaneamente —, mas por que meu país?

Charles Russel reagiu à minha observação com um movimento de surpresa e de inquietude. Que a resposta de Fazel tratou de acalmar:

— Passamos em revista, uma a uma, todas as potências. Os russos e os britânicos ficam muito contentes de nos levar à falência, para melhor nos dominar. Os franceses estão muito apreensivos com suas relações com o tsar, para se preocupar com nosso destino. No geral, a Europa inteira está presa num jogo de alianças e contra-alianças em que a Pérsia seria apenas uma reles moeda de troca, um peão no tabuleiro. Só os Estados Unidos poderiam se interessar por nós sem querer nos invadir. Por isso procurei Russel e perguntei-lhe se conhecia um americano capaz de se engajar numa tarefa tão pesada. Devo reconhecer que foi ele quem mencionou seu nome; eu havia esquecido completamente que você fizera estudos financeiros.

— Fico lisonjeado com a confiança — respondi —, mas com certeza não sou o homem de que precisam. Apesar do diploma que obtive, sou um financeiro medíocre, nunca tive a oportunidade de testar meus conhecimentos. Meu pai é culpado disso, pois construiu tantos navios que eu nunca precisei trabalhar para viver. Só me ocupei de coisas essenciais, ou seja, fúteis: viajar e ler, amar e crer, duvidar, lutar. Escrever às vezes.

Risos constrangidos, troca de olhares perplexos. Continuei:

— Quando encontrarem seu homem, poderei ficar ao lado dele, dar conselhos, lhe fazer pequenos serviços, mas é dele que será preciso exigir competência e dedicação. Tenho muita boa vontade, mas sou ignorante e preguiçoso.

Desistindo de insistir, Fazel quis me responder no mesmo tom:

— É verdade, pude testemunhar. Além do mais, tem outros defeitos, piores ainda. É meu amigo, todos sabem, meus adversários políticos teriam apenas um objetivo: impedi-lo de ter sucesso.

Russel ouvia em silêncio, com um sorriso congelado no rosto, que parecia esquecido ali. Nossa brincadeira com certeza não lhe agradava, mas continuou impassível. Fazel virou-se para ele.

— Lamento a deserção de Benjamin, mas isso não muda nada em nosso acordo. Talvez seja melhor confiar esse tipo de responsabilidade a um homem que não tenha se misturado de perto nem de longe às questões persas.

— Tem alguém em mente?

— Não tenho um nome. Queria uma pessoa rigorosa, honesta e de espírito independente. Esse tipo existe entre vocês, eu sei, consigo imaginar o personagem, poderia dizer até que o vejo na minha frente; um homem elegante, claro, que se mantém ereto e olha e fala diretamente. Um homem parecido com Baskerville.

A mensagem do governo persa à sua embaixada em Washington, em 25 de dezembro de 1910, domingo e dia de Natal, foi transmitida nestes termos:

"Solicite imediatamente ao secretário de Estado que o ponha em contato com as autoridades financeiras americanas com o objetivo de recrutar, para o posto de tesoureiro-geral, um expert americano desinteressado, com um contrato preliminar de três anos, sujeito à ratificação do Parlamento. Ele será encarregado de reorganizar os recursos do Estado, o recebimento de suas receitas e seu desembolso, assistido por um contador e por um inspetor que supervisionará a cobrança nas províncias. O ministro dos Estados Unidos em Teerã nos informa que o secretário de Estado está de acordo. Contate-o diretamente, evite passar por intermediários. Transmita-lhe o texto integral desta mensagem e siga as sugestões que ele dará."

No dia 2 de fevereiro, o *Majlis* aprovou a nomeação dos experts americanos por maioria esmagadora e sob ruidosos aplausos.

Dias depois, o ministro das Finanças, que havia apresentado o projeto aos deputados, foi assassinado na rua por dois georgianos. À noite, o porta-voz da embaixada russa foi ao ministério persa das Relações Exteriores e exigiu que os assassinos, súditos do tsar, fossem entregues a ele sem demora. Em Teerã, todos compreenderam que o ato era a resposta de São Petersburgo ao voto do Parlamento, mas as autoridades preferiram ceder para não envenenar suas relações com o poderoso vizinho. Os assassinos foram então levados à embaixada e depois à fronteira; assim que a atravessassem estariam livres.

Em protesto, o mercado fechou suas portas, os Filhos de Adão propuseram um boicote às mercadorias russas; aconteceram atos de vingança contra cidadãos georgianos, os *gordji*, numerosos no país. No entanto, o governo, por meio da imprensa, pedia paciência: as verdadeiras reformas vão começar, dizia, os experts vão chegar, logo os cofres do Estado estarão cheios, pagaremos nossas dívidas, afastaremos todas as tutelas, teremos escolas e hospitais, e também um Exército moderno, que forçará o tsar a sair de Tabriz, que o impedirá de nos manter sob ameaça.

A Pérsia esperava milagres. E milagres de fato aconteceriam.

45

O primeiro milagre foi Fazel quem me contou. Cochichando, mas triunfal:

— Olhe para ele! Não disse que seria parecido com Baskerville?

Ele era Morgan Shuster, o novo tesoureiro-geral da Pérsia, que se aproximava para nos cumprimentar. Tínhamos ido a seu encontro na estrada de Kazvin. Ele chegava, com sua família, em vetustas carruagens, com animais frágeis. Estranha a semelhança com Howard: os mesmos olhos, o mesmo nariz, o mesmo rosto bem barbeado, talvez um pouco mais redondo, os mesmos cabelos claros, divididos com uma risca, o mesmo aperto de mão, polido e sedutor. A forma como o encaramos poderia tê-lo irritado, mas não demonstrou; verdade que desembarcando assim num país estrangeiro, e em circunstâncias tão excepcionais, devia esperar ser objeto de uma curiosidade frequente. Durante toda a sua estadia, seria observado, escrutado, seguido. Às vezes com más intenções. Todas as suas ações, todas as suas omissões seriam relatadas e comentadas, elogiadas ou amaldiçoadas.

Uma semana depois de sua chegada, estourou a primeira crise. Entre as centenas de personalidades que, a cada dia, vinham dar as boas-vindas aos americanos, algumas perguntaram a Shuster quando ele visitaria a embaixada inglesa e a russa. Sua resposta foi evasiva. As perguntas se tornaram insistentes e o caso se espalhou, suscitando debates animados no mercado: o americano devia ou não fazer visitas de cortesia às embaixadas? Elas davam a entender que haviam sido ultrajadas, o clima se tornava tenso. Por causa do papel que havia desempenhado na vinda de Shuster, Fazel estava particularmente incomodado com esse incidente diplomático, que ameaçava contaminar toda a missão. Pediu minha intervenção.

Fui, então, encontrar-me com meu compatriota no palácio de Atabak, uma construção de pedra branca com trinta vastos aposentos mobiliados em parte à moda oriental, em parte à moda europeia, que acomodava tapetes e obras de arte, e com finas colunas da fachada refletindo-se num lago. Em volta da casa, um imenso parque atravessado por riachos e com lagos artificiais espalhados por toda a sua extensão, um verdadeiro paraíso persa onde os barulhos da cidade eram filtrados pelo canto das cigarras. Uma das mais belas residências de Teerã. Havia pertencido a um antigo primeiro-ministro antes de ser comprada por um rico comerciante zoroastriano, fervoroso apoiador da Constituição, que graciosamente pôs a casa à disposição dos americanos.

Shuster me recebeu no alpendre. Recuperado do cansaço da viagem, pareceu-me bem jovem. Tinha apenas 34 anos e não aparentava. E eu que pensara que Washington enviaria um expert idoso com jeito de reverendo!

— Venho falar sobre esse caso das embaixadas.

— Você também!

Fez cara de quem estava achando graça.

— Não sei — insisti — se você se dá conta da amplitude que ganhou essa questão de protocolo. Não se esqueça, estamos no país das intrigas.

— Ninguém gosta mais de intrigas do que eu.

Riu novamente, mas parou logo, reassumindo a expressão séria que condizia com sua função.

— Sr. Lesage, não se trata apenas de protocolo, mas de princípios. Antes de aceitar este posto, informei-me consideravelmente sobre dezenas de experts estrangeiros que vieram antes de mim a este país. Alguns tinham muita competência e boa vontade. Todos fracassaram. Sabe por quê? Porque todos caíram na armadilha para a qual me convidam a cair agora. Fui nomeado tesoureiro-geral da Pérsia pelo Parlamento da Pérsia, é natural então que sinalize minha chegada ao xá, ao regente, ao governo. Sou americano, então também posso fazer uma visita ao encantador sr. Russel. Mas por que exigem que eu faça visitas de cortesia a russos, ingleses, belgas ou austríacos? Vou lhe dizer: porque querem mostrar a todos, ao povo persa, que espera tanto dos americanos, ao Parlamento, que nos contratou, apesar de todas as pressões, que Morgan Shuster é um estrangeiro como todos os estrangeiros, um *farangui*. Assim que eu fizer as primeiras visitas, choverão convites: os diplomatas são pessoas corteses, acolhedoras e cultivadas, falam línguas que conheço, jogam os mesmos jogos. Eu viveria feliz aqui, sr. Lesage, entre o bridge, o chá, o tênis, o cavalo e os bailes de máscaras, e quando voltasse para casa, em três anos, seria rico, alegre, bronzeado e saudável. Mas não foi para isso que eu vim, sr. Lesage!

Ele quase gritava. Uma mão invisível, talvez a de sua mulher, fechou discretamente a porta do salão. Ele pareceu não perceber. Continuou:

— Vim com uma missão bem precisa: modernizar as finanças da Pérsia. Esses homens apelaram a nós porque têm confiança em nossas instituições e em nossa gestão de negócios. Não pretendo decepcioná-los. Nem enganá-los. Venho de uma nação cristã, sr. Lesage, e para mim isso significa alguma coisa. Que imagem os persas têm hoje das nações cristãs? A supercristã Inglaterra, que se apropria do petróleo deles; a supercristã Rússia, que impõe sua vontade de acordo com a cínica lei do mais forte? Que cristãos eles frequentaram até aqui? Escroques, arrogantes, ímpios, cossacos. Que ideia quer que tenham de nós? Em que mundo vamos viver juntos? Será que não temos outra coisa a propor a eles a não ser que sejam nossos escravos ou nossos inimigos? Não podem ser parceiros, iguais? Felizmente, alguns deles continuam a acreditar em nós, em nossos valores, mas quanto tempo ainda poderão calar os milhares de vozes que comparam o europeu ao demônio? Com o que se parecerá a Pérsia do futuro? Vai depender de nosso comportamento, do exemplo que oferecermos.

O sacrifício de Baskerville fez com que esquecessem a avidez de muitos outros. Tenho grande estima por ele, mas, lhe asseguro, não tenho a intenção de morrer; desejo ser honesto, simplesmente. Servirei a Pérsia como serviria uma companhia americana, não a roubarei e me esforçarei para saneá-la e fazê-la prosperar, respeitarei o conselho de administração, mas sem beija-mãos nem reverências.

Minhas lágrimas escorreram, bestamente. Shuster se calou, olhou-me circunspecto e um pouco sem jeito.

— Se o feri, involuntariamente, com meu tom ou com minhas palavras, por favor, me desculpe.

Levantei-me e estendi a mão para cumprimentá-lo.

— O senhor não me feriu, apenas me emocionou. Vou levar suas palavras a meus amigos persas; a reação deles não será diferente da minha.

Saindo de sua casa, corri para o Baharistan; sabia que encontraria Fazel ali. Assim que o vi de longe, gritei:

— Fazel, mais um milagre!

No dia 13 de junho, o Parlamento persa decidia, com uma votação sem precedentes, dar plenos poderes a Morgan Shuster para reorganizar as finanças do país. A partir de então, seria regularmente convidado para assistir no Conselho de Ministros.

Enquanto isso, outro incidente dominava o mercado e as chancelarias. Um rumor, de origem desconhecida mas fácil de adivinhar, acusava Morgan Shuster de pertencer a uma seita persa. Pode parecer absurdo, mas os propagadores haviam destilado bem seu veneno, para dar aos boatos uma aparência de verdade. Da noite para o dia, os americanos da delegação tornaram-se suspeitos aos olhos da multidão. Uma vez mais, fui encarregado de falar com o tesoureiro-geral. Nossas relações haviam se tornado mais próximas depois daquele primeiro encontro. Chamava-me de Ben, eu o chamava de Morgan. Expus o objeto do delito:

— Estão dizendo que entre seus criados há notórios *babis* ou *bahais*, o que Fazel me confirmou. Estão dizendo também que os *bahais* acabaram de estabelecer um braço muito ativo nos Estados Unidos. Com isso, os boatos são de que todos os americanos da sua delegação eram na verdade *bahais* que, com o disfarce de sanear as finanças do país, vieram conquistar adeptos.

Morgan refletiu por um instante:

— Vou responder à única questão importante: não, eu não vim pregar ou converter, e sim reformar as finanças persas, que precisam muito disso. Acrescentarei, para sua informação, que, claro, não sou *bahai*, que só soube da existência dessas seitas ao ler um livro do professor Browne pouco antes de vir, e que ainda sou incapaz de diferenciar entre *babi* e *bahai*. Sobre meus criados, eles são cerca de quinze nesta casa imensa e, todos sabem, estavam aqui antes de minha chegada. O trabalho deles me satisfaz, e é a única coisa que importa. Não tenho o hábito de julgar meus colaboradores por sua fé religiosa ou pela cor de suas gravatas!

— Compreendo perfeitamente sua atitude, que corresponde às minhas próprias convicções. Mas estamos na Pérsia, as opiniões são às vezes diferentes. Acabo de encontrar o novo ministro das Finanças. Ele acha que, para calar os caluniadores, seria preciso demitir os criados envolvidos nesse caso. Pelo menos alguns.

— O ministro das Finanças preocupa-se com esse caso?

— Mais do que você imagina. Teme que ponha em perigo toda a ação realizada em seu setor. Pediu que eu lhe contasse sobre esta nossa conversa ainda nesta noite.

— Não vou atrasá-lo, então. Você dirá a ele que nenhum criado será demitido e que para mim o caso termina aqui!

Ele se levantou; resolvi insistir:

— Não estou seguro de que a resposta seja suficiente, Morgan.

— Ah, não? Então acrescente de minha parte: "Sr. ministro das Finanças, se o senhor não tem nada melhor a fazer do que escrutinar a religião de meu jardineiro, posso lhe fornecer dossiês mais importantes para ocupar seu tempo".

Contei ao ministro apenas o teor do que ele tinha dito, mas sabia que Morgan iria repetir suas frases, literalmente, ele mesmo, na primeira oportunidade. Sem causar o menor drama. Na verdade, todo mundo estava feliz porque coisas sensatas estavam sendo ditas diretamente.

— Desde que Shuster está aqui — confidenciou-me um dia Chirine —, há na atmosfera algo mais saudável, mais limpo. Diante de uma situação caótica, inextricável, sempre imaginamos que serão necessários séculos para sair dela. De repente, um homem aparece e, como por encanto, a árvore que julgávamos condenada fica verde, começa a brotar, a florescer, a dar sombra. Esse estrangeiro recuperou minha fé nos homens de meu país. Não fala a eles como se falasse a indígenas, não respeita suscetibilidades e mesquinharias, fala a eles tratando-os como homens, e os indígenas redescobrem-se homens. Sabia que, na própria família, as anciãs rezam por ele?

46

Eu não fugiria à verdade afirmando que no ano de 1911 toda a Pérsia vivia de acordo com o "americano" e que ele era, de todos os responsáveis, indiscutivelmente o mais popular, e um dos mais poderosos. Os jornais apoiavam sua ação com tanto entusiasmo que ele fazia questão de reunir de vez em quando os redatores para expor seus projetos e pedir conselhos sobre algumas questões espinhosas.

Principalmente, e mais importante, sua difícil missão estava no caminho certo para ser bem-sucedida. Antes mesmo da revisão do sistema fiscal, Shuster conseguiu equilibrar o orçamento apenas limitando o roubo e o desperdício. Antes dele, inúmeros personagens, príncipes, ministros ou altos funcionários, mandavam suas exigências para o Tesouro, um número rabiscado numa folha meio suja, e os funcionários eram obrigados a atendê-los, sob pena de perder o emprego ou a vida. Com Morgan, tudo mudara da noite para o dia.

Um exemplo, entre tantos. Em 17 de junho, no Conselho de Ministros, Shuster recebeu um pedido em tom patético de uma quantia de 42 mil tomans para pagar o soldo das tropas em Teerã.

— Do contrário vai estourar uma rebelião, e o tesoureiro-geral terá inteira responsabilidade — exclamou Amir-i-Azam, o "Emir supremo", ministro da Guerra.

A resposta de Shuster:

— O senhor ministro pegou, há dez dias, uma quantia equivalente. O que fez com ela?

— Usei para pagar uma parte dos salários atrasados, as famílias dos soldados estão com fome, os oficiais têm dívidas, a situação é insustentável!

— Senhor ministro, está certo de que não sobrou nada?

— Nem uma única moeda!

Shuster tirou do bolso um cartãozinho todo escrito com uma caligrafia caprichada, que consultou ostensivamente antes de afirmar:

— A quantia que o Tesouro lhe disponibilizou há dez dias foi depositada inteira na conta pessoal do ministro, e nenhum centavo foi gasto. Tenho aqui o nome do banqueiro e os números.

O emir supremo se levantou, gigante gordo, reluzente de raiva; pousou a mão sobre o peito e dirigiu um olhar furioso a seus colegas:

— Será que vão colocar em dúvida a minha honra?

Como ninguém disse nada, acrescentou:

— Juro que, se tal quantia está efetivamente em minha conta, sou o último a saber.

Como expressões de incredulidade pipocaram à sua volta, decidiram chamar o banqueiro, e Shuster pediu aos membros do divã que esperassem ali. Assim que disseram que o homem havia chegado, o ministro da Guerra correu a seu encontro. Depois de uma troca de cochichos, o emir supremo voltou-se para seus colegas com um sorriso ingênuo:

— Esse maldito banqueiro não compreendeu minhas ordens, ainda não pagou as tropas. Foi um mal-entendido.

A muito custo o incidente foi resolvido, mas a partir de então os altos funcionários do Estado não ousaram mais se entregar à livre pilhagem do Tesouro que ocorria desse modo havia séculos. Existiam os descontentes, é certo, mas eles só podiam se calar, pois a maioria das pessoas, mesmo entre os responsáveis pelo governo, tinha razões para estar satisfeita: pela primeira vez na História, funcionários, soldados e diplomatas persas no exterior recebiam seus salários em dia.

Até nos meios financeiros internacionais, começou-se a acreditar no milagre Shuster. Uma prova: os irmãos Seligman, banqueiros de Londres, decidiram conceder à Pérsia um empréstimo de 4 milhões de libras esterlinas sem impor nenhuma das cláusulas humilhantes que normalmente condicionavam esse tipo de transação. Nem confisco das receitas aduaneiras, nem hipoteca alguma, um empréstimo normal a um cliente normal, respeitável, potencialmente solvente. Era um passo importante. Aos olhos daqueles que procuravam dominar a Pérsia, um precedente perigoso. O governo britânico interveio para bloquear o empréstimo.

Durante esse período, o tsar recorria a métodos mais brutais. Em julho, soube-se que o antigo xá estava de volta, com dois de seus irmãos encabeçando um exército de mercenários, para reconquistar o poder. Mas ele não estava preso em Odessa, numa residência vigiada, com a promessa expressa do governo russo de jamais permitir que voltasse à Pérsia? Questionadas, as autoridades de São Petersburgo responderam que ele escapara da vigilância e viajara com passaporte falso, que suas armas haviam sido transportadas em caixas de "água mineral" e que, portanto, o governo russo não poderia ser responsabilizado pela rebelião. Então, o xá teria deixado sua residência em Odessa, atravessado com seus homens as centenas de milhas que separam a Ucrânia da Pérsia, embarcado com suas armas em um navio russo, atravessado o mar Cáspio e desembarcado na costa persa, tudo isso sem que o governo do tsar, nem seu Exército, nem a Okhrana, sua polícia secreta, tivessem sido informados?

De que adianta argumentar? Era preciso acima de tudo impedir que a frágil democracia persa desmoronasse. O Parlamento pediu crédito a Shuster. E, dessa vez, o americano não discutiu. Pelo contrário, agiu para que em alguns dias um exército fosse formado com o melhor equipamento disponível, munições abundantes, sugerindo ele próprio o nome do comandante, Ephraim Khan, um brilhante oficial armênio que conseguiria, em três meses, esmagar o ex-xá e mandá-lo de volta para o outro lado da fronteira.

Nas chancelarias do mundo inteiro, mal se podia acreditar: a Pérsia teria se transformado em um Estado moderno? Rebeliões como aquela normalmente se arrastavam por anos. Para a maior parte dos observadores, em Teerã e no exterior, a resposta se resumia a uma só palavra mágica: Shuster. Seu papel ultrapassava agora, amplamente, o de um simples tesoureiro-geral. Foi ele quem sugeriu ao Parlamento declarar o antigo xá fora da lei e colar nos muros de todas as cidades do país um "Procurado", no melhor estilo faroeste, oferecendo grandes quantias para quem ajudasse na captura do rebelde imperial e de seus irmãos. O que, aos olhos da população, acabou desacreditando ainda mais o monarca deposto.

O tsar não teria sucesso. Estava claro para ele que a partir de agora suas ambições na Pérsia não se concretizariam enquanto Shuster estivesse ali. Precisava obrigá-lo a partir! Era necessário criar um incidente, um grande incidente. Um homem foi encarregado dessa missão: Pokhitanoff, antigo cônsul em Tabriz, que se tornara cônsul-geral em Teerã.

Missão é um eufemismo, pois para falar com clareza sobre essa ocorrência é preciso dizer complô, cuidadosamente armado, e sem muita delicadeza. O Parlamento decidira confiscar os bens dos dois irmãos do ex-xá que, ao lado dele, comandaram a rebelião. Encarregado, enquanto tesoureiro-geral, de executar a sentença, Shuster quis fazer as coisas dentro da legalidade. A principal propriedade envolvida, situada perto do palácio Atabak, pertencia ao príncipe imperial que respondia pelo nome Raio do Sultanato; o americano mandou para lá, com um destacamento de polícia, funcionários civis munidos de mandatos legais. Ali encontraram os cossacos acompanhados de oficiais consulares russos, que proibiram a entrada dos policiais na propriedade ameaçando usar a força caso não se retirassem rapidamente.

Informado sobre o que acontecera, Shuster despachou um de seus adjuntos para a embaixada russa. Foi recebido por Pokhitanoff, que lhe forneceu, em tom agressivo, a seguinte explicação: a mãe do príncipe Raio do Sultanato escreveu ao tsar e à tsarina para pedir proteção, que lhe foi generosamente concedida.

O americano não acreditou no que ouviu: que os estrangeiros, disse, disponham do privilégio da impunidade na Pérsia, que os assassinos de um ministro persa não possam ser julgados por serem súditos do tsar, é iníquo, mas é uma regra estabelecida, difícil de modificar; mas que persas coloquem de um dia para o outro suas propriedades sob a proteção de um monarca estrangeiro para burlar as leis de seu país, eis um procedimento novo, inédito, inusitado. Shuster não se conformava. Ordenou aos policiais que tomassem posse das propriedades concernentes, sem usar violência, mas com firmeza. Dessa vez, Pokhitanoff deixou. Havia criado o incidente. Sua missão estava cumprida.

A reação não demorou. Um comunicado publicado em São Petersburgo afirmava que o que acabara de ocorrer equivalia a uma agressão contra a Rússia, a um insulto ao tsar e à tsarina. Exigiam-se desculpas oficiais do governo de Teerã. Desesperado, o primeiro-ministro persa pediu conselho aos britânicos; o Foreign Office respondeu que o tsar não estava brincando, que havia concentrado suas tropas em Baku, que se preparava para invadir a Pérsia e que seria prudente aceitar o ultimato.

Em 24 de novembro de 1911, o ministro persa das Relações Exteriores apresentou-se, então, a contragosto, à embaixada russa e apertou obsequiosamente a mão do ministro plenipotenciário, dizendo estas palavras:

"Excelência, meu governo me encarregou de apresentar desculpas em seu nome pela afronta que sofreram os oficiais consulares de seu governo."

Continuando a apertar a mão que lhe fora estendida, o representante do tsar respondeu:

"Suas desculpas estão aceitas como resposta a nosso primeiro ultimato, mas devo informá-lo de que um segundo ultimato está sendo preparado em São Petersburgo. Avisarei sobre seu conteúdo assim que ele chegar."

Promessa cumprida. Cinco dias depois, em 29 de novembro, ao meio-dia, o diplomata apresentou ao ministro das Relações Exteriores o texto do novo ultimato, acrescentando oralmente que já recebera a aprovação de Londres e que satisfações deveriam ser dadas em 48 horas.

Primeiro ponto: demitir Morgan Shuster.

Segundo ponto: nunca mais empregar expert estrangeiro sem antes obter o consentimento das embaixadas russa e britânica.

47

Na sede do Parlamento, os 76 deputados esperam, uns de turbante, outros de fez ou de gorro; alguns Filhos de Adão, os mais ativistas, estão vestidos à moda europeia. Às onze horas, o primeiro-ministro sobe na tribuna como se subisse ao cadafalso, lê com voz fraca o texto do ultimato, evoca o apoio de Londres ao tsar e anuncia a decisão de seu governo: não resistir, aceitar o ultimato, mandar embora o americano; voltar, em uma palavra, a ficar sob a tutela das potências em vez de ser esmagado sob suas botas. Para tentar evitar o pior, precisa de um mandato claro; coloca, então, a questão da confiança, lembrando aos deputados que o ultimato expira ao meio-dia, que o tempo é curto e que os debates não podem se eternizar. Durante sua intervenção, não parou de dirigir olhares inquietos à galeria dos convidados, onde Pokhitanoff estava sentado e a quem ninguém ousou proibir a entrada.

Quando o primeiro-ministro se sentou, não houve gritos nem aplausos. Nada além de um silêncio esmagador, pesado, irrespirável. Então, levantou-se um venerável *sayyid*, descendente do Profeta e modernista de primeira hora, que sempre apoiou com fervor a missão Shuster. Seu discurso foi breve:

— Talvez seja a vontade de Deus que nossa liberdade e nossa soberania nos sejam tiradas à força, mas não as abandonaremos de livre e espontânea vontade.

Novo silêncio. Mais uma intervenção, no mesmo sentido, também breve. Pokhitanoff consulta ostensivamente o relógio. O primeiro-ministro vê isso, puxa também uma corrente, olha de perto seu relógio de bolso. Vinte para o meio-dia. Desespera-se, bate no chão com a bengala, pedindo que passem aos votos. Quatro deputados se retiram precipitadamente, sob diversos pretextos; os 72 que ficam dizem todos "não". Não ao ultimato do tsar. Não à partida de Shuster. Não à atitude do governo. Com isso, o primeiro-ministro é considerado demissionário e retira-se com todo o seu gabinete. Pokhitanoff também se levanta; o texto que deve enviar a São Petersburgo já está redigido.

A grande porta se fecha, o eco repercute por algum tempo no silêncio da sala. Os deputados ficam sozinhos. Ganharam, mas não têm nenhuma vontade de comemorar. O poder está nas mãos deles: o destino do país, de sua jovem Constituição, depende deles. O que podem fazer, o que querem fazer? Não sabem de nada. Sessão irreal, patética, caótica. E, em alguns aspectos, infantil. De tempos em tempos, brota uma ideia, logo afastada:

— E se pedíssemos aos Estados Unidos que nos enviassem suas tropas?

— Por que viriam? São amigos da Rússia. Não foi o presidente Roosevelt quem reconciliou o tsar com o mikado?

— Mas e Shuster? Será que não vão querer ajudá-lo?

— Shuster é muito popular na Pérsia; nos Estados Unidos mal conhecem seu nome. Os dirigentes americanos não devem apreciar seu desentendimento com São Petersburgo e Londres.

— Podemos propor que construam uma ferrovia. Talvez fiquem seduzidos, talvez venham nos socorrer.

— Talvez, mas não antes de seis meses, e o tsar estará aqui em duas semanas.

E os turcos? E os alemães? E por que não os japoneses? Eles não esmagaram os russos na Manchúria? Quando, de repente, um jovem deputado de Kerman sugere, com um sorriso, oferecer o trono da Pérsia ao mikado, Fazel explode:

— É preciso que saibamos de uma vez por todas que não podemos sequer pedir socorro aos habitantes de Isfahan. Se formos lutar, será em Teerã, com os habitantes de Teerã, com as armas que estão neste instante na capital. Como em Tabriz, há três anos. E não são mil cossacos que eles enviarão contra nós, mas 50 mil. Devemos saber que lutaremos sem a menor chance de triunfar.

Se viesse de qualquer outra pessoa, essa intervenção desencorajadora teria suscitado uma torrente de acusações. Vinda do herói de Tabriz, do mais eminente Filho de Adão, as palavras foram tomadas pelo que eram, a expressão de uma cruel realidade. Difícil, a partir daí, pregar a resistência. No entanto, é o que Fazel faz.

— Se estamos prontos a lutar, é unicamente para preservar o futuro. A Pérsia não vive ainda com a lembrança do imã Hussein? Esse mártir, entretanto, nada mais fez do que lutar uma batalha perdida, foi vencido, esmagado, massacrado, e é a ele que honramos. A Pérsia precisa de sangue para acreditar. Somos 72, como os companheiros de Hussein. Se morrermos, o Parlamento se tornará um local de peregrinação, a democracia ficará ancorada por séculos no solo do Oriente.

Todos se diziam prontos para morrer, mas não morreram. Não porque tivessem fraquejado ou traído sua causa. Pelo contrário, procuraram organizar as defesas da cidade, voluntários se apresentaram em grande número, principalmente Filhos de Adão, como em Tabriz. Mas não havia saída. Depois de invadirem o norte do país, as tropas do tsar avançavam agora na direção da capital. Só a neve desacelerava um pouco sua progressão.

Em 24 de dezembro, o primeiro-ministro derrotado decidiu retomar o governo com um golpe. Com a ajuda dos cossacos, de tribos bakhtiaris, de uma parte importante do Exército e da polícia, declarou-se chefe da capital e decretou a dissolução do Parlamento. Vários deputados foram presos. Os mais ativos foram condenados ao exílio. No topo da lista, Fazel.

O primeiro ato do novo regime foi aceitar oficialmente os termos do ultimato do tsar. Uma carta educada informou Morgan Shuster que suas funções como tesoureiro-geral estavam encerradas. Ficara apenas oito meses na Pérsia, oito meses arquejantes, frenéticos, vertiginosos, oito meses que quase mudaram a face do Oriente.

Em 11 de janeiro de 1912, Shuster foi escoltado com honras. O jovem xá pôs à disposição dele seu próprio carro, com seu chofer francês, o sr. Varlet, para conduzi-lo até o porto de Enzeli. Éramos muitos, estrangeiros e persas, para nos despedir dele, alguns na saída de sua residência, outros ao longo da estrada. Sem aclamações, é verdade, apenas gestos discretos de milhares de mãos, e lágrimas de homens e mulheres, de uma multidão desconhecida que chorava como uma amante abandonada. No percurso houve apenas um único incidente, mínimo: um cossaco, na passagem do comboio, pegou uma pedra e fez o gesto de lançá-la na direção do americano; não creio que fosse concretizar seu ato.

Quando o carro desapareceu pelo portão de Kazvin, dei alguns passos ao lado de Charles Russel. Depois continuei meu caminho sozinho, a pé, até o palácio de Chirine.

— Você parece emocionado — ela disse ao me receber.

— Acabei de dizer adeus a Shuster.

— Ah, ele partiu, enfim!

Não tive certeza de haver entendido seu tom exclamativo. Ela foi mais explícita:

— Hoje me pergunto se não teria sido melhor ele nunca ter posto os pés neste país.

Olhei-a horrorizado:

— Você me dizendo isso!

— Sim, eu, Chirine, é quem diz isso. Eu, que aplaudi a vinda do americano, eu, que aprovei cada um de seus atos, eu, que vi nele um redentor, lamento agora que não tenha ficado em sua distante América.

— Mas onde ele errou?

— Em nada, exatamente, e essa é a prova de que ele não compreendeu a Pérsia.

— Não entendo.

— Um ministro que tivesse razão contra seu rei, uma mulher que tivesse razão contra seu marido, um soldado que tivesse razão contra seu oficial não seriam duplamente punidos? Para os fracos, o erro é ter razão. Diante dos russos e dos ingleses, a Pérsia é fraca, devia comportar-se como fraca.

— Até o fim dos tempos? Será que ela não deve um dia se erguer, construir um Estado moderno, educar seu povo, entrar no concerto das nações prósperas e respeitadas? É o que Shuster tentou fazer.

— Por isso tenho por ele a maior admiração. Mas não posso me impedir de pensar que, se ele tivesse tido menos sucesso, não estaríamos hoje neste estado lamentável: nossa democracia aniquilada, nosso território invadido.

— Sendo as ambições do tsar como são, isso aconteceria cedo ou tarde.

— Um infortúnio, é melhor que sempre aconteça mais tarde! Conhece a história do asno falante de Nollah Nasruddin?

É o herói semilendário de todas as anedotas e de todas as parábolas da Pérsia, da Transoxiana e da Ásia Menor. Chirine contou:

— Dizem que um rei meio louco condenou Nasruddin à morte por ter roubado um asno. No momento em que o conduziam ao suplício, Nasruddin gritou: "Esse animal é, na verdade, meu irmão, um mágico deu-lhe essa aparência, mas se for confiado a mim por um ano farei com que reaprenda a falar como você e eu". Intrigado, o monarca mandou que o acusado repetisse sua promessa e depois decretou: "Muito bem! Mas se em um ano, dia após dia, o asno não falar, você será executado". Quando saiu, Nasruddin foi interpelado por sua mulher: "Como pôde prometer tal coisa? Você sabe muito bem que esse asno não vai falar". Nasruddin respondeu: "Claro que eu sei, mas daqui a um ano o rei pode morrer, o asno pode morrer ou eu posso morrer".

A princesa continuou:

— Se tivéssemos ganhado tempo, a Rússia talvez teria se afundado na guerra dos Bálcãs ou na China. O tsar também não é eterno, pode morrer, pode ser novamente derrubado pelos motins e pelas revoltas, como há seis anos. Deveríamos ter tido paciência para esperar, ser ardilosos, tergiversar, aceitar e mentir, prometer. Essa sempre foi a sabedoria do Oriente; Shuster quis nos fazer avançar no ritmo do Ocidente, conduziu-nos direto ao naufrágio.

Ela parecia sofrer ao dizer isso; evitei contradizê-la. Acrescentou:

— A Pérsia me faz pensar em um veleiro azarado. Os marinheiros queixam-se constantemente de não ter vento suficiente para avançar. De repente, como para puni-los, o céu manda um tornado.

Ficamos por um longo tempo pensativos, abatidos. Depois a envolvi num abraço afetuoso.

— Chirine!

Foi a maneira como falei seu nome? Sobressaltou-se, depois se afastou de mim fitando-me com um ar desconfiado.

— Você vai partir.

— Sim. Mas de uma maneira diferente.

— Como se pode partir "de uma maneira diferente"?

— Vou partir com você.

48

Cherbourg, 10 de abril de 1912.

À minha frente, a perder de vista, o canal da Mancha, pacífica ondulação prateada. A meu lado, Chirine. Na nossa bagagem, o *Manuscrito*. À nossa volta, uma multidão inacreditável, tipicamente oriental.

Falaram tanto das reluzentes celebridades embarcadas no Titanic, que quase se esqueceram daqueles para quem este colosso dos mares fora construído: os migrantes, milhões de homens, mulheres, crianças, que nenhuma terra aceitava alimentar e que sonhavam com a América. O navio devia proceder a uma verdadeira coleta: em Southampton, ingleses e escandinavos; em Queenstown, irlandeses; e, em Cherbourg, aqueles que vinham de mais longe, gregos, sírios, armênios da Anatólia, judeus de Salônica ou da Bessarábia, croatas, sérvios, persas. São esses orientais que pude observar no porto, aglutinados em volta de suas insignificantes bagagens, impacientes para estar longe dali e, por instantes, atormentados, procurando um formulário perdido, uma criança arisca, um pacote indomável que rolara sob um banco. Cada um trazia no fundo do olhar uma aventura, uma amargura, um desafio, todos achavam que era um privilégio, mal chegados ao Ocidente, tomar parte na travessia inaugural do navio mais potente, mais moderno e mais inabalável que já saíra do cérebro de um homem.

Meu próprio sentimento não era diferente. Casado três semanas antes em Paris, adiei a partida para oferecer à minha companheira uma viagem de núpcias digna das pompas orientais nos quais tinha vivido. Não era apenas um capricho. Por muito tempo Chirine mostrara-se reticente à ideia de se instalar nos Estados Unidos e, não fosse seu desânimo depois do falso despertar da Pérsia, jamais teria aceitado me acompanhar. Eu tinha a ambição de reconstruir em torno dela um mundo ainda mais feérico do que aquele que precisara abandonar.

O Titanic servia maravilhosamente às minhas intenções. Parecia concebido por homens desejosos de reencontrar nesse país flutuante as mais suntuosas diversões da terra firme, assim como algumas alegrias do Oriente: um banho turco tão indolente como os de Constantinopla ou do Cairo; varandas decoradas com palmeiras; e no ginásio, entre a barra fixa e o cavalo, um camelo elétrico, destinado a dar ao cavaleiro, com o simples toque de um botão milagroso, as saltitantes sensações de uma viagem no deserto.

Entretanto, ao explorarmos o Titanic não procurávamos encontrar apenas o exotismo. Acontecia também de nos entregarmos a prazeres bem europeus, degustar ostras, seguidas de uma fritada de frango à moda de Lyon, especialidade do chef Proctor, regado com um Cos d'Estournel 1887, ouvindo a orquestra, de smoking azul-escuro, interpretar os "Contos d'Hoffmann", a "Geisha" ou o "Grand Mogol", de Luder.

Momentos ainda mais preciosos para Chirine e para mim, que durante todo o tempo de nossa ligação na Pérsia tivemos que nos esconder. Por amplos e promissores que fossem os apartamentos de minha princesa em Tabriz, Zarganda ou Teerã, eu sofria constantemente por sentir nosso amor confinado entre paredes, tendo como únicas testemunhas espelhos cinzelados e criadas de olhos fugidios. Experimentávamos agora o prazer banal de ser vistos juntos, homem e mulher de braços dados, de ser envolvidos pelos mesmos olhares estrangeiros, e até tarde da noite evitávamos voltar para nossa cabine, que eu escolhera, no entanto, entre as mais espaçosas do navio.

Nossa alegria final era o passeio da noite. Quando acabávamos de jantar, encontrávamos um oficial, sempre o mesmo, que nos conduzia a um cofre-forte, de onde tirávamos o *Manuscrito*, para levá-lo preciosamente em turnê pelas pontes e corredores. Sentados nas cadeiras de vime do café parisiense, líamos ao acaso algumas quadras, depois pegávamos o elevador, subíamos até a galeria, e lá, sem a preocupação de sermos vistos, nos beijávamos ao ar livre. Tarde da noite, levávamos o *Manuscrito* para nosso quarto, onde ele passava a noite, e de manhã era devolvido ao mesmo cofre por intermédio do mesmo oficial. Um ritual que encantava Chirine. Tanto que eu me obrigava a guardar cada detalhe para reproduzir no dia seguinte sem nenhum erro.

Foi assim que na quarta noite abri o *Manuscrito* na página em que Khayyam escrevera:

Você pergunta de onde vem nosso sopro de vida.
Se fosse o caso de resumir uma história bem longa,
Eu diria que ele vem do fundo do oceano,
Depois de repente o oceano o engole outra vez.

A referência ao oceano me divertia, eu queria reler, mais lentamente. Chirine me interrompeu:

— Suplico-lhe!

Ela parecia sufocar; eu a encarava inquieto.

— Eu conhecia esse *rubai* de cor — ela disse com voz sumida — e tenho subitamente a impressão de ouvi-lo pela primeira vez. É como se...

Desistiu de explicar, retomou o fôlego e em seguida disse, um pouco mais tranquila:

— Queria que já tivéssemos chegado.

Encolhi os ombros.

— Se há um navio no mundo em que podemos viajar sem medo, é este. Como disse o capitão Smith, nem Deus conseguiria afundar este navio.

Achei que a tranquilizaria com essas palavras e com meu tom alegre, mas produzi o efeito inverso. Agarrou-se a meu braço implorando:

— Nunca mais diga isso! Nunca mais!

— Por que você está nesse estado? Sabe que era apenas uma piada!

— Entre nós, nem mesmo um ateu ousaria dizer essa frase.

Ela tremia. Eu não entendia a violência de sua reação. Propus que entrássemos, e precisei ampará-la para que não caísse no caminho.

No dia seguinte, parecia recuperada. A fim de distraí-la, levei-a para descobrir as maravilhas do navio; até montei no tremulante camelo elétrico, provocando gargalhadas de Henry Sleeper Harper, editor do semanário de mesmo nome, que ficou um pouco em nossa companhia, ofereceu-nos chá, nos contou suas viagens pelo Oriente e depois nos apresentou, cerimonioso, seu cachorro pequinês ao qual dera o nome de Sun Yat-sen, numa ambígua homenagem ao emancipador da China. Nada, porém, conseguia alegrar Chirine.

À noite, no jantar, continuou silenciosa; parecia enfraquecida. Achei mais prudente, então, renunciar a nosso passeio ritual e deixei o *Manuscrito* no cofre. Fomos nos deitar. Ela logo mergulhou num sono agitado. Inquieto por ela e pouco habituado a dormir tão cedo, passei boa parte da noite observando-a.

Por que mentir? Quando o navio se chocou com o iceberg, não me dei conta. Foi depois, quando me indicaram o momento preciso em que ocorreu a colisão, que me lembrei de ter ouvido pouco antes da meia-noite um barulho como o de um pano se rasgando numa cabine próxima. Nada mais. Não me lembro de ter sentido nenhum choque. Tanto que acabei cochilando e só fui acordar, sobressaltado, quando alguém bateu na porta, gritando uma frase que não entendi. Olhei meu relógio, eram dez para a uma. Vesti o roupão e abri a porta. O corredor estava vazio. No entanto, escutava ao longe conversas em voz alta, pouco comuns tão tarde da noite. Sem realmente me inquietar, decidi ver o que se passava, evitando, claro, acordar Chirine.

Na escada, cruzei com um comissário, que se referiu, em tom pouco grave, a "alguns pequenos problemas" que aconteceram acidentalmente. O capitão, ele disse, gostaria que todos os passageiros da primeira classe se reunissem na ponte do Sol, no alto do navio.

— Devo acordar minha mulher? Ela estava um pouco adoentada durante o dia.

— O capitão disse todos — replicou o comissário com uma careta cética.

Voltei à cabine e acordei Chirine com toda a suavidade que se impunha, acariciando seu rosto e suas sobrancelhas, dizendo seu nome, meus lábios colados em seu ouvido. Quando ela emitiu um som, falei:

— Precisa se levantar, temos que ir até a ponte.

— Esta noite não, estou com muito frio.

— Não se trata de passeio, são ordens do capitão.

Esta última palavra teve um efeito mágico; saltou da cama, gritando:

— *Khodaya*! Meu Deus!

Vestiu-se muito depressa. E desordenadamente. Tive que acalmá-la, dizer para ir mais devagar, que não havia tanta pressa. Entretanto, quando chegamos à ponte, reinava uma efervescência e os passageiros eram conduzidos para os botes salva-vidas.

O comissário que eu encontrara antes estava ali, fui em sua direção; ele não havia perdido nada de sua jovialidade.

— Mulheres e crianças primeiro — disse, brincando.

Peguei Chirine pela mão, querendo levá-la para as embarcações, mas ela se recusou a se mexer.

— O *Manuscrito*! — implorou.

— Corremos o risco de perdê-lo na confusão. Ficará mais protegido no cofre.

— Não partirei sem ele!

— Não se trata de partir — interveio o comissário —, afastaremos os passageiros por uma ou duas horas. Se quer minha opinião, acho que nem seria necessário, mas o capitão é quem manda a bordo...

Eu não diria que ela se deixou convencer. Não, simplesmente se deixou puxar pela mão, sem resistir, até a coberta em frente. Ali um oficial me interpelou:

— Senhor, venha por aqui, precisamos do senhor.

Aproximei-me.

— Falta um homem nesse bote, o senhor sabe remar?

— Remei por anos na baía de Chesapeake.

Satisfeito, convidou-me a tomar lugar no barco e ajudou Chirine a embarcar. Havia cerca de trinta pessoas, com vários lugares vazios ainda, mas a ordem era para embarcar apenas mulheres. E alguns remadores experientes.

Levaram-nos para o meio do oceano, de maneira um pouco abrupta para o meu gosto, mas consegui estabilizar a embarcação e comecei a remar. Para onde, em direção a que ponto da negra imensidão? Não tinha a menor ideia; os que se ocupavam do salvamento também não sabiam. Decidi me afastar do navio e esperar, a cerca de meia milha dali, que me chamassem com algum sinal.

Nos primeiros minutos, a preocupação foi nos proteger do frio. Um ventinho glacial soprava, impedindo-nos de ouvir a ária que a orquestra do navio ainda tocava. No entanto, quando paramos a uma distância que me pareceu adequada, a verdade se revelou de súbito: o Titanic inclinava-se claramente para diante, pouco a pouco suas luzes enfraqueciam. Estávamos todos paralisados, mudos. De repente, ouviu-se um chamado, era um homem que nadava; manobrei o bote e avancei em sua direção; Chirine e outra passageira me ajudaram a içá-lo para bordo. Logo, outros sobreviventes fizeram sinal para nós e fomos retirá-los da água. Enquanto estávamos absorvidos nessa tarefa, Chirine deu um grito. O Titanic agora estava em posição vertical, suas luzes se apagavam. Permaneceu assim por cinco intermináveis minutos, depois afundou solenemente em direção a seu destino.

O sol do dia 15 de abril surpreendeu-nos estendidos, exaustos, cercados de rostos penalizados. Estávamos a bordo do Carpathia, que, quando recebeu a desesperada mensagem, correu para recolher os náufragos. Chirine estava ao meu lado, silenciosa. Depois que vimos o Titanic afundar, não disse mais nenhuma palavra, e seus olhos me evitavam. Tinha vontade de sacudi-la, de lembrar-lhe que fomos salvos por milagre, que a maior parte dos passageiros havia morrido, que nessa ponte, à nossa volta, havia mulheres que acabavam de perder o marido e crianças que ficaram órfãs.

Contudo evitei fazer um sermão. Sabia que para ela o *Manuscrito*, assim como para mim, era mais do que uma joia, mais do que uma antiguidade valiosa; era, em parte, a razão de estarmos juntos. Seu desaparecimento, depois de tantos infortúnios, iria mesmo afetar Chirine de forma grave. Eu sentia que seria melhor deixar o tempo reparador agir.

Quando nos aproximamos do porto de Nova York, tarde da noite de 18 de abril, uma fulgurante recepção nos esperava: repórteres vieram ao nosso encontro em barcos que haviam alugado e, com a ajuda de megafones, dirigiam-se a nós gritando perguntas que alguns passageiros se esforçavam para responder, usando as mãos a fim de amplificar a voz.

No instante em que o Carpathia atracou, outros jornalistas precipitaram-se contra os sobreviventes, tentando adivinhar quem poderia fazer o relato mais verdadeiro ou o mais sensacional. Um jovem redator do *Evening Sun* me escolheu. Interessava-se especialmente pelo comportamento do capitão Smith e dos membros da tripulação no momento da catástrofe. Tinham cedido ao pânico? Em suas interações com os passageiros, haviam escondido a verdade? De fato tinham dado prioridade para salvar os passageiros da primeira classe? Cada pergunta me levava a refletir, vasculhar a memória; conversamos por muito tempo, primeiro descendo do barco, depois em pé no cais. Chirine ficou um pouco ao meu lado, sempre muda, depois desapareceu. Não havia nenhuma razão para me preocupar, ela não podia estar longe. Certamente estava bem perto, oculta atrás do fotógrafo que apontava para mim um flash que me cegava.

Ao se despedir, o jornalista me cumprimentou pela qualidade de meu testemunho e pegou meu endereço para entrar em contato depois. Olhei então à minha volta, chamei-a com a voz cada vez mais alta. Chirine não estava mais ali. Decidi não sair do lugar onde ela havia me deixado, para que pudesse me encontrar. E esperei. Uma hora. Duas horas. O cais pouco a pouco se esvaziou.

Onde procurar? Primeiro, fui ao escritório da White Star, a companhia a que pertencia o Titanic. Depois, fiz o tour pelos hotéis onde os sobreviventes estavam hospedados para passar a noite. De novo, nenhuma pista de minha mulher. Voltei ao cais. Estava deserto.

Decidi, então, ir ao único lugar cujo endereço ela sabia e onde, mais calma, poderia ter pensado em me reencontrar: minha casa em Annapolis.

Por muito tempo esperei um sinal de Chirine. Ele nunca chegou. Ela não me escreveu. Nunca mais ninguém mencionou seu nome na minha frente.

Hoje me pergunto: será que ela existiu? Teria sido algo além do que apenas fruto de minhas obsessões orientais? À noite, na solidão de meu quarto grande demais, quando me vem a dúvida, quando minha memória se embaralha, quando sinto minha razão vacilar, eu me levanto e acendo todas as luzes, corro a pegar suas cartas de outrora, que tiro do envelope como se acabasse de recebê-las, sinto seu perfume, releio algumas páginas; até a frieza de seu tom me reconforta, me dá a ilusão de viver outra vez um amor nascente. Só então, em paz, arrumo as cartas e mergulho de novo na escuridão, pronto para me entregar sem medo aos deslumbramentos do passado: uma frase dita em um salão de Constantinopla, duas noites sem dormir em Tabriz, um braseiro no inverno de Zarganda. E, de nossa última viagem, esta cena: havíamos subido na galeria, num canto escuro e deserto, trocamos um longo beijo. Para ter seu rosto em minhas mãos, deixei o *Manuscrito* sobre um poste de amarração. Quando percebeu, Chirine começou a rir, afastou-se e, com um gesto teatral, disse para o céu:

— Os *Rubaiyat* no Titanic! A flor do Oriente levada pelo florão do Ocidente! Khayyam, se você pudesse ver que belo instante nos é dado viver!

Título original: *Samarcande*

Edição HELOISA JAHN
Coordenação editorial LAURA DI PIETRO, JULIANA FARIAS
Preparação CIÇA CAROPRESO
Revisão ISABEL JORGE CURY, GABRIELLY ALICE DA SILVA
Projeto gráfico BLOCO GRÁFICO
Assistente de design STEPHANIE Y. SHU

Ilustrações ANA CARTAXO

Este livro atende às normas do Novo Acordo Ortográfico em vigor desde janeiro de 2009.

Dados internacionais de Catalogação na Publicação (CIP)

M111s
Maalouf, Amin, 1949-
Samarcanda / Amin Maalouf
Tradução: Marília Scalzo
2ª edição, Rio de Janeiro: Tabla, 2021
352 pp.
Título original: *Samarcande*

ISBN: 978-65-86824-26-1

1. Omar Khayyam, 1048-1131 - Ficção. 2. Samarcanda (Uzbequistão) - História - Ficção. 3. Ficção histórica.
I. Scalzo, Marília II. Título.

CDD 892.73

Roberta Maria de O. V. da Costa, bibliotecária, CRB-7 5587

+55 21 997860747
editora@editoratabla.com.br
www.editoratabla.com.br

Este livro foi composto nas fontes
Lyon e Nikolai e impresso em papel
Pólen Soft 70 g/m^2 pela gráfica Ipsis
em dezembro de 2021.

FSC
www.fsc.org
MISTO
Papel produzido a partir
de fontes responsáveis
FSC® C011095